U0044483

權力巔峰

SUPREME POWER

卷3 反將一局

夢入洪荒 著

目錄

Contents

第一章　如何破局　5
第二章　強拆風波　37
第三章　黑白顛倒　65
第四章　桃色陷阱　95
第五章　誰才是老大　127
第六章　反將一局　157
第七章　訂婚儀式　189
第八章　槍擊事件　221
第九章　輿論壓力　253
第十章　鐵腕局長　283

第一章

如何破局

沒想到自己剛在關山鎮扳倒了實力強勁的石振強，又被調進二把手牢牢掌控大局的城管局，自己該如何化解被架空的危機，如何在城管局內樹立起自己的威望和地位呢？如何破局！這個問題在柳擎宇的腦海中縈繞著。

聽到柳擎宇的這番話，龍翔呆住了。他沒有想到這位局長說話做事如此另類。一般新上任的領導在上任之初，往往會先摸一摸單位裡的各種人事關係情況，甚至要先拉攏一批、打壓一批、分化一批，這位柳大局長竟然第一次召開局黨委會就直接採取這種高壓態度，並且給予相應的警告。

雖然這樣做有種未雨綢繆的感覺，但是問題在於，兩年多來，局裡的大小事幾乎全都是由常務副局長來負責打理的，幾乎每一個新的局長上任，這位常務副局長都會拉攏一大票的副局長們晾一晾新局長，讓新局長對他有所顧忌，從而只能成為影子局長。

現在，新局長不知道是有意還是無意，竟然一來就針對常務副局長有可能的做法進行了佈局，那麼一旦召開了局黨委會，將會發生什麼樣的事情呢？是局長勝還是常務副局長勝？自己應該何去何從？

一時之間，龍翔產生了不少的想法。

不過這些想法都只是一閃而過，為了確保自己的位置，他只需要暫時做一個傳聲筒，至於站隊，現在還不是時候，而且他也不想站隊。這兩年多來，他感覺做一個中立的辦公室主任倒也挺舒服的。

從柳擎宇辦公室離開，龍翔立刻通知了所有副局長和局黨委委員們，把柳擎宇的話跟眾人傳達了。

……

常務副局長韓明強的辦公室內。

韓明強在聽完龍翔的通知後，臉色當時便沉了下來，他站起身來，點燃一根菸，在辦公室裡開始踱步。

過了一會兒，辦公室的房門被人推開，副局長劉天華滿臉憤怒地走了進來。

「老韓啊，柳擎宇這小子到底是什麼意思？他召開局黨委會就召開唄，為什麼還非得整出一個必須全部到場的規定來呢？我懷疑這小子是不是知道我們以前聯手整幾個新到任局長的事，所以先給我們來這麼一個下馬威。如果真是這樣的話，這小子還有兩把刷子的啊。」

他一屁股坐在沙發上，抱怨開了。

韓明強突然停住腳步，原本繃著的臉露出一絲笑意，說道：

「老劉啊，你這番話雖然沒有分析到重點上，卻點出了一些問題。我剛才也一直在思考這個問題，一開始，我還真不確定這柳擎宇到底是什麼意思，你剛才這麼一說，我突然想明白了一件事，那就是不管他柳擎宇到底有什麼本事，至少現在我們還沒有見到。而且他在關山鎮做出了那麼多的成績，不僅沒有晉級到鎮委書記，反而被發配到我們城管局來擔任局長，就算他有縣委夏書記做後臺，也未必有什麼前途，畢竟他可是把鄒書記和董書記的兒子都給徹底得罪了，現在鄒書記和董書記恐怕把柳擎宇都快恨死了，我們好好收拾一下柳擎宇，為鄒文超和董天霸出口惡氣，弄好了，我們有可能能夠抱上這兩條粗大腿，就算只抱上一條大腿，也足以保證我們仕途暢通無阻了。」

劉天華聽韓明強這樣說也笑了，使勁地點點頭道：「嗯，還是你聰明，就這麼辦，不過下午的局黨委會我們到底是去還是不去？怎麼樣才能收拾掉這個柳擎宇呢？」

「去！必須要去，要不柳擎宇的陰謀豈不是要得逞了！我估計他正盼望著我們不去呢，只要我們不去，他就有理由採取一些強勢手段收拾我們了。你想想看，柳擎宇連當年那麼囂張的薛文龍都敢打，何況是我們呢，如果我們真被這小子給揍一頓的話，那實在是太不值了。所以，我們絕對不能給柳擎宇一個發飆的理由。」

聽韓明強這樣分析，劉天華說道：

「嗯，老韓，你說得很有道理，我們絕不能讓柳擎宇輕易發飆啊，否則我們就太難看了。我有個主意，我們這幫人全都準時參加，但是呢，我們可以製造一個小小的意外，讓陳天林那個傢伙無法準時出席，反正這老傢伙是死硬的中立派，到時候我們只需要坐山觀虎鬥便可，看看柳擎宇到底會如何處理陳天林，看他是否會真如他所說的那樣對遲到的人不客氣。」

「不管柳擎宇如何處理，最終勝利的都是我們。如果他處理了陳天林，陳天林雖然不會加入我們，但是肯定會成為柳擎宇的敵人，**敵人的敵人就是朋友**；如果柳擎宇不處理他，那麼這次局黨委會之後，柳擎宇的威信將會徹底掃地，到那個時候，只要我們稍微推波助瀾一下，柳擎宇以後要想在局裡站穩腳跟，基本上就不太可能了。」

韓明強哈哈大笑起來：「老劉啊，你還是像以前那樣陰險，好，就這麼做，柳擎宇這小子想要給我們一個下馬威，我們就將計就計，也給他來個下馬威，看看誰玩得過誰。」

隨後，兩個人又湊到一起商量了一些細節上的執行問題，這才志得意滿地分開。

……

就在兩人商量著如何修理柳擎宇的時候，四輛看起來十分普通、掛著北京市牌照的長城汽車駛入景林縣。

車是國產車，車牌號碼單看起來也不起眼，但是如果四輛車的車牌全都看過之後，明眼人就會發現，這幾個人的車牌號碼竟然是連號的，前面幾個號碼全部相同，唯一不同的是尾號，分別為五、六、七、八。

如果柳擎宇看到這四輛車立刻就會認出來，車上坐著的是他的鐵桿兄弟，黃德廣、梁家源、陸釗、林雲。

這四個人為了給老大柳擎宇一個驚喜，商議一番之後，決定開一個茶館，而他們這次來景林縣就是來實際考察地點的。

四兄弟找了一家連鎖仲介公司，讓仲介給介紹了一些地點後，最後決定了一處距離縣城管局不遠的一個十字路口的店面。

這是一棟三層小樓，小樓後面還有一個小院，雖然臨街，卻是鬧中取靜，也個不錯的地方。

由於十字路口兩側街道不是主街，距離縣城中心繁華區域還有一段距離，加上這裡又只是個縣城，這三層小樓加上小院全部買下來，也只要兩百萬，這點錢對四個人來說不過是毛毛雨而已。

拿下這塊房產後，四兄弟立刻聯繫了一家高檔裝修公司來進行裝修。由於四個兄弟對這個地方十分重視，所以裝修費就花了一百萬，將整個茶館打造成一個外表樸素但是裡面十分高檔的私人會所。

四兄弟在北京也算是呼風喚雨的人物，但是到了景林縣後，行事卻異常低調。然而哥幾個誰也沒有想到，閉門家中坐，禍從天上來，竟然有人想要找他們的麻煩。不過，這是幾天後才會發生的事情，暫且不提，因為現在柳擎宇還不知道他們的存在。

柳擎宇上任的第一天下午，一邊看著手中有關景林縣城管局的機構設置，和主要相關科室的領導名單，一邊思考著城管局的內部派系情況。

透過這份人事名單，柳擎宇可以清楚地瞭解到，景林縣城管局一共設有五個科室，辦公室、計財科、法制科、執法督導科、行政審批科，還有四個直屬單位，分別為城市管理行政執法大隊（**副科級**）、市場服務中心（**副科級**）、市容市政所、環衛所四個直屬單位。

看著這些資料，柳擎宇心中盤算著，今天自己上任的第一次見面會，會有多少下屬到場呢？韓明強會不會在背後使用一些陰招呢？

柳擎宇雖然才進入官場半年，但是透過閱讀老爸劉飛的官場筆記，十分清楚地知道老爸以前在任上曾經多次經歷第一次上任就被下屬給放鴿子的情況，而老爸大部分採取的都是十分強勢的高壓政策。

這一次，他不打算把那些手段照搬照抄，畢竟時代不同，心態也不同了。他決定採取自己的方式來解決有可能發生的危機。

所以，才有了他提前給眾人打預防針的情況。而這一招的確打了韓明強等人一個措手不及。不過自己這支預防針的效果如何，還得等到開會的時候進行檢驗才能分曉。

會議在下午三點準時開始。

身為一把手，柳擎宇自然也會拿捏一下，最後一個掐著時間走進會場。

柳擎宇走進會議室後，第一個動作便是將整個會議室內的人給掃視一遍，清點一下人數。發現實際到場的人數還不少，有十四人之多，尤其是讓柳擎宇沒有想到的是，韓明強竟然也出席了這次的會議。

坐下之後，柳擎宇環視眾人說道：

「各位同事們，從今天開始，我們大家就要在一起工作了，我之所以召開這次的黨組擴大會議，主要目的是希望和大家彼此之間相互認識一下，方便以後工作的協調和溝通，這也是我在一開始讓各位都要準時來參加會議的主要原因。

「從這次與會的人數上來看，有喜有憂，喜的是到來的人數比我預期的要多一些，足有十四人之多，憂的是本應該到場的是十七人，在我三令五申的情況下竟然還有三個人沒有到場，也沒有向我進行任何解釋，看來還是有些同志並沒有把我這個新上任的局長放在眼中。

「我相信大家都知道我是軍轉幹出身，我這個人做事很直接，所以很多話我喜歡擺在檯面上談。也許在座各位很多人對我這麼年輕就出任城管局局長之位，非常不服氣，畢竟我才廿二歲，而在座的各位，哪一個不是三四十歲，甚至是四五十歲才熬到如今的位子，所以對我有頗多的不服和怨念。在這裡，我就把我自己的想法開門見山的和大家直接說出來。

「我做事從來都不在乎別人是怎麼想，怎麼看的，只要我認為我做的事情對老百姓有利，對國家有利，我就會毫不猶豫地去幹，如果誰做的事侵犯了國家和人民的利益，我會毫不猶豫地把他的手給斬斷。」

說到這裡，柳擎宇聲音多了幾分肅殺之氣：

「當然，我也知道，我初來乍到，還沒有什麼威信，很多人也因為各種原因，對我是否會像前幾任局長一樣做不了多長時間就會被拿下充滿了疑惑，在這裡，我可以毫不猶豫地告訴大家，我柳擎宇和前面幾任局長是不一樣的，這一點，大家以後在工作中會慢慢感受到。下面，大家就先進行一下自我介紹，包括自己的職位以及負責的領域。韓明強同志，就從你開始吧。」

說著，柳擎宇看向韓明強。

此刻的韓明強心中對柳擎宇這番話早就充滿了不屑，在他看來，咬人的狗是不露齒的，而柳擎宇上來就叫嚷得這麼兇，只有兩種可能，一是他想要借著他是夏正德嫡系人馬的身分來壓城管局的這些人；第二個則是柳擎宇色厲內荏，希望通過這種恫嚇的方式，讓在座各位科室一把手們對他有所忌憚。

不管柳擎宇到底是哪個目的，根本入不了他的法眼。自己可是在五次大的風波中屹立不倒，就算是當年薛文龍那麼強勢也不敢輕易動自己，何況是柳擎宇這種小小的局長呢。在他看來，整個城管局就是自己的獨立王國，就算柳擎宇是一把手，要想把日子過得舒服一些，也必須討好自己，否則他不介意讓柳擎宇成為第六個被拿下的局長。

柳擎宇自然將韓明強的表情看得清清楚楚，對此，他只是心中冷笑道：

「韓明強啊韓明強，不要認為你很厲害，很快你就會領略到我柳擎宇的手段了。」

韓明強介紹得十分簡單：

「我，韓明強，副局長，分管局黨總支、信訪維穩、群眾工作、城市監察大隊、環境衛生管理處、廢土管理大隊、行政審批股、政務窗口。」說完，便低下頭去不再說話了，他的意思十分明顯，就是他是在應付柳擎宇。

韓明強的這種做法屬於正常合理的範圍，既能夠達到削弱柳擎宇威望的目的，又讓柳擎宇抓不到任何把柄。這種小手段對他而言，僅是小菜一碟，他十分享受這種感覺。

有了韓明強帶頭，其他人在介紹自己的時候也十分簡短，讓柳擎宇根本無法通過這一次的會議瞭解到大多數成員的立場。

等柳擎宇聽完眾人的介紹之後，他點點頭，然後淡淡地說道：

「好了，現在對於大家我已經有了初步的認識，從大家的介紹來看，沒有來的那三個人身分也就呼之欲出了，這三個人分別是計財科科長王玉芹、城管局執法大隊大隊長高世才、市場服務中心主任崔百強，我相信大家都記得在開會前，我曾經讓龍翔同志三令五申不能缺席，既然這三位同志想要挑戰一下我這個新上任局長的威信，我也不能不給予回應，我看就這樣，一會兒散會後，由龍翔同志草擬一份通報批評的文件，我簽字後在城管局網站和局裡各個主要出入口處發佈，讓局裡全體的工作人員都能看到。念在他們是初犯，這一次就簡單的處理一下，如果下次再有類似情況發生，直接調整工作崗位。」

說到這裡，柳擎宇看向常務副局長韓明強，說道：「韓局長，我相信你不會反對我的這個建議吧，對於那些敢於不服從領導、蔑視領導之人，我們是不是應該果斷處理呢？否則的話，以後如何統領屬下？」

韓明強反駁道：「柳局長，我看這三位同志沒有到，應該有特殊的原因吧，僅僅是因為這麼一點小事就處理他們，是不是會讓同志們寒心呢？」

韓明強心知這三個人之所以沒有到場來參加會議，是他指示的結果，他不想直接觸怒柳擎宇這個瘋子的底線，但是讓手下的人試探一下柳擎宇的火力和處事方式還是很有必要的。

官場上，下屬是幹什麼用的？一是用來幹事的，二則是用來頂罪的，領導犯事了，把下屬往外一推，自己就保住了；如果下屬很明智，安心去頂罪，領導以後發達了，絕對少不了他的好處。

聽韓明強這麼說，柳擎宇笑了，淡淡一笑說道：

「韓明強同志，我想反問你一下，如果你批示要重點辦理的文件，下發到下面科室以後，下面科室的領導直接把你的文件扔到一邊，不聞不問，這個時候你會怎麼辦？你是認為下面的同志不認真辦理呢？還是認為他們有自己的一些原因忘了去操辦這件事呢？」

韓明強愣住了。他突然發現這個柳擎宇不簡單，一個小小的反問直接把自己逼到了牆角，因為不管自己如何回答，都會落入柳擎宇的言語圈套之中，如果自己為了維護三人，回答下屬的行為情有可原，柳擎宇只要說一句「以後大家都可以這樣做，韓局長不會怪罪大家的」，那自己的威望可就有些難以維護了；如果自己回答說他們的行為不可原諒，那柳擎宇只需要把眼前的這件事拿出來，就可以再次用自己的話打自己的臉。

陰險！柳擎宇這小子實在是太陰險了。

這時，分管燈飾管理處、市政公司的副局長張新生站了出來：

「柳局長，我認為您的說法沒有什麼可比性，我們應該就事論事，說實在的，以前幾任局長在任的時候，這種事情也經常發生，這幾位局長也從來沒有說什麼，如果你上來就想要以新官上任三把火的姿態來處理的話，恐怕不僅會讓在座的同志們寒心，更會給大家留下小肚雞腸的感覺，很難在局裡樹立起你自己的威望啊！柳局長，作為一個在官場上混了幾十年的老同志，我給你一個建議，做事情千萬不要衝動，要一板一眼地做，否則很容易搬起石頭砸自己的腳啊！」

不得不說，這個張新生倒是挺會岔開話題的，他這麼一說，直接把矛盾焦點集中在了柳擎宇是不是小肚雞腸，或者能否樹立起自己的威望上來，而柳擎宇給韓明強所設下的言語圈套的問題也迎刃而解。

張新生說完，柳擎宇看了他一眼，這個張新生八成是韓明強的人。

話題被岔開，柳擎宇倒也並不在意，看向對方說道：

「是張副局長吧，不得不承認你轉移話題的水準挺高的，那我就順著你的意思來回答一下吧。我和您老人家不一樣，我進入官場才半年多，所以對您所說的什麼威望不威望、小肚雞腸之類的詞語並不敏感，我之前就說過了，我這個人一就是一，二就是二，來不得半點馬虎，我不在乎別人是怎麼看的，我只認準一點，那就是犯了錯誤，就必須承擔責任，所以這三個人必須受到應有的處罰。沒有規矩不成方圓，今天，我就先把規矩確定下來，我不希望以後還有人會以這種十分幼稚的方式來試探我柳擎宇的底線和做人的原則。」

說到這裡，柳擎宇冷冷地掃了韓明強一眼。

韓明強自然接收到柳擎宇的表情，知道柳擎宇肯定看破自己的佈局了。

對於柳擎宇的處理決定，他並不在意，他相信，經過這次局委會以後，其他各個科室和單位的領導對柳擎宇肯定有了一個十分明確的認識，誰要想投靠到柳擎宇那邊，就得仔細考慮考慮了。畢竟柳擎宇已經告訴眾人，他就是一個愣頭青。如此一來，他的目的便已經達到了。

當初他和副局長劉天華一起商議陰謀的時候，便已經想到了柳擎宇可能會強勢處理三人，所以，一切都在他的算計之中。

在柳擎宇的強勢高壓態度之下，對三人的處理意見很快出爐，隨後，會議上柳擎宇聽取了每個人的工作彙報情況。

散會之後，韓明強和另外兩名副局長劉天華、張新生這兩位盟友一起回到韓明強的辦公室內。

落座後，劉天華憤怒地說道：「老韓啊，看來這個柳擎宇人年輕，但是做事很生猛，我們不得不防啊。」

張新生笑道：「老劉啊，我的意見和你恰好相反，柳擎宇做事生猛，但是卻容易意氣用事，像他這樣的官員我見得多了，沒有一個有好下場，他越是生猛，越是意氣用事，越容易出事。我們景林縣城管局的問題實在是太多了，這絕對不是他辦事生猛就可以解決的。你看著吧，不出半年，柳擎宇肯定會下臺的。老韓，你怎麼看？」

韓明強露出一副高深莫測的表情，說道：

「我的觀點和你們兩個的都不一樣，柳擎宇雖然辦事生猛，卻不是沒有政治智慧，這一點，從今天會議上他給我設下圈套就可以看出來，這傢伙還是有一點小聰明的，所以對於柳擎宇，我們不能掉以輕心。

「不過呢，對付他倒是不用太著急，畢竟柳擎宇和前面幾任局長不一樣，柳擎宇有縣委書記夏正德撐腰，我們要想搞定他必須得有充分的理由才成。我們先觀察一下柳擎宇接下來都有什麼動作再說。

「我有一種預感，柳擎宇絕對不會認同眼前局裡的這種形勢，以他的個性，絕對是那種權力欲很強之人，不能容忍我把他給架空，所以一定會想辦法進行反擊，而他反擊肯定會露出破綻的，那個時候就是我們的機會。」

張新生和劉天華全都認同地點點頭。

就在三人秘密商議著陰謀的時候，柳擎宇也沒有閒著，回到辦公室後，他也開始思考今天局委會上的種種情況，心中對韓明強明顯多了幾分重視。

他不得不承認，這個韓明強很有水準，尤其是在心機城府上相當厲害，柳擎宇相信，今天局委會上的種種情況，肯定是在韓明強的操控下才出現的，這說明此人掌控局勢的能力很強，如果自己想要突破他的架空之舉，恐怕得好好謀劃一下。

自己的當務之急是想辦法在城管局站穩腳跟，而自己要想站穩腳跟，第一個要拿下的就是辦公室主任這個位置。

想到此處，柳擎宇拿起電話撥通了辦公室主任龍翔的電話：

「龍翔，你到我辦公室來一趟。」

龍翔來到柳擎宇辦公室，恭敬地說道：「柳局長，您有什麼指示？」

柳擎宇笑道：「龍翔同志，我有幾個問題想要向你詢問一下，第一個問題是，今天局委會上未出席的三個人是哪個副局長的人？有沒有什麼別的背景？」

柳擎宇說話的時候，語氣十分平淡，但是雙眼卻一直緊緊地盯著龍翔。他這是在對龍翔進行試探。

龍翔也是一個絕頂聰明之人，此刻聽到柳擎宇的問話，便對柳擎宇喊自己過來的目的了然於心，頭一下子大了起來，柳擎宇這是在要求自己儘快站隊啊。

要知道，**在官場上，永遠無法拒絕的就是站隊**。因為**官場本身就是一個利益攸關之地**，政治利益、經濟利益等等，**有利益的地方就有人，就有圈子，就有勢力**。

每一個圈子和勢力的利益需求都不一樣，但是肯定會有利益交叉的地方，這個時候就產生了利益衝突，而一個陣營、一個圈子的人，肯定會努力為自己圈子的利益而與其他勢力進行鬥爭。

龍翔非常清楚，由於自己身處辦公室主任這個十分關鍵的位置，此刻他面臨兩種選擇，要麼站在柳擎宇這一邊，要麼等著被柳擎宇清掃出辦公室。

只是龍翔沒有想到，柳擎宇這麼早就要求自己選邊站，以前幾任局長上任後，都是先觀察一段時間，然後才讓自己表態，如果柳擎宇也是這樣做的話，他有信心征服柳擎宇，讓柳擎宇不需要擔心自己的立場問題，但是柳擎宇並沒有像以前那些局長那樣循著老規矩，一上任就讓自己選擇。

我該怎麼辦？一時之間，龍翔陷入沈默，腦中尋思著對策。

柳擎宇並不著急，只是淡淡地看著龍翔。**對於真正的人才，柳擎宇從來不會缺乏耐心。**

時間，就這樣一分一秒地過去。

龍翔在心裡回想著柳擎宇過往的成績與風評，以及他在關山鎮做出成績卻被放在城管局局長位置，突然眼前一亮。

表面上看，柳擎宇現在的權力沒有在關山鎮當鎮長的時候大，但是，如果換個角度去想，以柳擎宇的資歷，上位鎮委書記的可能性非常之小，畢竟官場上也是要論資排輩的，所以，在關山鎮，他頂多只能夠轉正鎮長的位置。

然而調到城管局就不一樣了，在這裡，他可是實實在在的一把手，只要柳擎宇在這個位置上熬上一段時間，做出成績，身為正科級一把手，他提拔到副處級的可能性大增。

如此一分析，柳擎宇調到城管局局長位置上，看似是被發配，實際上暗藏玄機。

不得不說，龍翔的分析十分精闢。在這一點上，即便是夏正德都沒有想到。

遠在千里之外的柳擎宇的老爸劉飛卻看到了其中的玄機，這也是他在柳擎宇遭遇如此不公待遇之後並沒有急於為柳擎宇力爭的原因。

他一方面希望柳擎宇在官場好好鍛煉鍛煉，另一方面，也要打那些政治對手們一個措手不及，你們把我兒子放到城管局局長位置上，明顯是想要盡力阻礙他的仕途之路，然而，只要他能夠幹出成績，就少了三五年從二把手提拔到一把手的歷程，可謂**福禍相依，富貴險中求**。

沉思了足足有五分鐘的時間，龍翔最終決定為了自己的前途好好地搏一把。他沉聲說道：

「柳局長，據我所知，缺席的這三個人，分別是計財科科長王玉芹、城管局執法大隊大隊長高世才、市場服務中心主任崔百強。王玉芹是常務副局長韓明強的小姨子，百分之百親信嫡系人馬，而高世才是這兩年韓明強一手提拔起來的，唯他馬首是瞻。崔百強則是副局長劉天華的人，這三人在局裡一向十分高調，除了他們的主子以外，對於其他的人一向不怎麼放在眼中。根據我的分析，這一次他們三個人缺席，應該是韓明強的圈套，想試探一下您的反應。」

龍翔在經過縝密分析之後，最終下定決心要投靠到柳擎宇的陣營中來。

他之所以能夠一直在辦公室主任位置上屹立不倒，除了有能力之外，**長袖善舞、超人一等的眼光更是他的保身法寶**，他直接交上了投名狀。

聽龍翔說完，柳擎宇便知道龍翔的立場了。他感到非常欣慰和開心，畢竟只要自己掌控了辦公室，就等於暫時站穩了腳跟。

想到此處，柳擎宇笑著說道：「龍翔，對於局裡的局勢你再幫我好好分析一下，我好做到心中有數。」

龍翔沉思了一下，便滔滔不絕地說道：

「柳局長，局裡的形勢十分複雜，這是由於城管局的特殊歷史造成的，相信您也知道城管局這兩年就換了五任局長，更替十分頻繁，就連一些副局長們也更換了不少，只有一個人始終穩若磐石，那就是常務副局長這個位置。

「以我對局裡形勢的分析判斷，我認為之所以會出現這種情況，一是和我們城管局特殊的工作性質有關；二是和韓明強有著千絲萬縷的聯繫，因為經過這幾次局長的更替，我發現一個規律，在幾次嚴重的城管責任事件中，都有一個甚至是數個和韓明強關係不睦的科室主任、副主任，或者是下面直屬單位的領導被拿下，以至於在經過幾次調整之後，韓明強牢牢掌握了整個城管局大局。

「我們縣城管局一共有三名副局長，韓明強算一個，剩下的兩名副局長中，劉天華和張新生全都是他的嫡系人馬。而局黨委委員一共有八名，除了你和三個副局長之外，剩下的四名委員分別是黨委副書記、局紀委監察室書記林小邪，主管黨務和紀律工作；局黨委委員、縣環衛所所長鍾天海，他是高配副科級；局黨委委員、市公園管理中心主任姜立武；工會主席吳宇豪。

「在這四個局黨委委員中，鍾天海和姜立武都是韓明強的嫡系人馬，林小邪和吳宇豪不是。而在城管局下屬的四個直屬單位之中，城市管理行政執法大隊高世才和市場服務中心崔百強是韓明強的人馬，環衛所所長肖亞平和市容市政所所長賈天奇則是沒有派系之人，可以這樣說，韓明強雖然不是局長，但是在城管局裡面的威望之高，歷任局長都望塵莫及，而柳局長您所要面臨的首要問題，便是如何化解接下來有可能被韓明強完全架空的尷尬局面。」

龍翔解釋得十分詳細，讓柳擎宇聽完之後有一種豁然開朗的感覺。

柳擎宇也意識到現在自己處境的嚴峻。沒想到自己剛在關山鎮扳倒了實力強勁的石振強，又被調進二把手牢牢掌控大局的城管局，自己該如何化解被架空的危機，如何在城管局內樹立起自己的威望和地位呢？

一時之間，柳擎宇陷入了沉思。

破局！如何破局！

這個問題始終在柳擎宇的腦海中縈繞著。

時間過得很快，眨眼間，兩個星期的時間便悄然逝去。

讓城管局眾人沒有想到的是，上任時十分高調、強勢的柳擎宇在這兩個星期內卻沒有任何動靜。

柳擎宇按兵不動的行為引起了韓明強一派人馬的警覺。

韓明強辦公室內。

副局長劉天華和張新生坐在沙發上，和韓明強討論著柳擎宇的問題。

張新生臉色鬱鬱地說道：「老韓，柳擎宇這小子到底玩的什麼把戲？難道他甘心被你這個二把手給架空？他可不是這樣個性的人啊。」

韓明強沉聲道：「我猜柳擎宇很有可能有他自己的打算，只不過我們暫時還摸不到他會如何出牌，我已經透過內線得知，辦公室主任龍翔已經投靠了柳擎宇，什麼事都會向柳擎宇彙報。柳擎宇收服了龍翔，這說明他志向不小，所以我們絕對不能輕敵。這小崽子按兵不動，讓我很難把握他下一步的出手方向，這倒是一個十分讓人頭疼的問題。」

這時，張新生突然說道：

「老韓，我看柳擎宇按兵不動，我們卻可以打草驚蛇啊，想辦法讓他動起來，只要他動起來，我們就能夠看出一絲端倪，只要找到他的破綻，將破綻放大，絕對能把他給扳倒。如今縣裡的局面也漸漸清晰了，雖然薛文龍倒臺了，但是新上任的縣長賀光明卻是市長李德林的人，而薛文龍時代的縣委副書記包天陽和宣傳部部長周陽這兩人全都沒有牽連進薛文龍的事件中去，現在這兩人已經投靠到賀光明的陣營中，雖然夏正德那邊也拉攏了兩名常委支持，即便如此，夏正德依然無法牢牢掌控整個常委會的大局，整個景林縣常委會已經逐漸形成夏正德和賀光明之間兩強相爭之勢，而處於中間派的常委數量比起這兩方的實力來都不弱，因此，此刻夏正德的心思全都用在了常委會上，對柳擎宇的處境恐怕幫助不多，所以，現在是我們扳倒柳擎宇的最好時機。」

聽張新生這樣分析，韓明強皺著眉頭說道：「扳倒柳擎宇倒不是不可以，不過必須找到一個合適的理由和重量級的把柄才行，畢竟之前我們已經接連幹掉五任局長了，縣裡市裡十分注意這裡，如果柳擎宇再被扳倒，恐怕對我們的影響很大，所以，我的意思是我們暫時不扳倒他，而是想辦法收集他的各種證據，想辦法控制他，讓他成為傀儡局長，這樣一來，就方便我們幹許多事情。」

張新生點點頭道：「嗯，老韓這番話很有遠見，我看可以這麼做，只要把柳擎宇給整成傀儡局長，我們就可以在城管局為所欲為啦！一旦出事，柳擎宇就是一個替罪羊。」

韓明強突然眼前一亮，臉上露出陰險得意之色說道：

「嘿嘿，聽你們這麼說，我倒是想到了一個好辦法，最近正在推動老城區舊城改造，根據我得到的消息，東部老城區將會進行大規模的拆遷，這時候，既是利益最為豐厚的時候，也是各種拆遷矛盾集中爆發的時候，城管局在這樣的事件中肯定是要衝在第一線的，我們可以以這次舊城改造為契機，狠狠地擺柳擎宇一道，讓他欲哭無淚。」

張新生和劉天華聽了都使勁地點點頭，拍著手道：「好，老韓的意見好！我們就把舊城改造一事做成柳擎宇的墳墓。」

幾人相視一笑，從彼此的眼神中看出了興奮和得意。在他們看來，這一次柳擎宇在劫難逃，畢竟在沒有舊城改造這個題目的時候，他們都能設計將前面幾任局長一一拉下馬，更何況現在還有舊城改造這個非常好的引子呢。

就在韓明強這邊緊鑼密鼓地醞釀著想辦法擺平柳擎宇的時候，柳擎宇也沒有閒著，他之所以按兵不動是有他的考慮，他也在一直思考著如何破局，並且已經開始著手準備起來。

然而，不管是韓明強也好，柳擎宇也好，他們誰也沒有想到，自己都還沒有出招呢，一件意外的事情突然爆發，將雙方的部署全部打亂了。

打亂兩方部署的人是黃德廣、梁家源、陸釗、林雲這四個柳擎宇的好兄弟。而事件的引爆點就是四人在景林縣買的那棟帶院子的三層小樓。

當初這棟房產的主人叫楊海成，是縣城管局執法大隊大隊長高世才的小舅子，這棟房產是他祖傳下來的。

海悅天地在前段時間被查封，最近風頭過去，有關部門正在考慮把海悅天地盤出去，楊海成和幾個損友一合計，決定把海悅天地接手下來，畢竟海悅天地娛樂城裡面各種配套設施十分齊全，僅僅是那塊土地就值上千萬，加上內部裝修和設備，保守估價三千萬以上。

由於海悅天地的老闆謝老六已經被法辦，這個房產就成了無主之地，在有心人的運作下，準備以一千萬盤出，這筆錢則作為有關部門的經費。

聽到這個價位，楊海成毫不猶豫地把自己祖傳的家宅以兩百萬的高價盤出，將得到的兩百萬入股，和縣委副書記包天陽之子包曉星，主管城建、水利等方面的副縣長徐建華之子徐文濤、蒼山市主管城建副市長馬宏偉之子馬小剛合夥籌集了一千萬，盤下了海悅天地，並且在重新招兵買馬後，海悅天地重新開張，也如他預期的十分賺錢。

哪知道讓楊海成傻眼的是，他剛把自家房子盤出去不到半個月，便得到縣裡傳出來絕對可靠的消息，說景林縣舊城改造計劃即將啟動，根據改造的規劃，他出售給黃德廣等人的那處宅子對面，就是新的景林縣縣委縣政府大院所在地，那處宅子的價格將會因為新的辦公大樓的建設而瘋狂飆升，如果現在賣的話，沒有四百萬的價格他是絕對不會答應的。

現在的問題是，楊海成已經把宅子賣給了黃德廣等人，合同等所有流程都走完了，宅子的所有權已經是人家的了。

楊海成怎麼能咽下這口氣呢，才半個月的時間自己就至少損失了兩百萬，所以他調查了一下黃德廣等人的背景後，得知幾人是外地人，打算開個茶館，他想了想，開茶館的肯定沒有什麼背景，所以和幾個損友一商量，便決定強行將這處宅子再搶回來。

「就在黃德廣等人起名為「藏拙」的茶館盛大開業的這一天，楊海成便帶著三個好友來了。」

藏拙茶館開幕儀式並沒有辦得多隆重，只是在茶館外面掛上了一塊牌子，上面寫著：「藏拙茶館正式開業，本茶館實施會員制，商場人士身價低於兩千萬的不能入內，官場人士級別低於副科級的不能入內，符合資格者需要提交資料，審核通過後才能成為會員。」

楊海成幾個人看完這塊牌子之後，全都笑了起來。

楊海成用手指著牌子說道：「各位兄弟們，你們看這茶館的老闆是不是腦袋被驢給踢了，我們一個小小的縣城居然還要搞會員制，真是異想天開啊。」

「嗯，海城說得不錯，看來我們把你的這個宅子收回來也是做了件善事，省得他們賠錢賠得太慘啊！」

說話的是徐文濤，徐文濤看起來也就是二十歲左右，說起話來，眼神中總帶著一絲陰鷙之色。

幾個人有說有笑地來到茶館內。

此刻，由於並沒有什麼生意，黃德廣、梁家源、陸釗、林雲四個好兄弟正圍坐著玩牌。

見有客人上門，一名美女服務員立刻走了過去，滿臉陪笑著說道：「四位先生，你們好，請問是要辦會員嗎？請跟我來。」

楊海成一把推開美女服務員，不客氣地說道：「去去去，一邊待著去，我要找你們老闆談件事情。」便邁步向黃德廣等人走去。

黃德廣看了楊海成一眼，說道：「原來是楊老闆啊，找我們有什麼事？有關這座宅子的流程不是都走完了嗎？錢也給你了，還有什麼好談的？」

楊海成蠻橫地道：「當然沒有完，現在這座房子已經升值超過一倍了，我是來收回我的房產的，我不打算賣給你們了。」

黃德廣冷冷地看了楊海成一眼，說道：

「楊老闆，我剛才已經說過了，所有的流程都走完了，合約上也已經白紙黑字寫明現在這處房產是我們的，和你一毛錢的關係都沒有，你憑什麼收回去？你有這個資格收回去嗎？我是有律師證的律師，我可以明確地告訴你，你這種行為，法律上是絕對站不住腳的。即便是打官司你也必輸無疑。」

楊海成冷笑道：「打官司？誰跟你們打官司！我想你們幾個可能還沒有弄清楚一件事，我說要收回這所宅子，我就是要收回來，你們給也得給，不給也得給，因為我們是地頭蛇！你們不過是外地來的小商人而已，我想，你們也不想在這兒招惹什麼是非吧？我可以明確地告訴你，如果你們不把這處宅子還給我的話，我會讓你們吃不了兜著走的。」

囂張！絕對囂張！在黃德廣這幾個外地人面前，楊海成充分把自己地頭蛇的囂張氣勢淋漓盡致地展現出來。

旁邊的包曉星等人全都充滿激賞地看著楊海成。

在他們看來，楊海成這樣做是理所應當的，這才符合這個圈子裡的做事規則。在他們這個圈子裡，只要你**有權力，有金錢，就可以操控一切**。大家聚在一起，人脈共用，資源分享，風險共擔。

在他們眼中，黃德廣這四個外地人就是任由他們宰割的肥羊。他們要一分錢都不花把這個宅子給拿下來。

四兄弟聽完楊海成的這番話後，彼此對視一眼，突然哈哈大笑起來。

真是太搞笑了，以他們四個人的身分，雖然不敢說在北京衙內圈中橫著走，但怎麼也是跺一腳衙內圈都要顫一顫的人物。他們不去找別人麻煩，別人就燒高香了，現在竟然有人要找他們的麻煩，這豈不是讓他們笑掉大牙。

四兄弟中為人比較低調、身形瘦削的「智聖」林雲淡淡說道：

「楊老闆，看你的樣子想要強行吃下我們？難道你們就不擔心我們強勢反撲嗎？你難道認為我們就一點底牌都沒有嗎？」

包曉星聽了，譏諷道：「反撲？你們還能整出什麼花樣來?!這裡可是景林縣，不是別的地方，要是在別的地方，或許我們真不敢把你們怎麼樣，但是在景林縣，我們說一不二。如果你們識相，立刻跟楊海成去辦理過戶手續，把宅子的所有權還給他，或許我們還可以考慮把那兩百萬退給你們，但是你們不識好歹的話，那可就別怪我們哥幾個心狠手辣了。」

陸釗是四兄弟中脾氣最為火爆的一個，他早就看楊海成幾個人不順眼了，此刻聽包曉星竟然口出威脅之語，再也忍不住了，猛的一拍桌子，站起身來，眼中寒光閃爍道：「敢威脅我們？你們信不信我現在就把你們給收拾了?!馬上給我滾蛋！否則的話，可別怪我不客氣！」

說著，陸釗便朝楊海成幾人走了過去。

陸釗身為龍組的頂尖高手，身上無形中便散發著強烈的氣勢，隨著他的走動，楊海成等人立時感受到一股凜冽的殺氣將自己給牢牢鎖定了。

這時，一直沉默不語的梁家源站起身來，向楊海成幾人走去。林雲和黃德廣兩兄弟見狀，也毫不猶豫地跟在後面。

黃德廣道：「怎麼，楊老闆，你們是想要單挑還是群毆？」

這時，楊海成幾個看對方竟然想要打架，頓時臉色一變。他們四人小組自從建立之後，還沒有怎麼打過架，因為在景林縣，隨便亮出任何一個人的身分，別人都十分忌憚，哪裡還敢和他們作對？打架就更別提了，沒想到今天竟然遇到生瓜蛋子（**編按：形容社**

會經驗不足，初出茅廬的年輕人。）了。

「黃德廣，你們可能還不知道我們的身分吧，告訴你，如果說出我們的身分，看不嚇死你。跟我們打架，你們配嗎？」徐文濤道。

「哦？你們四個難道大有來頭？那我可得好好聽聽了，千萬別闖了大禍。」黃德廣諷刺道。

徐文濤聽黃德廣這樣說，立刻挺直了腰桿傲然說道：

「告訴你們吧，楊海成是縣城管局執法大隊大隊長的兒子，包曉星是景林縣縣委副書記包天陽的兒子，我則是副縣長徐建華的兒子、而馬小剛是馬副市長的兒子，我們四個隨隨便便出來一個人動用一下關係，就足以捏死你們四個人了。所以，我奉勸你們，在我們發飆之前，立刻給我們乖乖地捲舖蓋滾蛋！」

黃德廣四人聽完徐文濤自報家門之後，彼此對視一眼，再次哈哈大笑起來。

就在這笑聲中，四個兄弟突然一起出手衝了上來，三拳兩腳把徐文濤四個人打倒在地，然後喊來四名保安，把四個人扔到了茶館外面。

茶館外，四個人一骨碌身從地上爬起來，互相看了看對方，全都鼻青臉腫的，身上到處都是灰塵。

楊海成充滿怨毒的目光惡狠狠地看了一眼茶館內繼續玩牌的黃德廣四兄弟，咬著牙說道：「各位，這次我們算是栽了，真沒有想到，這四個傢伙如此囂張，連我們都敢打，你們說我們怎麼辦？」

包曉星繼承了他老子包天陽善於謀略的風格，略微沉思了一下，便滿臉陰鷙地說道：「我看這四個人似乎也有些背景，否則在我們亮出身分後絕對不敢打我們，但是不管他們有什麼背景，這裡是景林縣，還輪不到他們囂張，既然我們來文的不成，那就只能玩武的了。他們不是想在這裡開茶館嗎？那我們就讓他們這個茶館開不成。」說著便獻上一計。

就在他們離開之後不久，便相繼有城建、稅務、消防等部門的人員來茶館進行檢查，開具了很多罰單，並且責令茶館停業整頓。

黃德廣四兄弟自然明白這肯定是楊海成等人在做手腳，讓他們氣得不行。

然而，事情並沒有完。當天下午，更接到縣城管局限期撤離的通知，通知說，根據縣裡調查，茶館屬於違章建築，將會於晚上進行強制拆除。

看到這個通知之後，四兄弟全都憤怒起來。

陸釗狠狠地一拍桌子，怒聲說道：「老黃，這幫孫子太過分了，居然想要強行拆除我們剛剛買下來的宅子，這明顯欺負我們是外地人啊！我們要不要動用關係好好收拾收拾他們？」

黃德廣在猶豫，他沒有想到事情竟然會發展到這個地步。

就在這時候，四人中最善於玩弄謀略的「智聖」林雲突然說道：「各位，我倒是有個好主意，既能化解眼前的這種局面，又能對柳老大在城管局的工作有所幫助。」

其他三兄弟立刻看向林雲。

林雲嘿嘿一笑：「他們不是下通知說要強拆我們這個宅子嗎？那就讓他們拆好了，我們可以這樣這樣辦……」

林雲把自己的計謀說了出來，三兄弟聽完全都豎起了大拇指。

梁家源用力拍著林雲的肩膀說道：「你這傢伙真是太陰險、太狡詐了，這一次，我估計楊海成他們得哭死！哈哈！」

林雲眯著眼道：「哼，這四個混蛋以為有個很跩的老子就可以為所欲為了，這次，我們要用血一般的事實告訴他們，一山還比一山高，光憑身分背景是成不了事的，只有智慧才是最可靠的，也希望老大能夠藉著這件事獲得一些好處。」

完全被蒙在鼓裡的柳擎宇並不知道，就在他頭疼如何在城管局破局的時候，他的四個好兄弟即將在景林縣掀起一場超級大的風波。

第二章

強拆風波

馬小剛看向楊海成，楊海成自然是支持馬小剛的，忙道：「拆！一定要拆！我們要好好教訓教訓這群不知道天高地厚的外地佬！」

「好！給我拆！」馬小剛一下令，那些城管人員立刻指揮著怪手司機向茶館開了過去！

景林縣縣城的天，不到五點半便開始漸漸黑了。

夜色籠罩大地。五點半左右，是各個機關單位員工下班的時間，街道上到處都是騎著自行車、電動車的人流。

此刻，與外面滾滾車流形成鮮明對比的是，茶館外面靜靜地停著好幾輛體型巨大的怪手，每台怪手就像一尊猙獰的巨獸，冷漠地注視著這個即將被強拆的地方。

在靠近門口處兩台怪手下面，站著四個男人，正是上午在茶館內吃了虧的楊海成、包曉星、徐文濤、馬小剛。在四人身旁，站著十多名城管局的城管人員。

在他們對面的門口處，黃德廣、梁家源、陸釗、林雲四個兄弟站成一排，冷冷地望著楊海成四人。

楊海成先發話了：

「黃德廣，現在最後給你們十分鐘的考慮時間，你們到底要不要把這個茶館還給我？如果還給我，我可以按照你之前的收購價格給你兩百萬，雙方從此兩清，大家面子上也都過得去；如果你們非得頑抗到底的話，看到外面這麼多的怪手了嗎？不到半個小時，縣城管局的工作人員便會下令工人把這裡拆成一片平地，到時候你們可是連一毛錢都拿不到了。我奉勸你最好明智一點，別不見棺材不掉淚。」

黃德廣聽完後冷冷一笑，說道：「楊海成，包曉星，你們幾個聽清楚了，這所宅子我們是按照正常的流程一分錢不少買下來的，而且還有仲介機構作見證，現在這所宅子的所有權已經屬於我們的了，你憑什麼強拆我們的房子？你們就不怕強拆引發媒體關注嗎？你們就不怕強拆會引起我們的強烈反彈嗎？」

包曉星哈哈大笑著說道：「黃德廣，你以為你們四個算什麼東西？就算這宅子的所有權是你們的又如何？我們想要拆就拆，你們又能把我們怎麼地？在我們的地盤上豈容你們這些外地人囂張跋扈！你們就算是過江猛龍，又怎麼壓得過我們這些地頭蛇！黃德廣，現在時間只剩下九分鐘了，你們最好考慮清楚了再回答。」

包曉星說完，場面立時成僵局狀態。因為事情發展到這個地步，誰都不可能讓步。現在雙方只能進行心理較量，看最終是誰撐不住。

時間一分一秒地過去。兩方都在默默等待著。

徐文濤對包曉星說道：「曉星，如果他們真不屈服的話，難道我們真要拆了這座樓不成？那樣是不是太浪費了？」

包曉星低聲道：「沒事，反正隨著縣政府辦公大樓搬遷到對面，這塊地皮的價格將會扶搖直上，到時候只需要在原地重新建一座更大、更高的樓房，然後把房子租出去，光是租金每年就有不少了。重點是，我們必須讓他們明白，在景林縣這塊土地上，他們是鬥不過我們的。我們要用事實給他們一個血淋淋的教訓。」

「嗯，有道理，有道理。這四個小子也不知道從哪裡來的，居然底氣這麼足，真他奶奶的麻煩啊！」徐文濤點頭道。

這時，馬小剛在旁邊冷笑著道：「想賺錢又怎麼能不麻煩呢，老楊不是說了嘛，這塊土地拿下來，他拿四成，咱們三個每個人拿兩成，咱們只需要站腳助威便可，這錢來得其實也還算輕鬆。」

就在四人嘰嘰喳喳的時候，在藏拙茶館門口，黃德廣、梁家源、陸釗、林雲四兄弟也沒有閒著，也在低聲交流著。

梁家源說道：「我說哥幾個，看對面的勢力，還真是要強拆我們的房子啊，咱們恐怕真得按照林雲的方案進行了。」

黃德廣見狀道：「是啊，真沒想到這個小縣城裡面的衙內們做事如此囂張，不僅不講道理，還敢動用城管局的人進行強拆，真是彪悍得無以復加啊！」

這時候，林雲的手機突然嘟嘟嘟地響了起來，林雲接通電話，和對方聊了兩句後便說道：「你們過來吧，按照計畫行事。」

林雲剛掛斷電話後不到兩分鐘，只聽見一陣陣引擎的轟鳴聲，接著好幾輛跑車十分有序地停在茶館外面，把茶館周邊圍了個水泄不通。

由於眼力和視野所限，楊海成對高檔跑車並不精通。身為副市長的兒子，馬小剛則是見多識廣，一眼便看出此刻停在茶館外圍的那些跑車不是法拉利就是藍寶堅尼，隨便拿出一輛便價值不下百萬，其中更不乏價值上千萬的限量版跑車。

馬小剛發現那些跑車的駕駛下車後，立刻圍攏到黃德廣、梁家源等四個兄弟的身邊，和四個人聊了起來，從聊天的架勢上看，很明顯這些人都在努力討好黃德廣等人。

馬小剛不是傻瓜，對方能夠隨隨便便招來這麼多跑車助陣，絕對不是簡單人物，不禁萌生了退意。

就在此時，黃德廣衝著馬小剛他們喊道：

「馬小剛，楊海成，十分鐘時間到了，我們堅持我們的觀點，你能把我們怎麼樣？看到沒有，圍在茶館四周的這些跑車，每輛都價值不菲，你有本事，讓怪手壓過這些跑車強拆我們的茶館啊，你要是不敢，你就是我們的孫子！」

很多時候，激將法是最有用的手段。馬小剛一向做事情從來都是按照自己的心意來的，加上和楊海成這四個衙內混在一起，平時更是囂張到不行，如果現在示弱，以後也沒臉見人了，因而明知對方來歷可能不簡單，但是被黃德廣用言語這麼一刺激，立刻腦門青筋暴起，雙眼怒火狂噴，將後果拋之腦後。

他大手一揮，怒道：「拆！給我拆！不就是幾輛跑車嘛？誰讓他們違規停在那裡，壓了就壓了！」

包曉星趕忙湊到馬小剛耳邊道：「那些可都是頂級跑車，不能壓，賠不起啊！」

馬小剛此刻早被氣得失去了理智，聽包曉星這麼說，更如火上加油，心中的怒氣更濃了，罵道：「賠？奶奶的，我就不信了，你們四個外地佬能在蒼山市掀起什麼花樣出來！包曉星，你要是害怕，就立刻退出這件事情，咱哥幾個不怪你。」

包曉星老爸不過是個縣委副書記，和馬小剛老爸比起來要差了不少，所以對馬小剛有些巴結，聽馬小剛這麼說，忙表態道：「這個時候我怎麼能撤出呢，我堅決和兄弟們站在一起！」

馬小剛看向楊海成和徐文濤：「你們兩個怎麼說？」

楊海成自然是支持馬小剛的，忙道：「拆！一定要拆！我們要好好教訓教訓這群不知道天高地厚的外地佬！」

「好！給我拆！」

馬小剛一下令，那些城管人員立刻指揮著怪手司機向茶館開了過去！

看到此狀，對面黃德廣幾個臉上充滿了不屑和嘲諷之色，不慌不忙地從怪手的空隙中走了出來，來到馬小剛等人的對面。

這時，怪手距離跑車已經越來越近了。

黃德廣站在馬小剛、楊海成四人面前，滿臉不屑地說道：「馬小剛、楊海成，我奉勸你們一句，最好立刻下令讓那些怪手停止，否則，一旦他們越過那些跑車的紅線，後果不堪設想，你們一定會後悔的。」

「後悔？我馬小剛眼中沒有後悔兩個字！拆！快點，磨蹭什麼，給我拆！」馬小剛狂傲地道。

在馬小剛的催促下，那些怪手機最終輾壓過跑車，兇悍地拆起了房子！

這時，林雲不慌不忙地拿出手機，撥通了柳擎宇的電話：

「柳老大，我是林雲啊，我們四個在你們景林縣被人給欺負了，現在你們城管局的怪手正在強拆哥幾個的產業啊，你快點過來看看吧！」

柳擎宇接到林雲的電話就是一愣，說道：「你說什麼？有人敢欺負你們？你是不是在騙我啊。」

「老大，我怎麼敢騙你呢，我們幾個真的在你們景林縣被人給欺負了。」說著，便把茶館的事簡單地跟柳擎宇說了。

柳擎宇聽完，臉色刷的一下陰沉下來。身為四兄弟的老大，柳擎宇對兄弟們一向非常重視，現在竟然有人欺負到自家兄弟的頭上了，柳擎宇豈能容忍。

本來正在加班的柳擎宇立即放下手中的工作，把龍翔喊了過來，讓他安排司機駕車載著他直奔茶館。

當柳擎宇來到茶館現場的時候，茶館早已變成一片廢墟，七八輛跑車被輾壓得猶如鐵餅一般，在茶館門口，黃德廣四個兄弟精神抖擻地站在那裡，哪裡有一點被人欺負的感覺，相反，在他們腳下不遠處，楊海成、包曉星、徐文濤、馬小剛四個人橫七豎八地倒了一地。

包曉星一邊雙手撐著坐起身來，一邊用手指著黃德廣說道：「姓黃的，你竟然敢打我，這事我跟你沒完！我要是不讓你脫層皮，我就不是包曉星。」

說完，便拿出手機撥通老爸包天陽的電話：「爸，我被人給打了，你一定要給我出口氣啊！」

不僅僅是包曉星，楊海成三個也都被打得心頭火起，各自撥打自己老爸的電話請求支援。

柳擎宇看到城管隊員和怪手留在現場，邁步走到一名城管隊員面前，問道：「你們認識我嗎？」

那個城管隊員把眼睛一瞪：「你誰啊？」

其他城管隊員也都用充滿疑惑的眼光看著柳擎宇，就好像柳擎宇是外星人一般。

柳擎宇到城管局上班有半個月的時間了，由於這段時間柳擎宇相當低調，雖然城管局的中高層官員認識他，但是這些基層隊員卻沒有多少機會見到柳擎宇，所以不認識他也很正常。

柳擎宇沉著臉道：「好，既然你們不認識，那我告訴你們，我是城管局新上任的局長柳擎宇，我現在命令你們，立刻給你們的上級打電話，把他給我叫來。」

「就你？還城管局局長？你忽悠誰啊！你給我們局長提鞋都不配！」一名城管隊員不屑地看著柳擎宇說道。

柳擎宇自然不會和這些小卒子生氣，直接拿出自己的工作證扔給他們，說道：「你們自己看吧。」

這些人員接過柳擎宇的工作證一看，頓時傻眼了，工作證上清清楚楚地寫著「柳擎宇」三個大字，尤其是上面那鮮紅的公章更不可能造假。幾個人怎麼也沒有想到，眼前這個年輕人竟然是自己的局長。

一時之間，幾名城管隊員嚇得腿都有些發抖了。

坐在不遠處正在等待援兵的楊海成等人看到柳擎宇出場，一開始還有些摸不到頭腦，後來才想明白，原來柳擎宇是黃德廣他們請來的援兵，而且這個援兵竟然是城管局局長。

看到這裡，馬小剛冷笑著嘲諷道：

「黃德廣，真沒有想到，你們的援兵居然是一個小小的城管局局長啊！說實在的，在蒼山市，一個小小的城管局局長連給我拎包都不配，哈哈，太可笑了，竟然找一個屁點大的城管局局長來撐場面。」

聽到馬小剛這樣說，黃德廣只是不屑地看了馬小剛一眼，心中暗道：「哼，柳老大雖然官職不高，但手段極多，否則的話，你以為以我們哥四個的身分，能心甘情願地當他的小弟？」

不管是黃德廣也好，梁家源、陸釗和林雲也好，四兄弟從來沒有因為柳擎宇官職低而看不起柳擎宇，因為在他們心目中，天下還沒有柳老大擺不平的事。

柳擎宇沒有理會馬小剛的嘲笑，看著那幾名城管隊員說道：「現在可以證明我是城管局局長了吧，現在把你們執法大隊的大隊長高世才給我喊過來吧。」

在柳擎宇的強勢態度下，這些小城管隊員哪裡扛得住壓力，只能立刻打電話。

高世才對今天的強拆行動自然是知曉的，而且還是妹夫楊海成給他打電話後，他親自給城管局執法大隊的手下們下達指示，讓他們去拆茶館的。在他看來，這不過是小事一樁，他幹得多了。

他手中拿著電話，一時間有些猶豫，自己到底要不要去呢？柳擎宇找我到底有什麼意圖呢？

就在高世才猶豫不決的時候，柳擎宇從城管隊隊員手中拿過電話命令道：「高世才，給你二十分鐘時間趕到現場，否則後果自負。」

高世才聽柳擎宇這樣說，心中一凜，自己的頂頭上司韓明強正在和柳擎宇明爭暗鬥呢，這時候自己還是少惹麻煩為好，反正不過是跑一趟而已，看看就看看吧。

想到此處，高世才開上自己的車不到十分鐘便趕到了現場，來到柳擎宇面前：「柳局長，您找我？」

柳擎宇用手一指那些城管隊員，冷冷地說道：「高隊長，你看看現場這些城管隊員是不是你的手下？」

高世才不明白柳擎宇為什麼這樣問，不敢撒謊，只好說道：「是的，他們都是執法大隊的。」

柳擎宇點點頭：「嗯，那就好，高隊長，我想問問你，對於執法大隊的工作流程你清楚不清楚？」

柳擎宇這樣一問，高世才立刻意識到情況有些不太對勁了，柳擎宇今天為什麼要把自己叫來？為什麼要先詢問自己熟悉不熟悉執法大隊的流程？難道柳擎宇想借這次強拆對自己下手？

想到此處，高世才腦門上冒起汗來。要知道，今天這次強拆可是被柳擎宇抓了個正著，想辯解都沒有辦法，而自己剛剛又承認了這些隊員是自己的手下，此刻可以給自己撐腰的人又沒有在現場，怎麼辦？我該怎麼辦？

一時之間，高世才陷入了沉默。

柳擎宇怎麼會讓他沉默下去呢，冷冷說道：「高世才，你該不會連這麼簡單的問題都不想回答吧？或者是你有什麼難言之隱不成？」

高世才終於拿定主意，沉聲道：「柳局長，城管局執法大隊的流程我自然知道，不過呢，您也知道，由於我們執法大隊的任務很多，甚至還有一些緊急任務，所以有時候未必會嚴格按照流程辦事。總之，我們執行任務的出發點一直都是以民為本，儘快為老百姓解決實際問題。」

高世才耍了一把花槍，想在柳擎宇面前做官面文章。

然而，他小看了柳擎宇。

柳擎宇詢問他流程之事，實乃虛晃一槍，等高世才回答完這個問題，柳擎宇立刻轉移話題，而且問題並不是問向高世才，而是問向那些城管隊員：

「你們今天出來執行任務，是擅自採取行動的嗎，還是有人指示你們來執行任務的？這件事我必須弄清楚。如果是你們擅自執行任務，那麼你們將會全部被開除出城管隊伍。現在請你們考慮清楚再回答我的問題。我要真實的答案，如果撒謊，後果更嚴重。」

柳擎宇說完，目光直視著高世才，以免他向這些城管隊員施壓。

對這些城管隊員來說，能夠有這麼一份穩定的工作十分難得，而且這份工作還是家裡人託關係走門路才弄來的，他們對這份工作很是珍惜，現在聽柳擎宇這麼說，大多數人立刻心理都有些恐懼。

其中一名城管隊員膽子最小，柳擎宇問完，立刻顫聲說道：「柳局長，我們是奉了高隊長的指示過來的。」

柳擎宇看向其他城管隊員，冷冷地說道：「你們呢？」

這個時候，為了自保，誰還去管高世才死活，大夥兒連忙齊聲點頭說道：「是高隊長指示我們行動的。」

柳擎宇轉頭看向高世才：「高大隊長，他們的話你認可嗎？」

高世才聽到執法大隊的兔崽子們這麼快就把自己給招出來，心中那個氣啊，說老子平時可沒有虧待你們這些兔崽子，有啥好處都沒忘了你們，沒有想到柳擎宇把臉一沉，你們就把老子給交代出來了，也太不夠意思了。

現在柳擎宇問到自己，他想推脫也推脫不掉，只能硬著頭皮說道：「沒錯，今天強拆是我下達的指示，柳局長，我下達這個指示完全是按照縣委縣政府的指示精神行事，這棟建築涉嫌阻礙縣裡舊城改造計劃，所以必須強行拆除。」

高世才感覺到柳擎宇有針對自己的意圖，所以連忙撇清，拼命給自己尋找保護傘，還特意把縣委縣政府的舊城改造計劃給搬了出來。

然而，柳擎宇又豈是那麼好糊弄的。柳擎宇淡淡一笑，冷冷地說道：

「哦？縣委縣政府的舊城改造計劃？據我所知，目前這個計劃的整體規劃方案還僅僅是處於研討中呢，難道現在就開始圈地了不成？而且，按理說，即便是要城管局出面來解決問題，第一個也得先通知我這個城管局局長才行啊，難道是縣委縣政府的有關領導越過了我，直接找到你的頭上了？如果真是這樣的話，我倒是得找這位縣裡領導好好談一談了，要不你把這位縣裡領導的名字告訴我，我把他約到現場來好好談一談？」

柳擎宇開始咄咄逼人起來。

其實，高世才之所以擅自指揮手下採取行動，是因為他這樣做早已是慣例了，根本就沒有向局長請示的習慣，頂多跟常務副局長韓明強說一聲。他非常清楚，按常理來說，這麼重大的行動肯定得上報局長的。

現在柳擎宇在這個問題上挑自己毛病，他立刻小心翼翼起來。

「柳局長，倒是沒有什麼領導給我打招呼，我只是聽有些領導提及此事，所以就想要先急領導之所急……」

高世才開始忽悠起來。把自己塑造成一個真心實意想要為領導排憂解難，為老百姓踏實做事的好官。

柳擎宇自始至終都沒有說話，等他說完後，這才打臉道：

「高世才，你說了那麼多，說得那麼好，我想最後問你一句，這個茶館到底算不算是違建？你有什麼證據證明這裡屬於違建？如果沒有證據，僅憑著你想要為領導排憂解難的心思，你就下達強拆的指示，你不認為這樣做有些兒戲嗎？你不認為你這樣做損害了一個守法公民的權益嗎？再說，這麼重大的行動，你不向我這個當局長的請示就擅自指揮手下採取行動，你的眼中還有我這個城管局局長嗎？」

說到這裡，柳擎宇話風一變道：「我看這樣吧，你這個執法大隊的大隊長對於城管局的相關工作流程似乎根本就不瞭解，說話辦事也是誇誇其談，沒有一點真實，我看你不太適合當執法大隊的大隊長，暫時先調到局工會那裡，協助工會的吳主席工作一段時間吧，希望你在新的崗位上能夠有所作為。」

柳擎宇的話說得輕描淡寫，但是聽在高世才耳中卻如晴天霹靂一般，把自己調到工會那裡？這簡直就是發配邊疆啊。局工會一共才三個工作人員，一個局工會主席吳宇豪，兩個小科員，吳宇豪的級別是副科級，自己也是副科級，現在把自己調到工會去協助吳宇豪工作，這讓他情何以堪啊！最關鍵的是，局工會平時沒有什麼事，根本就是一個養老的地方。

他沒有想到，柳擎宇上任後第一次發飆，竟然是用在自己的身上。

高世才急眼了，雙眼充滿憤怒，說道：「柳局長，你不能這樣做，我是執法大隊的大隊長，我的職務調動不是你說調就調的。」

柳擎宇冷冷一笑：「高世才，這個就不是你需要考慮的了……」

柳擎宇的話剛說到這裡，一輛汽車疾馳而來，一個急剎車停在路邊，汽車車門一開，一個身穿黑色西服，大腹便便，留著大背頭的男人邁著四方步走了下來。

他看到坐在地上鼻青臉腫的徐文濤後，眼中立刻露出心疼之色，兩條粗眉倒騰，來到徐文濤面前，擔心說道：

「文濤，你這是怎麼了？誰敢把你打成這樣？真是無法無天了。」

看到老爸來了，原來一直坐在地上假裝受傷以防再次被打的徐文濤，腰桿一下子就挺直了，站起身來憤怒地用手指著柳擎宇身後黃德廣四個人說道：

「爸，就是他們四個小癟三把我們打成這個樣子的，爸，這些外地佬也太囂張了，在我們景林縣還敢如此囂張，真是無法無天啊！爸，我們已經給公安局打電話了，一定要讓公安局的人把他們給抓走。」

聽到兒子這樣說，男人臉色嚴肅地說道：

「嗯，你說得沒錯，我們景林縣是有法治的，任何人做出違法之事都必須受到法律的嚴懲，我這就再給公安局打個電話。」

說著，男人掏出手機撥通了公安局局長白長喜的電話：

「白局長啊，我是副縣長徐建華，我兒子和他幾個朋友在華明路口這邊一個茶館外面被人給打傷了，你們員警怎麼還沒有到啊？我希望你們務必嚴懲凶手。」

白長喜接到徐建華的電話心頭便是一動。

其實，他早就接到下屬彙報茶館外面發生的事情了，白長喜是個心思縝密之人，立即暗中派了幾名手下悄然過去查看現場情況，並且詳細打聽了雙方矛盾衝突的原因，聽手下說，和徐文濤等人對峙的另一方，竟然開來十多輛名貴超跑把茶館給圍住，便猜到對方絕非等閒之輩，所以他命令手下一直隱藏在暗處，不要輕易出現。

此刻，接到徐建華的質問電話，他知道無法再含混下去，畢竟對方是副縣長，而且和縣長關係十分不錯，於是連忙說道：

「好的，徐縣長，您放心，我們的員警馬上就到現場。」

徐建華掛斷電話還沒有兩分鐘，嗚嗚嗚的警笛聲便響了起來，很快，兩輛員警停在路邊，七八名員警走了下來。

到了現場，帶隊的員警先來到徐建華面前，向徐建華敬禮之後說道：「徐縣長，您好，我們來得慢了些，還請見諒。」

徐建華擺擺手道：「沒事，你們還是先把那些嫌犯帶走吧。」

那名員警立刻帶著屬下向黃德廣等人走了過來。

剛才徐建華給白長喜打電話的時候，柳擎宇一直站在旁邊冷眼觀看著，徐建華明明早就看到自己了，卻絲毫沒有和自己打聲招呼的意思，擺明是沒把他放在眼裡。

現在更指揮員警過來抓人，他立刻站了出來，擋在員警面前沉聲道：「這位員警同志，你好，我是縣城管局局長柳擎宇，我想問一問，你們這是要幹什麼？」

那名員警看到柳擎宇出面，自然不敢怠慢，他可是知道柳擎宇的威名，所以十分恭敬地說道：「柳局長，您好，我們是想把您身後的那幾個人帶回警察局去瞭解一下情況。」

柳擎宇立刻陰沉著臉說道：「這位同志，對你們的工作我是非常支持的，不過我認為你們的程序有些問題，你們在調查這件事情的時候，是不是應該先瞭解一下事情的起因、經過和結果呢？你們現在只看到那邊幾個人被打了，難道你們就沒有看到身後那棟被拆成廢墟的房子嗎？尤其是廢墟旁那幾輛被壓成一堆廢鐵的跑車？」

就在柳擎宇跟員警交涉的時候，另外一邊，高世才也找到了副縣長徐建華，向他報告柳擎宇要把自己撤職的消息。

身為分管城管系統的副縣長，徐建華對柳擎宇也是相當頭疼，知道柳擎宇是個連縣長都敢打的愣頭青，這也是他到了之後不想搭理柳擎宇的原因。此刻高世才求到自己頭上了，他不得不為高世才出面，因為高世才是他的人。

此刻，帶隊的員警也為難了。因為柳擎宇說得非常有道理，事情必須先弄清楚才行。但是另外一邊是副縣長的威壓，怎麼做都會得罪人。

這位老兄也是個聰明之人，立刻指揮手下先進行現場勘查，他也跟著跑了過去，讓自己先離開柳擎宇和徐建華。

這時，徐建華邁步走向柳擎宇，語氣不善地質問道：「柳同志，聽說你要調整高世才同志的職務？」

徐建華終於找上自己了，柳擎宇臉上露出一絲冷笑，道：「是的，不知道徐縣長有何指示？」

「柳同志，據我所知，高世才同志在城管局執法大隊工作的這幾年，一向是兢兢業業，從來沒有出過任何差錯，不僅城管局裡的其他領導對他讚賞有加，就連我這個主管副縣長也挺欣賞他的，還準備提拔提拔他呢，你現在因為這點小事就要調整他的工作，是不是有些不太好呢？」

在徐建華看來，自己這個副縣長都把話說到這個份上了，柳擎宇再怎麼囂張，也得給自己一個面子，否則的話，就太不會做人了。這種**順水人情可是官場中的那些老油條最擅長做的**。

然而，徐建華低估了柳擎宇的為人，也高估了自己在柳擎宇心中的位置，柳擎宇聽了只淡淡說道：「徐縣長，別人欣賞不欣賞高世才和我沒有任何關係，今天這件事情，高世才沒有向我請示就擅自行動在先，給老百姓造成嚴重的金錢損失在後，他犯下如此嚴重的錯誤，我沒有立刻宣布停他的職已經是格外照顧了。」

接著，柳擎宇話題一轉，詰問道：「徐縣長，今天你來到現場不知道所為何事？應該不僅僅是想要插手我柳擎宇如何處理我們城管局內部的工作吧？」

柳擎宇這話說得十分婉轉，卻又相當犀利，一句「想要插手我們城管局內部工作」便點出自己不會按他的意思去處理高世才，隨後又逼著徐建華說出他今天所來的真正目的。

對柳擎宇來說，徐建華來這裡的目的才是他最關心的。在高世才這個問題上，不管誰來，都不可能動搖柳擎宇的立場，因為他是城管局的一把手，在人事問題上還是有著相當大的決定權的。

柳擎宇說完，徐建華的臉色變得更加難看了，他沒有想到柳擎宇竟然一點面子都不賣給自己，這讓他相當憤怒。他也只能賣著老臉說道：

「我是為了我兒子之事而來，我聽說我兒子在這裡被人給打了，過來看一看，柳擎宇同志，你又為何到現場來呢？」

柳擎宇淡淡一笑，說道：「我來此的目的和徐縣長差不多，我兄弟的宅子被城管局的人給強制拆了，我一來看看到底是誰下令讓城管局的人強拆的，二來則是想要看看到底誰有這麼大的膽子，罔顧國家法律，強行指使人拆除別人家的房子。」

說話間，柳擎宇看向黃德廣等幾個兄弟，說道：「我說你們幾個，過來告訴我，到底是誰指使人拆除你們的房子？」

幾個兄弟彼此默契無比，聽柳擎宇這麼一說，立刻便明白柳擎宇的意思。四個人中為人最為油滑的林雲立刻說道：「老大，就是那四個人喊人來強拆了我們的房子。」

柳擎宇立刻露出一副震驚的表情：「哦？原來是他們喊來的，為什麼他們被人給打了呢？該不會是你們打的吧？」

林雲解釋：「老大，他們幾個人的確是被我們打的，但是，並不是我們主動打他們，而是他們先打我們的，我們不過是為了自衛，採取正當防衛手段而已，至於為什麼最後他們被打得鼻青臉腫，只能怪他們太弱了。」

一直沉默不語的陸釗也出聲道：「老大，的確是他們先動手的，這一點我可以作證。」

柳擎宇對陸釗的話相當信任，陸釗平時話不多，但句句鏗鏘，從來不說假話，他說是，那肯定是，如此一來，他的心中就更有底了。

柳擎宇看向徐建華說道：「徐縣長，看來這事情有些麻煩啊，我看還是得請員警同志們好好調查調查啊。」

一時之間，柳擎宇和徐建華四目相對，誰也沒有退讓的意思，這個時候，已經不僅僅是權勢的爭奪，而是關係到臉面、親情、友誼的維護。

就在這時，一輛汽車從遠處飛馳而來，停在柳擎宇等人旁邊。車門一開，縣委副書記包天陽從車內走了出來。

當他看到被打得鼻青臉腫的兒子包曉星坐在地上的時候，臉色十分難看，訓斥道：「你們這些員警到底是怎麼回事？沒看到這裡有人被打得鼻青臉腫的嗎，怎麼不把嫌犯給抓起來帶回去審問，也不快點送這些傷者去醫院救治？」

這個時候，柳擎宇再次站了出來，邁步走到兩人近前，說道：「這位員警同志，請你先不要下令拿人。」然後，看向縣委副書記包天陽：

「包書記，您好，我是柳擎宇，我現在想要問問您，您現在是以什麼身分給這位員警同志下達指示讓他們拿人？」

包天陽看到柳擎宇在場，眉頭就是一皺。

包天陽和徐建華不一樣。這一次薛文龍被雙規的風波中，他沒有受到波及，但是在包天陽的心中，早已經將柳擎宇提高到了一個相當危險的級別，如果可以的話，他不願意直接和柳擎宇發生衝突。

但是現在，柳擎宇都逼到眼前了，他也不能示弱，只能冷冷說道：「我以什麼身分來做出指示有什麼區別嗎？」

柳擎宇說道：「當然有區別，如果您是以縣委副書記的身分做出指示，那麼我可以明確地告訴您，您的指示有問題，是不符合正常處理事件的流程的；如果您是以當事人家屬的身分做出指示，那麼我可以明確指出，您身為當事者家屬，為了自己的孩子而做出這樣的指示並不是十分合適，您需要三思而後行。」

說完，毫不畏懼地看著包天陽。

其實，黃德廣四個兄弟早在給柳擎宇打電話的時候，就告訴他這四個人的身分了。他們哥四個久混天子腳下這種水深異常之地，既然知道要和對方死磕，又怎麼能一點準備都沒有呢，所以早就瞭解清楚了想要強行拿下茶館的人的身分，這也是他們敢如此囂張應對的原因之一。

此刻，被柳擎宇這麼一說，包天陽有些頭疼了。柳擎宇明知道自己兒子參與其中的情況下，依然敢和自己較量，他到底倚恃的是什麼？

他隱約嗅到了一絲不同尋常的氣息！

難道柳擎宇還準備了什麼陰謀不成？難道上一次薛文龍倒臺柳擎宇還不滿足，現在想要連自己也扳倒不成？

一時之間，包天陽的腦海中縈繞著種種念頭。

柳擎宇看到包天陽沉默不語，再次步步緊逼，道：

「包書記，您看這件事……」

柳擎宇沒有將話說完，給包天陽留下了緩衝的餘地，他曉得必須給對方留下餘地，尤其對方還是自己的上司，如果把上司得罪得太狠了，弄成僵局，並不利於解決事情。

柳擎宇以前在狼牙大隊執行各種營救任務時，經常遇到和危險分子的對峙，那時就必須鬥智鬥勇，不能一味蠻幹。

包天陽見柳擎宇給自己留了一絲餘地，便道：「柳同志，我今天是以縣委副書記的身分來處理這件事的。我相信你也看到了，有這麼多人被打，把那些打人的人帶進警察局調查一番並不過分吧。」

柳擎宇點點頭：「嗯，這樣做的確不過分。」

包天陽聽柳擎宇做出退讓不禁一愣，然而，柳擎宇接下來的話卻差點氣得包天陽罵娘。

「包書記，根據現場的情況來看，您的兒子包曉星他們幾個公器私用，教唆城管局人員強行毀壞他人財產，這已經涉嫌嚴重犯罪了吧？黃德廣等人打人的確應該調查，而包曉星等人涉嫌嚴重犯罪，更沒有不被調查的道理，所以，如果要帶到警察局的話，這些人應該一起帶去，同時接受調查。您說呢？」

包天陽臉色大變，沒有想到柳擎宇竟然在這裡等著他呢。

他反應很快，立刻說道：「柳擎宇，你應該看到了，他們四個人都鼻青臉腫的，有的甚至還在出血，現在最應該做的是先把他們送到醫院進行救治，而不是送去調查。」

柳擎宇淡淡一笑：「包書記，我不知道你剛才聽到黃德廣他們所說的情況沒有，在衝突中，先動手的並不是黃德廣他們，而是包曉星四人，也就是說，是包曉星他們先毆打黃德廣這邊的，包曉星等人受傷，黃德廣等人同樣也受了暗傷，所以，要去醫院的話，最好也是一塊去，總不能因為包曉星他們是有背景的人就可以得到特殊照顧吧？那樣的話就太不公平了。」

柳擎宇竟然如此胡攪蠻纏，包天陽也沒輒了。

他哪裡知道，此刻柳擎宇早已氣得快要發飆了，自己的好兄弟被人如此欺負，包天陽竟然還在這裡唧唧歪歪的，如果不是因為身在官場，他連說都懶得和他說，直接上去大嘴巴就抽過去了。

這時，一直站在旁邊沉默不語的副縣長徐建華突然想出了一個好主意：

「包書記，我認為這件事，我們不能聽信一面之詞，那樣未免有偏聽偏信之嫌，必須講究證據，現在不管過程如何，結果非常明顯，那就是包曉星四個人被打得很慘，僅僅這一點，黃德廣等人便脫不了干係，被帶走調查也是合情合理的。當然，如果事後有證據確實證明是包曉星他們先動手的，還可以重新調查嘛。當務之急是確保嫌犯不要跑掉。」

陸釗立即反駁道：「跑？我們為什麼要跑？你兒子都把我們的房子給拆了，我們的跑車也被壓成鐵餅，損失至少上千萬，我們怎麼可能跑？」

包天陽心頭一顫，「上千萬」這幾個字他聽得格外清晰。此時他才注意到原來兒子一夥人竟然把對方的房子給拆了，再看看牆角那些被壓成一堆廢鐵的豪華跑車，包天陽也有些頭疼了。他剛才只注意到兒子被打，光急著為兒子出頭，卻忘了事情的緣由經過。

就在這個時候，梁家源站出來說道：

「各位領導，我相信大家都是有身分的人，既然剛才徐縣長也說了，一切都要用證據說話，沒有問題，我們可以提供證據。」

說著，梁家源衝不遠處停著的一輛車招了招手，車門一開，一個二十多歲的年輕人手中拎著一臺高清攝影機走了過來，把攝影機遞給梁家源說道：

「梁哥，整個過程的視頻錄影全都在裡面了。」

梁家源接過攝影機，直接打開重播按鈕，然後把螢幕往徐建華和包天陽面前一放，說道：「二位領導，你們看看吧，整個過程都在這裡。」

這一下，包天陽和徐建華全都傻眼了。

直到此刻，他們才知道原來自己被人家給耍了，人家早有準備，甚至還安排好人來錄影存證。

更讓包天陽等人感到心驚膽戰的是，對方明明早有準備，卻偏偏眼睜睜地看著自己的房子被強拆而沒有出面阻止，那麼，**在這件事情的背後，他們所圖的到底是什麼呢？**

此時，包天陽和徐建華全都警醒了，他們能夠坐到如今這個位置上可不是白混的，尤其是包天陽，他能夠在薛文龍那樣大的漩渦中保全自己，足見其有獨特的官場生存之道。

徐建華和包天陽兩個人立刻想要收場了，只是事情的發展往往不是以人的意志為轉移的。他們忽視了一個關鍵人物——馬小剛。

這位小少爺可是副市長主管城建的副市長馬宏偉之子，馬副市長因為主管的部門權力非常大，在副市長中相當有地位。

就在包天陽、徐建華和柳擎宇在那裡進行交涉的時候，馬小剛的電話已經打到他老爹的手機上，把自己被人給打的事情哭訴了一遍。

這馬宏偉是一個相當護犢的人，聽到兒子被打，豈能善罷甘休，立即電話打到景林縣縣長賀光明的手機上，劈頭蓋臉的把賀光明給罵了一通。

賀光明和馬宏偉都屬於李德林一系，馬宏偉又曾經是賀光明的老領導，所以對於馬宏偉的這番痛罵，賀光明只能忍著，等馬宏偉罵完了之後，才小心翼翼地說道：「老領導，到底發生什麼事啦？」

馬宏偉這才把自己兒子被打的事跟賀光明說，怒聲道：「小賀，我不管你怎麼操作，必須讓那些打人者受到應有的懲罰。我兒子的打不能白挨。」

賀光明連忙道：「老領導，您放心，我馬上讓人過去先把人給抓起來再說。」

隨後，賀光明立刻給縣公安局局長白長喜打電話，讓他過去抓人。

本來白長喜還打算繼續維持中立的立場呢，沒想到縣長親自給自己打電話了，而且他最近投靠到賀光明的陣營中，無奈之下，只能給手下打電話，讓他們馬上抓人。

負責帶隊的員警接到局長的電話，只能執行任務，邊向黃德廣等人走去，邊對柳擎宇說道：「柳局長，不好意思，我們局長說了，縣長下令，立刻抓人。」

第三章

黑白顛倒

人家有視頻錄影作為證據，本來還想等市公安局的人來一個黑白顛倒呢，沒想到對方竟然這麼快就採取行動，恐怕市公安局那邊的人是指望不上了。

現在該怎麼辦？徐建華和包天陽面面相覷，都從對方眼神中看出了憂色。

徐建華和包天陽一時間也愣了，縣長賀光明怎麼也參與到這件事中，看來局勢已經完全超出他們的掌控了。

柳擎宇徹底怒了！

無論如何，柳擎宇都絕不允許有人當著自己的面來欺負他的兄弟！

柳擎宇邁出兩步，直接攔在員警面前，冷冷說道：「你們不准亂動，誰給你們下命令讓你們抓人的，我會讓他乖乖把拉出來的屎給縮回去！」

震撼！柳擎宇這句話說完，徐建華和包天陽，包括現場的員警們全都被震撼住了。

柳擎宇這句話說得也太霸氣了，要知道，下命令的可是縣長賀光明啊！柳擎宇憑什麼讓他把拉出來的屎縮回去？

一時之間，所有人全都看著柳擎宇，想知道他接下來會如何做。

這一次，柳擎宇是動了真怒！

在柳擎宇看來，賀光明身為縣長，做事情不分青紅皂白，沒有進行任何瞭解調查，就敢直接下抓人的命令，這是為什麼？**難道就因為包曉星、徐文濤、馬小剛等人是有背景的人？難道就因為黃德廣、梁家源等人是外地人，在這兒沒有靠山？或者是自己這個靠山實在太小？**

不管怎麼樣，你一個縣長直接採取如此高壓態勢下達不合理的指令，太讓人憤怒了！如果每個人都像你這樣幹，要國法何用?!

高壓？就你會用？老子也會！

自從在城管局上任之後，柳擎宇一直把心思放在工作上，思考著如何破局，對於縣裡的局勢不聞不問，但是這並不代表柳擎宇對縣裡的局勢什麼都不知道。

恰恰相反，柳擎宇一直在密切關注著。因為他非常清楚，自己之所以會被放到城管局來任職，絕對是上面高層角力的結果，所以自己要想在景林縣的政局中置身事外是不可能的。

縣裡的局勢可謂牽一髮而動全身，自己身為縣委書記夏正德的人，夏正德和各方勢力博弈的結果，將會影響到自己在城管局的地位。

現在新的縣委班子才磨合了半個多月，形勢已經逐漸明朗起來。之前最大的勢力薛文龍已經倒臺，包天陽、周陽等人全身而退，現在都投靠到賀光明的麾下，賀光明得到這些人的助力，在常委會上形成與夏正德鼎足而立之勢。

現在，在常委會上還有一股龐大的中間勢力不容忽視，不管是夏正德也好，賀光明也好，誰也沒有能力在短時間內把這些中立常委拉到自己的陣營之中。

在這種形勢之下，夏正德身為一把手略占上風。賀光明雖然有包天陽等人支持，但因為根基不穩，短時間內難以對夏正德形成威脅。

想到這裡，柳擎宇毫不猶豫地拿出手機撥通了夏正德的電話：

「夏書記，我向您報告一件事情……」

接著，便把茶館被拆的事詳細地向夏正德進行了彙報。

「夏書記，您來評評理，在事情沒有進行任何調查瞭解的情況下，賀縣長竟然下達如此指示，是不是有些太草率了呢？這件事要是被媒體知道，會不會說賀縣長在玩弄官官相護的那套把戲呢？」

夏正德是啥人啊，聽柳擎宇這麼說，立時就明白柳擎宇的意思了，很明顯，柳擎宇這又是在借此事幫助自己敲打賀光明啊。

夏正德心中那叫一個高興，最近他看到賀光明位置越來越穩固，在常委會上越來越自成一系，心中很是不爽，早想找個題目打擊他一下了。如今柳擎宇把這麼好的把柄送到手中，自己怎麼能不好好利用一下呢。於是說道：

「嗯，小柳同志，你反映的問題我已經知道了，我這就向賀光明同志瞭解一下。」

夏正德掛斷電話後，立刻撥通了賀光明的手機：「賀同志，聽說你下令讓縣公安局立刻抓捕在藏拙茶館事件中的受害人？」

夏正德一開始就把黃德廣等人定義為受害人的身分，以便給自己爭取主動。

本來，賀光明在給白長喜打完電話後，便把這件事給放在一邊了，在他看來，這不過是個舉手之勞罷了，一通電話便足以表示自己的心意，至於這裡面的事，他並沒有興趣多問，他一直在思考的事情是如何在景林縣打開局面。

畢竟他這次來可是帶著任務來的，在他下放到景林縣之前，李市長曾經給他一個指示，那就是一定要想辦法掌控景林縣的大局，因為景林縣將會隨著翠屏山風景區的發展而成為一顆閃耀的明星，他在這裡做出成績，是很容易提拔的。

正是因為如此，賀光明到了之後，先是想辦法把包天陽和周陽拉到自己陣營，最近更琢磨著如何把更多中間常委們拉到自己陣營中，好把夏正德給架空。

此刻，接到夏正德的電話，賀光明眉頭便是一皺，馬上否認道：「夏書記，您是不是搞錯了啊，我讓白長喜他們抓的是那些打人的人，可不是什麼受害者啊。」

夏正德沉聲道：「賀同志，我想瞭解一下，這次事情的詳細經過你清楚嗎？到底是誰先動的手你曉得嗎？到底誰是誰非都還沒弄清，你就做出這樣的指示，這有可能會讓我們縣委縣政府陷入被動之中啊。另外，我可以再告訴你，這次的事情，柳擎宇和城管局也牽扯其中，絕對不是表面上看起來的一件打人之事那麼單純。」

夏正德的話聽到賀光明耳中，猶如一記響雷炸起。

賀光明對柳擎宇這個名字早有耳聞，聽說薛文龍以及牛建國等人被雙規的背後就是柳擎宇這個不起眼的鎮長搞的，在他眼中，這柳擎宇就是一根令人噁心的攪屎棍，他攪到哪裡，麻煩便帶到哪裡。現在聽夏正德說柳擎宇也在現場，立刻提高了警覺。

而這也正是夏正德要達到的目的。因為夏正德相信，賀光明不可能沒有聽說過柳擎宇的名字，不可能對柳擎宇沒有一絲戒備之心。有了這一點，他就可以輕鬆實現柳擎宇給自己打這個電話的真正目的了。

果不其然，賀光明聽到夏正德這樣說，便放低姿態說：「夏書記，這件事還真是我疏忽了，我之所以下令讓白長喜去抓人，是因為我接到了馬副市長的指示，他說兒子被人給打了，您想想看，我們景林縣最近這段時間有多少案子需要馬副市長那邊審批，馬副市長我可不敢得罪啊。要不，這件事情你找馬副市長說說？」

賀光明是個十分光棍之人，進退之間顯得十分從容淡定，不計較一時之得失。

夏正德聽賀光明把馬副市長給交代出來，便明白賀光明已經心生退意了，在對賀光明充滿鄙夷的同時，也不得不對這個伸縮自如的對手提高警惕。這樣的人才是最難纏、最厲害的對手。而且賀光明讓自己去找馬副市長，很明顯是一招禍水東引之舉，是在給自己找麻煩啊。讓自己去找馬副市長說？他要怎麼說?!

夏正德將太極打了回去：

「賀同志，馬副市長那邊還是你自己去說好了，這抓人之事，我看還是暫時先緩一緩吧，先讓縣公安局那邊的人去把現場情況瞭解清楚之後再做決定。嗯，一會兒記得給白長喜打個電話，讓他親自過去處理，我也會馬上過去。」說完，便直接掛掉了電話。

賀光明可不是傻子，一聽夏正德親自趕去，立刻意識到這件事另有內幕！如果是一般的打人或者強拆事件，有必要縣委書記親自出面處理嗎？

這個夏正德到底打的什麼主意呢？還有柳擎宇這根攪屎棍也在場，自己必須小心謹慎啊，可不能像薛文龍那小子似的陰溝裡翻船，那可就丟人丟大了。

想到此處，賀光明一邊讓司機備車趕往事件現場，一邊拿出手機撥通了馬副市長的電話：「馬市長，有關小剛被打之事，我得向您先道個歉，這件事現在出現了意想不到的變化，本來我已經下令讓縣公安局的同志去抓人了，但是被夏正德阻止了，他說需要先調查一下再採取行動，現在他人前往現場，我也正在趕過去，這件事我會盡力而為的。」

賀光明這番話，既表明了自己在這件事情上會盡力維護馬小剛之意，又把夏正德給賣了，狠狠地在馬宏偉這位主管城建的副市長面前上了一把眼藥。他相信經過此事，馬宏偉絕對會把夏正德恨得牙癢癢的。

給夏正德樹了這麼大的一個敵人，對他是很有好處的。這種借力的小手段他玩得輕車熟路。

馬宏偉一聽，語氣便陰沉下來，冷冷說道：「我知道了。」說完，便掛斷了電話。這次，馬宏偉算是把夏正德給記住了。

馬宏偉思考著對策，沒多久，臉上露出一絲冷笑，辦法有了！

就在夏正德和賀光明先後趕往茶館現場時，事情再次發生了新的變化，這種變化讓柳擎宇都有些目不暇接。

先是負責調查的帶隊員警接到局長白長喜的電話，指示他暫時不要有任何動作，更不要抓人，他會馬上趕到現場。

趕到現場的白長喜正指揮手下展開現場勘查時，接到市公安局副局長打來的電話，說是由於這次事件鬧得很大，市局也將會派出人員進入現場督查此事，讓白長喜不要輕舉妄動，等待市局的人員一起展開調查。

這一下，眾人都有些不知所措了。

自始至終，柳擎宇一直在冷眼旁觀，什麼話都沒有說。

對自己這幾個兄弟的脾氣秉性，柳擎宇太瞭解了，要說他們其中的某個人面對這種局面或許不一定能夠掌控局勢，但如果是四個人一齊的話，就連自己都得小心應對，因為四個人中既有善於謀劃、奇招迭出的策劃高手林雲，也有光用拳頭就能征服一個連的陸釗，還有用錢都能砸死人的梁家源；至於黃德廣，那就更是讓柳擎宇都佩服的角色，這哥們啥都能幹，律師、記者的行當對他來說根本是小菜一碟。

至於黃德廣等四個兄弟，就更無所謂了，雖然房子被拆了，但是他們相信柳老大一定會借此機會實現在城管局破局的計劃。而且他們並非沒有後手，他們一直在等待著對方出招。

又過了二十多分鐘，縣委書記夏正德和縣長賀光明先後來到現場。

兩人看到現場對峙的兩撥人之後，臉上表情迴異，這時候，他們都已經接到了白長喜的報告，說是市公安局的人要下來調查此事，要眾人等著。

聽到這裡，賀光明心中暗暗高興起來，知道這背後恐怕是馬副市長又出招了。

夏正德看了柳擎宇一眼，發現柳擎宇站在那裡一副氣定神閒的樣子，便知道這小子肯定心中有底氣，所以他也不著急，於是雙方便乾耗起來。

這時候，黃德廣可是有些不太樂意了。他這個人最討厭的就是等待，尤其是等待無聊之人，無聊之事。

他直接拿出手機撥通了一個電話，說道：「好了，老李，你們過來吧。」

由於此刻現場十分安靜，所以黃德廣的這個電話引起了多人的矚目，黃德廣直接無視眾人。

就在眾人納悶黃德廣到底是給誰打電話的時候，只見不遠處突然駛來幾輛汽車，最前面的一看就是電視SNG轉播車，上面寫著CCAV幾個大字，在這輛車後面則是寫著各個媒體名稱的新聞採訪車。

這些人來到現場後，一幫記者紛紛從車內把設備搬了下來，開始架設攝影機或者拍照。一時之間，原本顯得平靜的現場一下子有些嘈雜起來。

這一下，不僅賀光明嚇了一跳，就連夏正德也嚇了一跳。

要知道，平時沒事的時候，景林縣別說是CCAV的轉播車了，就連記者也不見得能看到一個，這一次，看這架勢至少來了七八家媒體，而且幾乎全都是從北京來的大媒體，這到底是什麼情況啊？

這時，在眾人的不解疑惑中，其中一家媒體記者邁步向黃德廣走了過去。

這人還隔著老遠便主動伸出手來說道：「黃主任，非常感謝您提供這麼好的新聞材料啊，您放心，等我們採訪完，進行報導的時候，一定確保您的名字出現在第一個位置上，和您合作真是太愉快了。」

就見黃德廣和這名記者輕輕握了握手，笑著說道：

「沒事沒事，只要掛上我的名字就可以了，畢竟我也是記者嘛。小陳啊，我跟你說，這景林縣的城管局和某些官二代們真的是太囂張了，你看看，我身後的這座宅子是我和幾個兄弟一起湊錢買下來的，對方竟然為了霸佔我們這個地方，越過城管局局長，指使城管局的人員對我們的產業進行強拆啊，所有錄影證據全都在這兒呢，這些錄影你們可以直接使用。」

說著，黃德廣直接拿出攝影機裡的記憶卡遞給這名記者。

記者接過記憶卡插在機器上，按下了播放鍵。這時，其他記者們也紛紛簇擁過來，圍在一起看起了視頻。

記者們看完之後，群情激憤。

一名報社記者看了眼還假裝受傷坐在地上的包曉星等人，憤怒的說道：「太過分了，這些人，不管他們有什麼身分，我們都必須把這件事情給報導出去，我就不信這天下還沒有說理的地方了！以為自己是官二代就跩啊！真正的官二代，哥見得多了，還真沒有看見像他們這樣無法無天的。」

其他記者也紛紛七嘴八舌地議論起來，都表示要大力報導此事。

這一下，徐建華的臉色變得慘白無比。

一旁的包天陽腦門上汗水也直往下掉。他沒料到對方竟然還有這一手！

最要命的是，來的全都是北京的大媒體記者們。這件事要是真的被報導出去，雖然柳擎宇的城管局要承擔責任，但是逃不了刑責的恐怕還是包曉星那四個人啊！

人家有視頻錄影作為證據，本來還想等著馬副市長派來的市公安局的人來一個黑白顛倒呢，沒想到對方竟然這麼快就採取行動，恐怕市公安局那邊的人是指望不上了。

怎麼辦？現在該怎麼辦？

徐建華和包天陽面面相覷，都從對方眼神中看出了憂色。

此刻，那些記者們已經開始對強拆現場進行拍攝，尤其是圍繞著那些被壓得猶如柿餅一般的超跑，更是不能放過的題材。

夏正德看向賀光明說道：「賀同志，現場的形勢恐怕要失控啊，這件事情如果不儘快解決的話，等有關的新聞報導見諸媒體，恐怕我們景林縣又要全國聞名了啊！」

夏正德是在抒發自己的感慨，其實也是在給賀光明施加壓力。夏正德非常清楚，在這次事件中，徐建華、包天陽和馬副市長的兒子全都牽扯其中，而他們這些人恰恰都屬於同一派系，這時候自己出面是不合適的，得讓他們自己去解決才行。

而且賀光明剛剛上任，立足未穩之際，如果爆出這麼嚴重的事，恐怕他這個縣長也是當到頭了。夏正德相信此刻賀光明才是最緊張的人。

夏正德分析得沒錯，賀光明雖然臉上一片平靜，但是內心卻急得猶如熱鍋上的螞蟻一般，一邊刷刷地往外冒汗，一邊在心中思考著如何平息此事。

不得不說，賀光明的腦袋轉得很快，他把整件事前後想了一遍，立刻把目光的焦點集中到柳擎宇的身上。他意識到自己忽略了一個重要人物——柳擎宇。

他注意到黃德廣等人均是站在柳擎宇身後，而且隱隱有簇擁柳擎宇之勢，很明顯，柳擎宇在四人心中的地位是卓然的。

想到這兒，賀光明把包天陽、徐建華給喊了過來，低聲向他們詢問了一下現場情況，尤其是柳擎宇的舉動。

等聽包天陽和徐建華把柳擎宇的所作所為講述完後，賀光明的雙眼中露出兩道寒光，他現在完全可以確定，這次事件要想解決，關鍵是在柳擎宇的身上。

賀光明便走向柳擎宇，站定後道：「柳同志，今天的事，我相信你在現場也全都看到了，我希望你能夠站在城管局局長的位置上，以我們景林縣的大局為重，出面化解這一次雙方的矛盾。怎麼樣，能不能辦到？」

在賀光明詢問柳擎宇的時候，夏正德的目光也緊緊盯著柳擎宇，他很好奇柳擎宇會如何回答。在他看來，柳擎宇肯定會拿捏一下的。

包括賀光明都是這麼認為。然而，出乎兩人意料的是，柳擎宇爽快地道：「好的，賀縣長，這個沒有問題。」

聽柳擎宇這麼說，賀光明露出興奮之色，以為柳擎宇是屈服於自己的威信，心中暗暗鄙夷了柳擎宇一把，心想這小子也不怎麼樣嘛，連趁機提條件都不會，還是太年輕了啊。

只是賀光明這個想法剛出現，便聽到柳擎宇接著說道：「不過嘛，我有兩個小小的條件，還請夏書記和賀縣長答應，否則的話，這個矛盾恐怕很難化解。」

原本還有些興奮的賀光明臉色立即暗沉了下來，心道：「奶奶的，老子還是低估了柳擎宇這小子啊，看來他還懂得趁火打劫。」

不過賀光明好歹也是縣長，怎麼能輕易被柳擎宇困住呢，他大義凜然地說道：「柳同志，確保縣裡大局穩定，為縣裡排憂解難，是我們每一個幹部的責任，你不能因為一點點小事就和縣領導講條件、提要求不是？」

柳擎宇淡淡一笑，說道：「賀縣長，您這句話原則上我是相當贊同的，但是呢，在我看來，您的這句話還是套話。說實在的，我要提的條件也和今天的事情有很大關係，其實，我的目標也是確保咱們景林縣大局的穩定啊，當然啦，如果您真的認為我是在借機找麻煩的話，那就當我啥也沒有說好了。」

說到這裡，柳擎宇便站在那裡不再說話了。

這一下，賀光明可不幹了，因為他已經聽到有個記者說要準備開始直播了，要是視頻播出的話，那事情可就真的不好收拾了。

人在矮簷下，不得不低頭啊。即便賀光明現在把柳擎宇給掐死，也不得不向柳擎宇低這個頭。

不過他也不傻，立刻把夏正德給拉了出來，「夏書記，既然柳同志這樣說的話，咱們就先聽一聽柳同志的條件吧。」

夏正德也很好奇，柳擎宇到底要提出什麼條件。在他看來，柳擎宇不太可能在事件中獲得多大的好處啊。

就聽柳擎宇大聲說道：「二位領導，在我提條件之前，我先向兩位領導自我檢討，這次事情之所以鬧得這麼大，和我們縣城管局執法大隊違規有很大的關係，如果不是他們不按規定對合法建築進行強拆的話，就不會發生這麼嚴重的事了，是我管理不到位，我向兩位領導道歉。」

這下夏正德和賀光明可就有點納悶了，柳擎宇這是玩的哪一齣啊，人家都是把責任往外推，這小子卻偏偏把責任往自己懷裡攬。

有問題，絕對有問題！夏正德如是想，便順勢說道：「嗯，這次事情雖然你們城管局出現了問題，但畢竟你是剛剛到任嘛，各方面還沒有理順，只要眼前的問題解決了，你也不用太過於自責，以後把城管局管理好就是了。賀縣長，你看呢？」

賀光明心中這個氣啊，心說你們兩個倒是配合得挺默契的，一個往自己身上攬責任，一個幫助推卸責任，結果還得老子表態不追究責任，太無恥了。

但是氣歸氣，賀光明還得幫助夏正德，畢竟夏正德說這話也是有先決條件的，那就是柳擎宇得解決眼前的問題才會不追究責任，他只能點點頭說道：「嗯，我同意夏書記的意見，小柳啊，只要眼前的這個問題解決了，你也不需自責，組織上不會為難你的。」

賀光明再次確認了夏正德的條件。

柳擎宇聽兩人這樣說，立即十分上道地說：

「二位領導請儘管放心，我保證妥善解決這次事件，不過呢，我想二位領導也應該多多理解我一下，你們想想看，為什麼最近幾年來，我們景林縣城管局接二連三地發生城管打人甚至是強拆事件，甚至導致兩年內換了五任局長？根據我到城管局上任後的這半個多月的瞭解，我發現，城管局內部存在著嚴重的問題，正是這些問題，導致了上下行動無法協調一致、上面的指示無法貫徹落實的情況時有發生。」

柳擎宇臉色嚴肅地道：「二位領導，如果不儘快解決城管局內部存在的諸多問題，恐怕像今天這樣的事情，明天、後天，甚至天天都有可能發生，到那個時候，二位領導，你們的心情恐怕也不會太好吧。

「為了避免以後再次發生類似的事情，我向兩個領導提出的第一個條件便是：我希望二位領導答應我，請縣裡的領導們不要隨便干涉我在城管局的正常工作。因為接下來我打算對城管局系統進行大力整頓和整改，一些不合理的現象，該取消的取消，該打擊的打擊，到時候肯定會得罪很多既得利益者，我希望二位縣領導能夠支持我的工作，能夠協調一些部門，不要輕易對我在縣城管局的正常工作進行干涉，否則的話，恐怕以後類似的事情很難避免，到時候應該由誰來承擔責任？」

說完，柳擎宇十分鄭重地看著面前的兩位縣領導。

此刻，夏正德和賀光明全都被柳擎宇的第一個條件給驚呆了。他們沒有想到，柳擎宇竟然想對縣城管局進行大力整頓。

夏正德十分清楚柳擎宇絕對是實幹派，說幹就幹，絕不拖泥帶水，他既然說要大力整頓，肯定是大力整頓，而且他要求他們這縣裡的一二把手全都表態，顯示肯定動作將會非常之大。所以，這時候夏正德也不得不謹慎起來。

賀光明的心更是糾結，他到景林縣沒有多長時間，但是對景林縣城管局存在的問題也是清楚一些，知道城管局內部勢力錯綜複雜，利益盤根錯節，在他看來，縣城管局的問題最好的辦法就是保留原狀，這樣有利於自己執政環境的穩定。

柳擎宇現在竟然說要對縣城管局進行大力整改，他不得不考慮一下柳擎宇到底想要做什麼，結果會如何。

所以，兩位縣委大老一時間都沉默了下來。

柳擎宇自然明白兩人的顧慮，直言道：「二位領導，我知道你們在顧慮什麼，在這裡，我可以給你們立下軍令狀，只要二位領導支持我的工作，以後縣城管局出現什麼問題，由我柳擎宇一力承擔，絕對不會牽連到二位領導身上，當然，如果做出了一些成績，那都是二位領導領導有方，我只是一個執行者，你們看怎麼樣？」

聽柳擎宇這樣說，夏正德心中的顧慮一掃而空。

賀光明卻仍有疑慮，因為他早就聽說縣裡的一些幹部們在城管局內部有些利益，他擔心柳擎宇的大力整改會觸動這些人的利益，而這些人中，又有很多可能是投靠到自己麾下之人，雖然柳擎宇的條件還不錯，但是他必須權衡得失。

這時，夏正德表態了：「柳擎宇，你放手去做吧，說實在的，我擔任縣委書記一年多來，也早就想對城管局進行調整了，既然你願意擔負這項工作，我大力支持你。至於責任，你必須承擔，如果出了成績，我這個縣委書記也不會和你搶。」

夏正德明確表態了，賀光明也不能不表態了，否則就顯得太沒有魄力了，只能點點頭說道：「好，我贊同夏書記的意見。」

賀光明這話說得十分有技巧，只是贊同夏書記的意見，卻沒有說出自己的意見，他打定主意，是否真心支持柳擎宇在城管局的工作，還得根據形勢的發展來確定。

看到兩位大老都同意了自己的條件，柳擎宇笑著說道：

「二位領導，我的第二個條件就很簡單了，那就是請協力廠商人員前來鑑定這次事件中矛盾雙方的損失情況，這樣可以做到公平公正。讓他們彼此把對方所承受的損失賠償給對方就可以了。這樣一來，他們雙方就失去了矛盾升級的可能性，也可以讓媒體記者們不需要再報導此事了。」

針對第二個條件，夏正德和賀光明不得不承認柳擎宇的提議很有道理。很快，縣裡一家評估公司的人出現在現場，對住宅、被壓的跑車等進行評估後，判定包曉星等人應該賠償黃德廣等人兩千萬，而包曉星等人由於被打受傷，黃德廣等人應付出八千元的醫藥費。

這個結果一出來，包天陽和徐建華氣得臉都白了，兩千萬啊！

那可是兩千萬！徐建華和包天陽自然不可能當眾拿出這筆錢來，那樣豈不是宣告他們巨額財產來源不明嗎，他們只讓楊海成先把這筆錢給墊上，以後再慢慢還。

事情解決了，黃德廣四個兄弟帶著媒體記者們去蒼山市裡逍遙快樂去了，景林縣這邊也漸漸塵埃落定。

在回去的路上，徐建華坐上了縣長賀光明的汽車。

在車上，他把事情的詳細經過再跟賀光明說了一遍，挑撥道：

「賀縣長啊，這個柳擎宇真的是太囂張了，您知道嗎？您給白長喜打電話，讓公安局的人現場抓人，柳擎宇竟然口出狂言，說要讓您把拉出去的屎給縮回去。」

徐建華做出了一個困窘的表情，因為賀光明的確把說出去的話又給縮了回去。

這一下，賀光明勃然大怒！咬著牙心中暗道：「柳擎宇，你真是太過分，太囂張了！

我絕不饒你！」

尤其是這句話還是從手下嘴裡傳出來的，恐怕不知道有多少人聽到柳擎宇說這句話呢，這讓他感覺到十分丟面子。對領導而言，被下屬打臉丟面子是最不能容忍的一件事。

賀光明語帶暗示地對徐建華說道：

「老徐啊，柳擎宇不是想要對城管局內部進行大力整改嘛，這是好事，不過既然是大力整改，又怎麼離得開縣領導的支持和關注呢，你身為城管系統的主管領導，一定要多多關心一下這件事！柳擎宇畢竟年紀比較輕，需要你多多幫襯才是。」

賀光明雖然惱怒柳擎宇說話沒有顧及自己的臉面，但是對徐建華把這件事告訴自己的真實目的也看得一清二楚，很明顯徐建華並沒有安什麼好心，想要借自己的手收拾柳擎宇。

賀光明又豈是衝動之輩！所以乾脆回過頭來將了徐建華一軍，讓徐建華去插手城管局的事務，他則可以**坐山觀虎鬥**，同時通過徐建華和柳擎宇之間的鬥爭，觀察柳擎宇的破綻，找到出手的機會。

徐建華聽賀光明這樣說，也清楚他的意思，便道：「好，那我就先和柳擎宇過過招吧，需要賀縣長您支持的時候，還希望您不要鬆手啊。」

賀光明笑著點點頭。兩個老狐狸都露出得意的微笑。此刻，兩人已經把目標鎖定在柳擎宇的身上。

此刻，身為苦主的包曉星、徐文濤、馬小剛、楊海成，這一次偷雞不成蝕把米，平白損失了兩千萬！而且還是當天就把錢匯到黃德廣幾個人的賬上。這才把事情給了結了。

四人坐在一家娛樂場的包廂內，一邊喝著悶酒，一邊痛罵著黃德廣幾個人的卑鄙無恥。

「黃德廣他們幾個也太陰險了，居然叫記者來攪局，更安排人進行錄影，這次我們真是疏忽大意了啊！」楊海成忿忿地道。

包曉星接口道：「其實，我們本來有扳回來的機會，只是柳擎宇那個王八蛋才導致我們很多計畫落空。否則，如果白長喜派來的那些員警直接把黃德廣他們拍攝的錄影一黑，他們就算再厲害，也翻不出我們的手掌心，卻沒想到柳擎宇突然出現，打亂了我們的部署，而且這小子明顯和黃德廣那幾個人關係莫逆，所以，真正害我們的罪魁禍首是柳擎宇。」

「沒錯，就是柳擎宇！如果不是他，我們不至於損失如此慘重！兩千萬啊！那可是我們的全部身家啊！竟然都便宜了黃德廣那幾個貨，這事我絕對跟他們沒完。」馬小剛也附和道。

「對！這事絕對沒完！敢黑我們兩千萬，我們絕對不會讓他們好過的。」

這次說話的是徐文濤，這小子為人奸詐，他接著說道：

「不知道你們發現沒有，黃德廣那幾個人的能力挺大的，一個下午就能調來那麼多的跑車，看樣子不是一般人；而且這幾個人做事的手段極其奸險，所以我估計這幾個貨應該和我們級別差不多，所以我建議我們暫時先不要碰這幾個貨，可以先拿柳擎宇開刀。」

馬小剛等人一愣：「為什麼要先拿柳擎宇開刀呢？」

徐文濤嘿嘿一笑：「選擇拿柳擎宇開刀主要有兩個原因，一是柳擎宇身處官場，受到各方面的掣肘比較多，而且我們各方面的關係在官場上也比較廣博，想要收拾柳擎宇不過是幾分鐘的事情。二則是從柳擎宇和這幾個貨的關係來看，他們關係密切，收拾了柳擎宇，就等於收拾了這幾個貨。雖然我們暫時沒辦法把那兩千萬追回來，但是收拾了柳擎宇，也算是狠狠地出了一口惡氣。」

聽徐文濤這麼一說，其他三人立刻點頭，紛紛表示同意。

對他們這個圈子裡的人來說，對於未知對手他們比較顧忌，但是對於已知對手，尤其是在他們看來比自己弱的對手，他們絕對會窮追猛打。屬於典型的欺軟怕硬型的脔內。

既然決定要收拾柳擎宇，幾個人開始動起壞腦筋來。

還是馬小剛腦袋靈光，先說道：

「我突然想起一件事，前段時間我和董天霸一起吃飯的時候，他也曾經提到柳擎宇，一邊跟我大罵柳擎宇，當時我沒怎麼在意，發生了今天這件事，我們和董天霸等於有了共同的敵人。而且董天霸的公務員身分被取消，現在成了無業遊民，正在琢磨著怎麼撈錢呢。我們可以把他引到我們的娛樂城來，讓他入股，只要有他坐鎮，我相信我們這個娛樂城的安全絕對沒有問題，我們還可以湊在一起商量如何對付柳擎宇。」

其他人一聽，頓時都表示贊同。

就在四人商量如何對付柳擎宇的時候，回到宿舍的柳擎宇也在思考著一個問題，接下來自己應該如何在城管局大力整改。

自從柳擎宇到了城管局之後，雖然他一直沒有採取任何措施，看起來他上班後也僅僅是到辦公室坐上一天，從來沒有下去做任何調研，但實際上，這是柳擎宇的一招**瞞天過海**而已。

他雖然沒有親自下去調研，但是透過龍翔這個辦公室主任，對整個城管局的很多事情瞭若指掌，對城管局的弊端也有了初步的瞭解。

而經過這一次的茶館事件，柳擎宇更意識到，自己上任後首先必須解決的便是城管局執法大隊的問題。

從城管局執法大隊無視自己這個主管局長，在大隊長的帶領下強拆茶館，便反映了執法大隊根本就沒有考慮到老百姓的切身利益，反而淪為權貴謀取利益的工具，而執法大隊偏偏又是城管局的重量級部門，如果這個部門不整頓好，恐怕以後麻煩事將會一件接著一件。

想到此處，柳擎宇把龍翔叫到了自己辦公室。

「龍翔，你說，如果我整頓執法大隊的話，結果會如何？」

對於龍翔，柳擎宇秉持自己用人不疑，疑人不用的原則，坦白說出心中所思，想要聽聽他的意見，同時也是對龍翔能力的一種試探。

畢竟，他需要的不是一個聽話的辦公室主任，更希望得到的是一個能力強，甚至可以幫助自己排憂解難的辦公室主任。

龍翔並沒有立刻回答，而是略微沉吟了一會，這才緩緩說道：

「柳局長，我認為雖然您現在整頓執法大隊的時機成熟，但是難度卻相當大。我可以先給您分析一下目前執法大隊所存在的一些問題。

「首先，最嚴重的就是人員素質問題。按理說執法大隊的工作人員屬於執法人員，應該素質很高才是，至少應該懂得各種法律法規，但是實際情況卻與理想狀況有著極大落差。其中的原因很多，比如很多縣裡大小領導都把自己的親戚往裡面塞，塞進一個算一個，搞得協管人員比正式編制的人還要多，這就造成了一種奇怪的現象，那就是有編制的人不幹活，沒有編制的人瞎幹活。再加上這些靠關係硬塞進來的，有些根本是社會上的二流子（**編按：指遊手好閒，蹭吃騙喝、知識水準低下的人。**），讓他們去執法，他們怎麼可能文明執法呢?!我們景林縣之所以會兩年就換了五任城管局局長，和這些沒有素質的城管胡亂執法也有很大關係。」

柳擎宇聽了，不由得一皺眉頭：「既然是這種情況，新任局長上任之後難道就不會對執法大隊進行清理嗎？」

龍翔苦笑道：「說易行難，每個局長上任後都想進行整頓，但是執法大隊裡面，哪怕是一個最底層的工作人員背後都可能站著一位縣領導，誰敢輕易整頓？那豈不是找縣裡領導的麻煩！找領導麻煩豈不是給自己找麻煩嘛。」

柳擎宇臉色漸漸凝重起來。沒有想到城管局情況之嚴重遠遠超出自己的想像。

自己應該怎麼辦？**是後退還是繼續前進？**

後退？絕對不可能！我柳擎宇的字典裡豈會出現後退這樣的字眼！

前進？要如何前進？前面幾任局長都沒有擺平並且深受其害，自己該如何闖過這個必死之局！

一時之間，柳擎宇陷入沉思。

見柳擎宇沉默不語，龍翔忍不住說道：「柳局長，我有個想法，不知道該說不該說？」

柳擎宇毫不猶豫地說：「有什麼想法你儘管說，在我面前不需要有任何諱言。」

「柳局長，我認為現在您的確應該對執法大隊進行整頓，但是整頓的方式卻需要好好安排，您需要找到一個合理的由頭來展開整頓，而且最好是從一個點開始，然後一個點一個點地進行突破，採取層層推進的策略，這樣效果可能會好一些。」

柳擎宇點點頭道：「嗯，你說的是屬於比較穩妥的方法，這樣做的話，肯定不會犯任何錯誤，不過這樣做有些太慢了。」

聽柳擎宇這樣說，龍翔雙眼中露出震驚之色，試探道：

「柳局長，難道您想要以雷霆萬鈞之勢，大刀闊斧地進行整頓？如果是這樣的話，那到時候您得罪的可就不是一兩個人，甚至有可能是整個景林縣官場的人啊。這樣的代價是不是太大了，後果很難預料啊。」

柳擎宇對龍翔如此短的時間內就能反應過來十分欣賞，笑著說道：

「你猜得沒錯，有關如何整頓的問題，我思考了很久，設想了很多種方案，剛才聽了你的意見之後，我突然有所感悟，既然景林縣的問題已經嚴重到如此程度，那麼我就不能再走尋常路了，必須得大刀闊斧地進行整頓。而且既然是得罪人的事，得罪一個是得罪，得罪兩個也是得罪，就算全部都得罪了又怎麼樣呢！只要我做的事情夠有助於改進我們城管局執法大隊的工作風氣，有利於讓老百姓得到實惠，就算得罪了人又如何呢！

「身在官場，身為官員，在自己的工作領域之內，如果都不能將自己認為正確的事情貫徹下去的話，那這個官當的還有什麼意思呢！既然我現在是城管局局長，那麼我就必須按照我的想法在法律和正常流程的框架之內，對執法大隊進行整頓！」

柳擎宇臉上露出一股濃濃的霸氣和堅毅。他的眼神那樣堅定，他的眼神是那樣固執，此刻，似乎就算是一座山擺在面前，也無法阻擋他前進的腳步。

因為柳擎宇是一個十分固執和堅毅的人，他認準的事情就會堅持到底。因為他不喜歡做一個失敗者！他不想像前五任城管局局長那樣被人給拖下水。

那絕對不是他的風格！

此刻，龍翔真的被柳擎宇這種堅定霸氣的氣勢給震撼住了。

龍翔也有些擔心柳擎宇會蠻幹，因為他在景林縣待的時間也不短了，非常清楚那些大官小官之間錯綜複雜的關係網是多麼可怕，一旦得罪這個龐大的關係網，就算柳擎宇是局長也未必罩得住啊！他擔心柳擎宇太年輕了，很容易衝動。

讓龍翔意外的是，柳擎宇似乎看出了他心中的擔憂，笑著說道：

「龍翔啊，你不用擔心我會蠻幹，我不會的。我雖然已經下定決心要對執法大隊的隊伍進行大力整頓，但是我不會輕易出手，在我真正出手前，肯定會做好萬全策劃的。但是，你現在不妨先把風聲給放出去，就說我準備對城管局執法大隊進行大力整頓，尤其是對那些關係戶們進行清理，凡是素質不行、能力不夠的執法人員都將會被清退。」

龍翔不解地問：「為什麼要提前透露呢？這樣豈不是讓那些人有所防備？」

柳擎宇嘿嘿一笑：「沒錯，就是要讓他們有所防備，而且防備之心越重越好。對了，放出消息前，你也要講究技巧，不要一下子把消息全都放出去，而是要逐步放出，而且逐步升級宣傳我所要採取的措施。」

龍翔更不懂了：「這是為什麼呢？」

柳擎宇露出高深莫測的表情道：

「我這樣操作有幾點目的，第一，逐步在執法大隊的那些人員中製造緊張感，讓他們可以在日常的工作中多注意一些；第二，可以把一些有關係、有門路卻又不學無術的人給逼走。對這些人來說，調走不過是一句話的事，既然我要大力整頓，他們自然是越早調走越好，他們調走了，我整頓起來，壓力也就小了很多；第三，這乃是我的疑兵之計，你隔三差五就放個消息出去，讓他們越來越緊張，有些人調走，其他人心中肯定會有所懷疑，認為我只是在虛張聲勢而已，這樣，當我找到合適機會動手的時候，就會打他們一個措手不及，而這時候，也就是我的整頓行動最容易成功的時候。」

聽完柳擎宇的解釋，龍翔臉上露出深思之色。一直以來，他都把柳擎宇當成一個官場菜鳥來看待，他雖然已經決定投靠到柳擎宇的麾下了，但是在內心深處，並沒有完全認同柳擎宇，因為他還是認為柳擎宇很多時候所採取的手段有些太稚嫩了。

今天的這番談話讓他對柳擎宇有了一個新認識，他發現雖然柳擎宇這個局長十分年輕，但是僅僅是剛才這番對話中所展露出來的政治智慧，已經足以引起他的高度重視了。

他看得出來，柳擎宇的這番籌畫中依然有些地方還有些欠缺，但是卻無傷大局，而且柳擎宇的想法可謂是天馬行空，不拘一格，雖然有些風險，但是真正實施的話，依然有著很大的成功機率。

最關鍵的是，柳擎宇有做這件事的決心和魄力，這是他在前五任局長的身上都從來沒有看到過的。他不得不承認，柳擎宇年輕歸年輕，卻是個很有個人魅力的領導。

接下來，柳擎宇和龍翔又商量了一下接下來行動的細節問題，直到已經晚上九點鐘，兩人才下班各自回去。

龍翔直接回自己家，柳擎宇則是步行向中天賓館走去。

中天賓館是景林縣一個中檔賓館，算是縣城管局的定點單位。距離縣城管局只有半公里左右，步行一會兒就到了。

柳擎宇是單身，而縣城管局單位宿舍又很有限，也比較陳舊，考慮到方便柳擎宇展開工作和生活，龍翔便把柳擎宇安排在了中天賓館內。

但是誰也沒有想到，這個安排竟然差一點就將柳擎宇推向危險之地。

第四章

桃色陷阱

柳擎宇早從白牡丹那詭異的行為中判斷出自己可能掉入了一個桃色陷阱中，所以他毫不猶豫地把白牡丹給扔了出去。再看到等候在外面的薛志軍等人，更證實了自己的猜測。他關上門，便坐在沙發上靜靜地等待著。

就在柳擎宇往回走的時候，柳擎宇所住房間的隔壁，馬小剛、楊海成、包曉星、徐文濤這四個剛剛在柳擎宇手中吃了大虧的傢伙全都齊聚在此。

此刻，他們在正緊張地看著一名技術人員調試著房間內的監控視頻。柳擎宇所住的房間中，技術人員正在安裝針孔攝影機的角度和位置。一名服務員則站在房門處守望著。

經過將近二十分鐘的折騰之後，他們終於把針孔攝影機的位置安裝在正對著柳擎宇床頭位置的一個花瓶裡。

這時，賓館大門口處一個負責放風的服務員看到柳擎宇走進賓館，立刻拿出手機給樓上的人發了一條簡訊，樓上的服務員和技術人員得到通知，迅速地把現場佈置完畢，從容撤離。

馬小剛一邊盯著面前的監控畫面，一邊咬著牙說道：「這一次，我們一定要讓柳擎宇落入萬劫不復之地，讓他永世不得翻身！」

包曉星點點頭道：「嗯，沒錯，我們這次絕對要讓他死無葬身之地！敢和我們哥幾個鬥，看我們陰不死他！」

此刻，柳擎宇並沒有覺察到什麼，依然像以往那樣，準備回房間好好休息。

柳擎宇打開房門，邁步走了進去。他不知道，從他進房間這一刻起，他的一舉一動都落入了在隔壁房間內潛伏的四個人眼中。

馬小剛、包曉星四個傢伙都瞪大了眼，緊緊地盯著柳擎宇。

他們很想知道柳擎宇平時到底都做些什麼。他們更期待能夠發現柳擎宇一些很隱私、難以對人啟齒的習慣，這樣就可以更好地收拾柳擎宇。

然而，讓幾個人失望的是，柳擎宇回到房間後，並沒有他們想像中的上網與網友聊天、用手機約炮等很多單身男人經常幹的事情，柳擎宇的私生活顯得十分平淡。

他在工作！

沒錯，柳擎宇就是在工作。

柳擎宇回來之後，便坐在書桌前，拿起筆來寫寫畫畫。由於柳擎宇身材較高，馬小剛等人無法通過針孔攝影機看到柳擎宇在寫什麼，但是他們可以看到柳擎宇似乎寫得十分認真。

時間在一分一秒地過去。馬小剛等人漸漸有些不耐煩起來。

包曉星皺著眉頭，不屑地說道：「這個柳擎宇還是男人嗎？一個人天天悶在房間內就不悶嗎？難道他就不知道把個妹、泡個美女？是他那方面的能力不行，還是他有心裡障礙啊？」

聽到包曉星這樣說，徐文濤也嘲笑道：「我懷疑柳擎宇會不會是GAY啊，哪有人上了一天班回來還繼續工作！這哥們是不是有病啊。」

馬小剛滿臉怨毒地說道：「哼，不管他有病沒病，我們先狠狠收拾他一頓再說。我看現在時間也差不多了，讓薛志軍他們準備出場吧，我相信他早就想給薛文龍報仇了。這一次，我們一定要把柳擎宇徹底搞臭！」

楊海成點點頭，拿出手機撥通了一個電話號碼：

「白牡丹，你可以出場了。」

電話那頭，柳擎宇對面房間內，一個打扮得十分豔麗的女孩，穿著一件白色蕾絲短衫，黑色迷你超短裙，正照著鏡子，接到楊海成的電話後，咯咯笑道：

「好的，楊哥，我馬上出動，您放心，柳擎宇就算是個不舉之人，我也會讓他揚槍策馬，保證讓你們的人抓個正著，不過，你答應我的那一萬塊錢可不許反悔哦！」

楊海成不耐煩地說道：「白牡丹，哥哥我啥時候差過你的皮肉錢啊！放心吧，事成之後，立刻給你，現金！」

聽楊海成如此阿沙力，白牡丹連忙道：「楊哥，你放心吧，我馬上行動，您等著吧！」

說完，白牡丹收起電話，再次對著鏡子照了一下，看到全身上下沒有任何瑕疵，這才站起身來，扭動著小蠻腰，拉開房門，走到柳擎宇房間門口，按響了門鈴。

此刻，柳擎宇正在房間內忙碌著，聽到門鈴響，不由得眉頭一皺，因為他為了確保自己可以安心工作和休息，早就跟賓館的服務員們交代過，沒有自己招呼，絕對不能來打擾自己，而自己在景林縣也不認識幾個人，加上認識自己的一般也不會跑到這個地方。

到底是誰呢？

柳擎宇皺著眉頭，打開門。

房門外，一個長相嫵媚、打扮時髦的女孩俏生生地站在外面。是自己不認識的人。

柳擎宇看向白牡丹，問道：「你找誰？」

白牡丹嫵媚一笑，嬌聲道：「柳哥哥，我當然找你啦。」

柳擎宇連忙擺手，說道：「等一下，我好像不認識你吧？」

白牡丹顯得十分淡定從容：「你當然不認識我了，但是我認識你啊，柳哥哥，我可以進去說話嗎？你該不會怕我吧？」

柳擎宇心頭就是一動。他隱約感覺到這個女人似乎有些問題，但是到底是什麼問題又想不明白。不過柳擎宇藝高人膽大，不管這個女人到自己房間來有什麼目的，他行得直坐得正，沒什麼好怕的。

他打開房門，把女孩放了進來。

進門後，女孩完全不認生，直接走到柳擎宇的大床旁，放下手中的小包，對柳擎宇笑著說道：「柳哥哥，你的房間很熱啊，我可以把外套脫了嗎？」

柳擎宇掃了白牡丹一眼，發現這個女孩的穿著已經很暴露了，尤其是那短小的連肚臍眼都無法遮住的蕾絲短衫，十分性感，現在沒有脫都已經可以看到裡面黑色的胸罩了，要是脫了的話，豈不是跟脫光差不多了？

柳擎宇看出來，這個女孩就是來勾引自己的。

他心裡奇怪，他跟這個女孩沒有任何瓜葛，她為什麼來勾引自己呢？按理說，沒有瓜葛的兩個人，是不可能知道自己名字的。但是她卻知道他的名字，那她是怎麼知道的呢？肯定是從別人嘴裡知道的。那麼是誰告訴他的呢？是黃德廣那些兄弟們嗎？

絕對不可能！那些兄弟怎麼可能不清楚自己的個性！他們是不會做出這種事情來的。

既然不是朋友，那肯定就是敵人了。

敵人派這樣一個嫵媚的女人來勾引自己，目的何在？醜化自己！抓姦在床！這兩種可能性都相當大！

想到此處，柳擎宇嘴角上的冷笑更濃了，看向這個女人的目光也變得森冷起來。

「是誰派你來的？你想要勾引我嗎？」柳擎宇突然說道。

白牡丹一愣，自己已經使出渾身解數了，要是一般的男人恨不得她趕快把衣服脫了呢，而眼前這個高大帥氣，讓她倒貼她都願意的帥哥竟然對自己沒有一點動心，反而問出了一句大煞風景的話。

白牡丹久混歡場，說話做事十分油滑，見柳擎宇質問，立即嘟著嘴道：

「柳哥哥，你這是什麼話啊，我胡丹丹豈是誰都可以指使的。柳哥哥，你知道嗎？自從我見過你一面之後，我就對你一直念念不忘。」一邊說著，白牡丹一邊開始伸手解開自己的蕾絲短衫，想要脫下來。

她心想，既然自己無法用言語誘惑柳擎宇，那就只能用身體了。她對自己的身材相當有信心，縣裡的一些大領導都是她的常客，他們對她火辣的身材迷戀不已，她相信柳擎宇這樣血氣方剛的男人絕對很難過她這一關的。

她衣服剛剛脫了一半，就看到柳擎宇突然邁步向自己快步走來。

白牡丹一下子就興奮起來，她可以感受到柳擎宇走路時，身上所散發出來的那種男人的陽剛之氣，她還從來沒有遇到過像柳擎宇這樣帥氣的男人，她感覺自己情欲大動，對柳擎宇充滿了期待。

縱橫歡場數年，她從來沒有像今天這樣，如此渴望一個男人來擁有自己，看向柳擎宇的眼神也迷離起來，她伸出雙手，渴望柳擎宇狠狠地把自己抱在懷中。

柳擎宇距離白牡丹越來越近了。

她可以聞到他迷人的濃濃的男人氣息，她感覺自己的身體都酥軟了，欲望在瞬間暴漲到了頂點，嘴裡開始喘息起來。

柳擎宇已經來到白牡丹的面前。

白牡丹無限渴望著，柳擎宇突然伸出一隻手來。白牡丹更加興奮了，因為她看到柳擎宇的手是伸向自己的胸前。她感覺身下的熱流更加洶湧澎湃了。

砰！柳擎宇的手突然點在她脖子下方的一個穴道上。白牡丹發現，自己竟然動彈不了了。緊接著，她的身體被柳擎宇給拎了起來，懸在空中。隨後，被柳擎宇拎著向門口走去。

在隔壁房間監控的包曉星、馬小剛等人目睹發生的一切，不禁瞪大了眼，目光中充滿不可思議的神色。

此刻，柳擎宇房間外面，薛志軍已經帶著六名縣公安局的員警等候在外面了。就等著包曉星一聲令下，破門而入好抓姦在床呢！

哪知就見柳擎宇房間的門一開，接著一個人被從裡面扔了出來，直接丟向薛志軍幾個人的身上，緊接著，房門被柳擎宇砰的一聲給關上了。

傻眼！

包曉星傻眼了！

馬小剛傻眼了！

楊海成和徐文濤也全都傻眼了！

誰也沒有想到，事情竟然發展成這個樣子！

他們本來還打著如意算盤，想將柳擎宇一舉拿下的，沒想到柳擎宇似乎看出了玄機，根本就不上當！

薛志軍見狀，也慌了手腳，趕快撥通包曉星的電話，問道：「包哥，現在怎麼辦？」

馬小剛一把從包曉星手中搶過電話，怒聲道：「破門，栽贓，強行抓人！」

薛志軍臉上露出了難色。雖然他非常想要替叔叔薛文龍報仇，把柳擎宇給收拾了，但是現在的問題，柳擎宇並沒有做出不軌之事，如果強行抓人，會很難收場的。

尤其是叔叔薛文龍已經被雙規了，自己再也沒有靠山，所以他不得不謹慎行事，有些猶豫地說道：「馬少，我們沒有證據啊！」

「證據？你們這些員警就是證據！你就說你們親眼看到柳擎宇正在非禮白牡丹，柳擎宇又能如何？難道你不想給你叔叔報仇了嗎？」

想到以前的風光，再想到現在的落魄，薛志軍也豁出去了，點點頭道：「好，我幹！」

他帶著六名手下來到柳擎宇的房門外，一腳踹開房門，氣勢洶洶地向房裡衝去。房間內，柳擎宇正靜靜地坐在沙發上，抱著肩膀冷笑著看著闖進房間內的這幾名員警。

柳擎宇早從白牡丹那詭異的行為中，判斷出自己可能掉入了一個桃色陷阱中，所以他毫不猶豫地把白牡丹給扔了出去。再看到等候在外面的薛志軍等人，更證實了自己的猜測。

他關上門，便坐在沙發上靜靜地等待著，他相信對方既然設下了如此陰險之局，肯定不會輕易收手，他想要看看對方到底會如何跟自己玩下去。

柳擎宇在等待著。

只是他猜對了結果，卻沒有猜對過程，他沒想到對方竟然要強行抓人！

薛志軍帶人破門而入後，立刻命人把柳擎宇圍了起來，大手一揮，亮出閃亮的手銬，揚聲道：「柳擎宇，你意圖非禮酒店服務人員，證據確鑿，現在請你跟我們走一趟吧！」

說著，就要把手銬給柳擎宇戴上。

柳擎宇瞪了薛志軍一眼，冷聲道：

「呵呵，想要讓我跟你們走一趟，我沒有任何異議，不過請把證據拿出來，如果你們有證據的話，我二話不說，起身就跟你們走。不過，如果你們沒有證據的話，今天你們想走都走不了。我相信你既然知道我的名字，就應該知道我的身分，我這個城管局局長可不是任人宰割的人，我相信上級也會給我一個交代的。」

薛志軍既然已經打算當惡人，自然敢直接無視柳擎宇的訴求，嗤道：

「想要交代？可以啊！等到了局裡我們會給你一個交代的，現在請你配合一下，戴上手銬，跟我們走一趟，否則的話，可別怪我不客氣了。」

「不客氣？」見薛志軍如此蠻橫，柳擎宇臉色一變，道：「怎麼？你難道還想要對我動粗不成？現在國家上下都在強調要文明執法，你難道想要和國家政策進行對抗？」

柳擎宇這張嘴十分犀利，三言兩語間，便給薛志軍扣上了偌大的一頂帽子。

如果是聰明人，此刻一定會十分小心的，畢竟都這個時候了還如此淡定之人，又怎麼可能沒有準備呢。

但是，薛志軍這個曾經的聰明人卻在仇恨的刺激下，很有信心地認為自己身後有包曉星、馬小剛等巨頭的公子作為靠山，自己沒有什麼好擔心的。就算柳擎宇有縣委書記在後面做後盾，只要自己強行栽贓，柳擎宇想要抽身也難。

只要把柳擎宇帶到了局裡，自己有很多種手段可以逼柳擎宇承認自己做出非禮之事，到那個時候，柳擎宇想要辯駁只能是做夢了。

所以，等柳擎宇說完，薛志軍嘿嘿笑道：「文明執法？我們一直都在文明執法啊，只不過對於一些不遵守規矩之人，我們才會採取非常的手段。來人，先給他戴上手銬。」

說著，薛志軍大手一揮，就想要讓手下之人強行給柳擎宇戴上手銬。兩個彪形大漢手中拎著手銬從左右兩個方向柳擎宇逼了過去。

柳擎宇冷冷地看了兩人一眼，不慌不忙地說道：「我奉勸你們最好不要輕舉妄動，否則會後悔莫及。」

對柳擎宇的話，兩人又怎麼會在意，他們認為人多勢眾，絕不會吃虧的。便從左右兩邊分別抓住柳擎宇的胳膊，想要把手銬戴上去。

柳擎宇出手了。兩人突然覺得手腕一陣疼痛，隨即整個人被拉扯得撲倒在地！隨後，一雙大腳狠狠地踩在他們的後背上。

自始至終，柳擎宇的屁股根本就沒有從沙發上離開！

薛志軍的額頭上開始冒汗了。直到此刻他才突然想到，柳擎宇和一般的官員不同，這傢伙以前是個軍人！

看柳擎宇的身手他更發現，恐怕自己六個人一起上去也未必能夠搞定柳擎宇。

怎麼辦？我該怎麼辦？現在，他開始有些心虛了。

抓人時最怕的就是對方實力太強，又不肯束手就擒，這時候，你抓也不是，不抓也不是。

柳擎宇腳下踩著兩個人，臉色淡定地看著薛志軍：「這位警官，你已經成功惹怒我了。這事，咱沒完。」

說著，柳擎宇拿出手機撥通了縣公安局局長白長喜的電話。

「白局長，你們縣公安局是不是看我柳擎宇特別不順眼啊，三天兩頭派人找我的麻煩，就連住個賓館，你們都能派人來對我進行栽贓陷害，想要製造抓姦在床的效果，是不是我柳某人得罪你啦？」

此刻，白長喜正摟著一個學生妹在ＫＴＶ唱歌呢，聽到柳擎宇的話，臉都綠了。

白長喜雖然是薛文龍留下來的人，卻有自己的生存法門，所以沒有被牽連進薛文龍事件中去，加上他已經向縣長賀光明靠攏過去，所以薛文龍倒臺後，他這個縣公安局局長的位置反而越坐越穩，並且隱隱有和新任政法委書記李小波分庭抗禮之勢，所以越來越得意了。

但是，在白長喜心中卻有一個禁忌之人，那就是柳擎宇。

經過薛文龍事件後，他深深感受到柳擎宇的能力非比常人，要知道，一個小小的強拆事件，柳擎宇都能把縣委書記和縣長同時攪和到事發現場，這種本事，可不是一般人幹得出來的。

所以，接到柳擎宇的電話，白長喜腦門一下子就冒汗了，連忙說道：「柳局長，你說的話我有些不太明白啊，到底發生了什麼事情，你儘管說，我一定會秉公處理的。」

「我看你還是到中天賓館來一趟吧，我可以明白地告訴你，我現在很不爽。」柳擎宇冷冷說道。

這一下白長喜可就坐蠟（指陷入窘境）了，連忙道：「好，好，我馬上過去。」

掛斷電話，柳擎宇淡淡地看了薛志軍一眼，說道：「白長喜馬上就過來了，你也不要走了，在這裡等一會兒吧。我倒是要看看，是誰給你如此膽量，竟敢跟我玩這一套。」

薛志軍這下頭疼了，事情竟然會發展成如此局勢。他對幾個手下說道：「你們看住他，我出去打個電話。」

還沒有等他走出房門呢，他的手機便響了起來。

電話是局長白長喜打過來的。

白長喜接到柳擎宇的電話後，急得如熱鍋上的螞蟻一般，火急火燎地給局裡的人打了個電話，瞭解了一下到底是誰帶人去了中天賓館。得知是薛志軍之後，立刻便明白薛志軍可能是想要找柳擎宇報仇。

他更急了。你就算是想要給薛文龍報仇，也得掂量掂量自己的分量啊，**柳擎宇是你招惹得起的嗎**？老子這個當局長的在柳擎宇面前都得龜縮起來做人啊。

「薛志軍，你腦子被驢給踢啦，你幹嘛要去招惹柳擎宇那個瘟神呢！」電話接通後，白長喜破口大罵起來。

薛志軍趕緊走出柳擎宇的房間，找了個僻靜角落，把事情的始末告訴了白長喜。

白長喜聽說這件事是包曉星、馬小剛幾個衙內策劃的，而且他們就藏身在柳擎宇隔壁，這下子可犯愁了。

他不想得罪柳擎宇，落得和薛文龍一樣的結局。雖然上次他全身而退，但是他相信，好運不會接二連三地降臨在他頭上。偏偏這次出手收拾柳擎宇的，又是上次茶館事件中的四個衙內，很明顯，這一次四個衙內是想要把柳擎宇往死裡整，他不得不好好考慮一下自己該怎麼做。

「不行，我看我還是保持中立，誰也不得罪吧！任何時候，官場上自保都是首要之選。」白長喜喃喃自語道。

正想時，他的手機便響了起來。

電話是包曉星打來的。

「白局長，聽說你要過來？那正好，這次你可要好好主持一下公道啊，柳擎宇在房間內涉嫌非禮女服務人員，證據確鑿，只要你們縣公安局確認了這一點，縣裡很多領導都會大力支持的。柳擎宇到時候想不下臺都難，這事情不僅我爸和賀縣長在關注，就連市裡馬副市長也在關注著，這可是很好的立功機會啊，希望你好好把握。」

說完，便直接掛掉了電話。

包曉星相信，以白長喜的智慧不可能聽不懂自己的意思。這一下，白長喜徹底鬱悶了。柳擎宇給自己打電話，肯定是讓自己過去主持公道的，包曉星給自己打電話，卻是讓自己過去拉偏架，怎麼辦？這時候自己是否還能保持中立呢？如果保持中立的話，是不是會得罪這四個衙內背後的勢力呢？

悲哀啊！自己好歹也是個堂堂的縣公安局局長，竟然被一個衙內的電話給難住了。

白長喜的內心在進行著激烈的鬥爭。他非常清楚，這一次的抉擇很有可能會影響到自己的仕途生涯。

這時候，他的手機再次響了起來。這回是縣委副書記包天陽打過來的。

看到這個電話，白長喜突然淡定下來，立刻接通電話，十分恭敬地說道：「包書記，您好。我是白長喜。」

「白同志，我聽說中天賓館那邊出了點小事？」

白長喜連忙說道：「是啊，包書記，我剛剛接到柳擎宇和包曉星的電話，雙方各執一詞，都讓我過去處理。」

「嗯，是非曲直自有公論，你去了好好處理，這件事，賀縣長也十分關心，他讓我轉告你，要求你秉公處理，你們縣公安局不能冤枉好人，但是呢，也絕對不能放過一個壞人，任何人，只要做出了違反組織紀律的事，就應該受到法律的嚴懲，絕不能因為他是某些領導十分看重的人就聽之任之。」包天陽意有所指地說道。

聽到包天陽這樣說，白長喜知道自己該表態了，否則，一旦包天陽和賀光明對自己有意見的話，他的仕途也到頭了。於是連忙說道：

「白書記，請您放心，我一定牢牢記住您和賀縣長的指示，在這件事情上『秉公處理』。」

掛斷電話後，白長喜心道：「看來，這次我得和柳擎宇正面硬磕了。柳擎宇，咱們等著瞧吧！你請我過去，根本是自掘墳墓啊！」

包天陽給白長喜打完電話後，又立刻給賀光明打了個電話：

「老賀啊，我剛才給白長喜打了電話，他已經明確表態了，你看這次事件能不能把柳擎宇給拉下馬？」

賀光明皺著眉頭道：「這個還真不好說啊，還得看白長喜現場的操作能力，如果操作得好的話，這次柳擎宇絕對很難翻身。問題在於這個年輕人很不簡單啊，上次茶館事件他運籌帷幄，最終占盡了便宜，不知道這一次他有沒有什麼底牌？」

「老賀，柳擎宇的底牌我十分清楚，在縣裡，他是夏書記的嫡系，在市裡，常務副市長唐建國同志對柳擎宇也很欣賞，他最大的靠山大概就是這兩個人了。只要我們能夠在夏正德和唐市長知道這件事之前，把柳擎宇非禮賓館服務員的罪行給落實了，到時候就算夏書記和唐市長插手也沒有用。」包天陽很有把握地說。

賀光明聽包天陽這樣說，放下心中疑慮，說道：「嗯，如果是這樣的話，那柳擎宇倒是不足為慮，這件事你好好盯著，有什麼動態及時通知我。」

掛斷電話後，賀光明臉色再次變得嚴肅起來，點燃一根菸，在書房內走來走去。

雖然包天陽已經把柳擎宇的背景說得清清楚楚了，但是賀光明總感覺心裡有些不太踏實。

對於柳擎宇，他原本並沒有什麼特別的看法。但是，當他聽到身邊人都在說是柳擎宇帶給了夏正德逐漸掌控大局的機會，說柳擎宇是夏正德的福將，讓他不得不正視這個年輕人。

隨著和夏正德的矛盾衝突逐漸擴大，他深刻體驗到夏正德城府極深。而且是個極為擅長長線佈局之人，對這樣的政治對手，他十分忌憚。但是身為縣長，他就必須和夏正德這個縣委書記比比腕力，否則，自己只能狼狽地離開景林縣，那絕不是他願意看到的。

所以，他想要升遷，就必須和夏正德好好較量一番。

他把出手的方向鎖定在柳擎宇的身上。既然柳擎宇是夏正德的左膀右臂，那麼自己只需要把柳擎宇搞定，夏正德的實力必定受損，自己的實力就會有所增強。

正是基於這種考慮，他才決定正式介入到這一次的中天賓館事件中。

只是他總隱隱覺得心裡有些不安，似乎會有什麼對自己不利的事情發生，但是他又一點都抓不到這股不安的來源是從何而來。

到底是怎麼回事呢？為什麼自己會不安？難道是因為柳擎宇？柳擎宇不過是個小小的城管局局長而已，自己捏死他就跟捏死一隻螞蟻一樣容易，為什麼自己會忐忑不安？

賀光明來回地踱著步，一邊等待白長喜那邊處理這件事情的結果。

白長喜乘車趕到中天賓館，來到柳擎宇房外。

隔壁，包曉星、馬小剛四個人並沒有走，正在密切關注著這次策劃的結果。

他們不看到柳擎宇被開除不甘心！

他們已經做好狠狠收拾柳擎宇的一切準備！做好玩死柳擎宇的準備！他們以前從來沒有吃過虧，但是在柳擎宇身上虧可吃大了，他們不服氣！他們要報復！

此刻，房間內，柳擎宇平靜地坐在沙發上，看著電視，對站在他前面堵住房門口的薛志軍幾個人直接無視。

他也在等待。等待著白長喜的出現。

白長喜走進房間，便擺出一副公事公辦的姿態，看向薛志軍等人問道：

「薛志軍，你們幾個到底是怎麼回事？為什麼會出現在這裡，你們不知道這樣做會影響到柳局長休息嗎？」

「白局長，您可真是冤枉我們了，我們是接到匿名舉報，說是在柳局長在房間企圖非禮賓館女服務員，我們便衝了過來，發現柳局長正把那名服務員壓在身下，強行脫人家的衣服，想要非禮，我們看得一清二楚，證據確鑿，但是柳局長卻死不肯承認。」薛志軍回道。

薛志軍睜著眼撒了一個彌天大謊，狠狠地把屎盆子扣在了柳擎宇的頭上。

白長喜眼珠轉了轉，看向柳擎宇，表情嚴肅地說道：「柳局長，不知道對薛志軍所說的話，你有沒有什麼說法？」

柳擎宇臉上露出了一絲冷笑。他明知白長喜是薛文龍的嫡系，卻依然打電話把他給喊了過來！又豈會作繭自縛呢！

表面上看，白長喜這句話沒有一點問題，似乎是十分公平公正。

然而，柳擎宇從白長喜的這句問話中，感受到了白長喜的立場已經比茶館事件時發生了微妙的變化。因為白長喜如果真的想要秉公處理的話，不是問自己，而是應該問薛志軍，讓薛志軍拿出證據來。

根據正常的辦案流程，薛志軍必須拿出視頻資料才行，他們卻在沒有任何證據的前提下就胡亂撕咬自己，而白長喜也沒有讓薛志軍等人提供資料，那麼很顯然，白長喜是站隊到對方陣營去了，所以處處針對自己。

這種分析在柳擎宇的大腦中只是一閃而過。柳擎宇笑了。

白長喜在佈局，他柳擎宇又何嘗不是在佈局呢！否則的話，他又怎麼會撥打白長喜的電話讓他趕到現場呢！

本來，白長喜要是秉公處理的話，還有機會跳出柳擎宇的佈局，現在他卻一頭扎了進來，柳擎宇只能勉為其難的把他也捎帶上了。

柳擎宇淡淡一笑，看向白長喜說道：「白局長，我想問問你，你們縣公安局辦案需要不想要講究證據？是不是憑著你們隨口一句話就可以給一個普通的公民定罪？」

白長喜一愣，他有想到柳擎宇竟然質問自己。不過這哥們也是老油條了，聽柳擎宇這麼問，立刻說道：

「當然不是，我們縣公安局一直以來都是以文明執法為己任，一向講究證據。」

說到這裡，白長喜看向薛志軍，說道：「薛志軍，你的證據在哪裡？請你拿出來吧。」

直到此刻，白長喜還在柳擎宇面前裝佯，柳擎宇繼續冷眼旁觀。

薛志軍連忙用手一指身後的幾個同事，說道：

「白局長，既然是我指證的，我自然不能作為證人，他們全都看到了柳擎宇在非禮那個女服務員，那個女服務員也可以作證的。」

薛志軍手一指坐在床上的白牡丹，此刻的白牡丹以一種十分怪異的姿勢坐在床上，一動也不動，只有眼睛在滴溜溜地轉動著。

對白牡丹為什麼保持這種姿勢，薛志軍倒是沒怎麼注意，他以為白牡丹喜歡這種姿勢呢。

柳擎宇反駁道：「白局長，這位警官的話有問題，他這是在偷換概念啊，按理說，這位警官和那些員警同志都是縣公安局的工作人員，都屬於指證一方，是沒有資格作為證人的。當然，如果他們能夠拿出視頻或者任何證據來，也沒有問題，但是如果什麼東西都沒有的話，光憑他們幾個空口白牙這麼說，就想把屎盆子扣在我的頭上，這不太合適吧？至於這位小姐，她的話倒是可以作為證據，那麼現在就請她出來作證，看看我有沒有非禮她。」

聽柳擎宇這麼說，白長喜和薛志軍心頭都是一喜，因為他們非常清楚，這個女人是包曉星專門從海悅天地娛樂城裡找來的一個紅牌小姐，為人十分精明，她早就得到包曉星的叮囑，就是來專門陷害柳擎宇的。

白長喜看向白牡丹，說道：「這位小姐，請你說一說柳擎宇當時在房間內都對你做了些什麼。」

白長喜問完，卻發現白牡丹依然保持那種怪異的姿勢，眼珠子滴溜溜亂轉，急得眼淚都流出來了，卻偏偏一句話都不說。

白長喜和薛志軍臉上露出驚愕之色，這是什麼情況啊？這個白牡丹怎麼不說話呢。此刻，白牡丹也是最鬱悶的一個。

白長喜等人的話她聽得一清二楚，她真的很想立即跳出來狠狠地誣陷柳擎宇一番，因為柳擎宇對她的無視，深深地傷害了她的自尊心。

在娛樂城裡，她雖然不是最紅的小姐，但絕對屬於最頂級的，很多領導對她的嫵媚都招架不住，還有一個快六十歲的某位副縣長，每個星期都會跑來指定找她享受一番，自己的魅力可見一斑。

可是這個柳擎宇竟然對自己的美貌和火辣身材視若無睹，這讓她無法接受，徹底恨上了柳擎宇。

然而，白牡丹卻發現她竟然一句話都說不出來，她很想說話，但是嘴卻怎麼都張不開。她不明白這是怎麼回事？難道自己變成植物人了嗎？她有些害怕，淚水嘩嘩地往下流。

房內一片沉默。

這時，柳擎宇打破沉默，說道：「白局長，你看看，這位小姐一句話都不說，很明顯，我並沒有對她做過什麼，否則的話，她恐怕早就對我大聲控訴了。」

白長喜頭疼起來，沒有想到，在最關鍵的時刻，白牡丹竟會發生這種事。

這時，就聽薛志軍突然說道：「柳局長，你似乎把她的意思給弄反了，雖然她沒有說話，但是你沒有看到她在流淚嗎？她這是忌憚你的權勢不敢說話啊，這是在用眼淚對你進行無聲的控訴！」

薛志軍對黑白顛倒這一套輕車熟路，根本就不需要進行思考。

柳擎宇聽了，哈哈大笑起來：「這位警官，以你的口才，不去美國當律師真是太委屈了！這種黑白顛倒的話你都說得出來，我真是佩服得五體投地啊。我都驚呆了。白局長，這件事你怎麼看？」

白長喜略微思考道：「我的意見和薛志軍差不多，這個女孩肯定是嚇壞了，又畏懼你的權勢，所以不敢說話。柳局長，我看你還是跟著薛志軍他們去趟縣局，做一下筆錄，把詳細情況解釋一下，請你相信我們員警同志，我們絕對不會冤枉好人的，你去做一下筆錄也就沒事了。」

柳擎宇臉色突然陰沉下來，冷冷地說道：「我要是不去呢？」

白長喜臉色也變了：「柳局長，我看你最好還是配合一下我們公安局的工作比較好，要不然發生了什麼不愉快的事，對我們雙方都沒有好處。」

白長喜終於露出了猙獰的面目，既然決定要拉偏架，他自然早有準備。

他的話音落下，只見房間外面突然又衝進六名員警，手中都拿著手槍，黑洞洞的槍口全部指向柳擎宇。這一次，白長喜已經下定決心要把這件事情辦成鐵案了。不給柳擎宇任何反擊的機會。

在薛志軍得意的目光下，柳擎宇不慌不忙地拿出手機，準備撥電話。

白長喜見狀，立即喝阻道：「柳局長，你現在是嫌犯，禁止與外界有任何聯繫，薛志軍，把他手機先拿下來再說。」

薛志軍聞言，就要上前搶柳擎宇的手機。

就在這個時候，柳擎宇的手機突然嘟嘟嘟地響了起來，顯示幕上，「李小波」三個字十分顯眼。

柳擎宇準備接通電話，這時，兩名員警把手槍直接頂在柳擎宇的左右太陽穴上。

白長喜冷冷地說道：「柳擎宇，你最好不要接這個電話。」

柳擎宇看了白長喜一眼，嘆道：「唉，真沒有想到，一名官員墮落的時候，竟然會變化成這個樣子，白長喜，你太讓人失望了。你已經沒有資格再擔任公安局局長這個職務了。」

白長喜不屑地回道：「柳擎宇，我夠不夠資格擔任公安局局長不是你說了算的，就算是夏正德書記說了也不算。」

柳擎宇淡淡一笑：「白局長，咱們要不要打個賭啊，我保證，半年之內，你這個局長位置肯定保不住了。」

白長喜聽柳擎宇這樣說，臉色就是一變。看來不儘快把柳擎宇給搞定，柳擎宇早晚得把自己給整下去，這時候只能先下手為強了！

想到此處，白長喜大手一揮，說道：「來人啊，把柳擎宇同志請到局裡去調查調查。」

兩名員警立刻走上來，架住柳擎宇的手臂。

正當此時，白長喜的手機突然響了起來。他拿出手機一看，竟是政法委書記李小波打來的！

他不能不接，只能皺著眉接通了電話。

「李書記，有事嗎？」語氣並沒有表現出多少尊敬。

就聽李小波的怒吼聲傳來：「白長喜，你這個公安局局長是怎麼當的？沒有任何證據，你竟然要帶走一個城管局局長？你以為你是誰啊！薛志軍沒有文明執法的概念，你這個公安局局長難道也沒有嗎？你到底想要幹什麼？把柳擎宇帶回警察局去刑訊逼供？或者是你想要在沒有證據的情況下，把這件事情辦成鐵案，毀了柳擎宇的前程……」

李小波的怒吼還在進行著，白長喜腦門上的汗水已經滴滴答答地往下掉了。

此刻的他，滿腦子疑問，其中最大的疑問，就是政法委書記李小波怎麼知道自己要帶走柳擎宇？

順著這個疑問繼續思考下去，白長喜突然感覺到**自己好像掉入了一個圈套之中**。

一時之間，白長喜的大腦有些轉不過彎來了。

這時，薛志軍看向白長喜，低聲道：「白局長，柳擎宇怎麼辦？」

白長喜經過一番心理掙扎後，最終下定決心，一定要想辦法把柳擎宇這件事辦成鐵案，只要辦成鐵案，自己就主動了。就算是柳擎宇或者李小波他們有什麼陷阱也無所謂了。

所以，他直接掛斷電話，不再聽李小波到底要說什麼，對薛志軍道：「快，立刻把柳擎宇帶到縣局去，儘快審訊清楚。」

他已經直接用上了「審訊」這個詞。

薛志軍連忙說道：「好的！我馬上執行。」說著，大手一揮：「快，帶柳擎宇回局裡去。」

然而，他的話剛落下，便聽到一個嚴肅的聲音在門口炸響：

「等一等！」

一個矯健、魁梧的身影出現在門口。來人滿臉嚴肅，還帶著幾分憤怒。

看到進來之人，薛志軍和白長喜全都傻眼了。

是縣政法委書記李小波！

他為什麼會出現在這裡？為什麼出現得這麼及時？一個個疑問在白長喜的腦海中跳了出來，臉色越發蒼白。

這一刻，白長喜和他的夥伴們全都嚇傻了！

李小波走進屋內，冰冷的目光掃視了一眼眾人，怒道：

「白長喜，你到底是什麼意思？掛斷我的電話，然後下令強行抓人，你這個局長很野蠻啊！難道這就是你的平日作風？」

「這個？書記，我……」一時間，白長喜也不知道自己該如何辯解了。

李小波用手一指那兩個架著柳擎宇的員警，冷冷地說道：「你們這是怎麼回事？柳同志是什麼身分？是誰給你們權力，讓你們如此對待柳擎宇同志的？」

那兩個小員警聽李小波如此嚴厲的質問，嚇得腿都顫抖起來，連忙收起槍，撤回雙手，呆立在一旁，屁都不敢放一個。

房間內的氣氛顯得十分壓抑。

這時，李小波瞪了白長喜一眼，然後把目光放在薛志軍的臉上，冷聲道：

「薛志軍同志，你身為一名警官，難道連最基本的文明執法原則都不懂嗎？難道栽贓陷害公務人員就是你的執法風格嗎？」

薛志軍此刻早已經嚇得六魂無主，聽李小波這樣給自己定性也急眼了，連忙辯解道：「李書記，我並沒有栽贓陷害！」

他的脖子繃得筆直，似乎非常不服氣。

李小波充滿不屑地看了他一眼，隨後看向柳擎宇說道：「柳擎宇同志，現在該看你的表現了。」

柳擎宇點點頭，從容不迫站起身來，走到薛志軍面前，用手輕輕拍了拍他的臉蛋，冷冷說道：「薛志軍啊，你記住，以後即便是要幹栽贓陷害的事，也最好先抓住證據再說，不要再玩這種無中生有的把戲，想要陰我柳擎宇，你們這些人都還嫩了點！」

說完，他走出房門，來到隔壁房間門口，猛的一腳踹開房門，邁步走了進去。

這時候，包曉星、馬小剛、楊海成、徐文濤四個人正圍在監控器表情緊張地看著隔壁房間的情況，當柳擎宇走出房間，他們還在討論柳擎宇要去哪裡呢，沒想到轉眼間，柳擎宇便破門而入。

四人抬起頭看向柳擎宇，與柳擎宇目光相對時，便感覺自己的身體在瞬間失去了控制，緊接著，每個人的臉上都被柳擎宇劈里啪啦地狠狠抽了十個大嘴巴，接著被柳擎宇三拳兩腳打倒在地，四個人都成了豬頭。

隨後，柳擎宇一手一個拎起兩個人來，直接丟進隔壁自己的房間內。隨後返回，再去拎起另兩個丟進房間。

看到這四個人被丟了進來，白長喜和薛志軍兩人的臉色刷的一下變得蒼白起來。他們不明白，柳擎宇怎麼知道這四人就在隔壁？

身為官場中人，兩人都明白一個道理，**犯錯並不可怕，可怕的是被別人抓住證據！**

柳擎宇鄙夷地看向白長喜和薛志軍，說道：「二位，我真是對你們兩個佩服得五體投地啊，你們身為警務人員，竟然和這些閒雜人等相互勾結，意圖陷害我這個國家公務人員，你們當真是好大的膽子啊！」

這時，白長喜才知道自己真的掉入柳擎宇的陷阱中了，他一直以為柳擎宇是落入了包曉星等人的陷阱中，沒想到事實上恰好相反。

柳擎宇到底是怎麼發現包曉星幾個人的？

「柳同志，請你不要血口噴人，你該知道，我是接到你的電話才趕過來的，根本談不上什麼勾結不勾結之語。」白長喜辯解道。

柳擎宇淡淡一笑，說道：

「白局長，咱們明人面前別說假話，我可以明確地告訴你，我非常清楚今天這件事抓不到你任何證據，而且以你的謹慎，也不會給我留下任何把柄，但是你我都知道，你今天來的目的到底是什麼，尤其是之前你想要強行把我帶走的指示，更是清楚地表明了你的立場。你還記得之前我和你打的那個賭嗎？我說過，半年之內，你必定下臺！今天我抓不到你的把柄，不代表以後我抓不到你的把柄，夜路走多了總是會碰到鬼的！咱們走著瞧。」

說完，柳擎宇目光落在薛志軍的臉上：

「薛同志，我不知道我和你之間到底有什麼仇恨，或者是你到底收了什麼好處，竟然配合包曉星等人想要把我抓姦在床，你這個警官當得可真稱職啊！」

薛志軍矢口否認道：「柳擎宇，你不要血口噴人，我們是接到群眾舉報才過來的。」

柳擎宇嘿嘿冷道：「薛志軍，看來你們這些人都是不見棺材不落淚，不到黃河不死心啊，既然如此，那我就讓你們死個明白！」

說著，柳擎宇打開桌上自己的電腦，隨後輸入了一連串的指令，很快地便調出了一個監控畫面，通過監控畫面，可以清楚地看到柳擎宇的房間以及包曉星等人所在房間的情況。

隨後，柳擎宇調出前兩個小時的監控錄影。把畫面拉到包曉星等人派人潛入柳擎宇的房間，並且在房內安裝針孔攝影機的地方開始播放。

看到這裡，不管是白長喜也好、薛志軍也罷，包括躺在地上變成了豬頭，呻吟不已的包曉星幾個人全都傻眼了。

這到底是什麼情況啊？為什麼會這樣？

視頻還在繼續播放著，包曉星、馬小剛等人的對話清晰可聞。白長喜的手在顫抖，薛志軍的腦袋在冒汗，包曉星等人則是氣得快要吐血了。

馬小剛憤怒地從地上爬了起來，用手指著柳擎宇的鼻子說道：「柳擎宇，你太陰險，太無恥了！你知道不知道，非法在別人的房間內安裝監控攝影機是違法行為，你身為公務人員，執法犯法，你這是要承擔法律責任的。」

聽到馬小剛這樣說，薛志軍和白長喜好像找到了救星一般，雙眼冒光。

薛志軍使勁點點頭道：「沒錯，柳擎宇，馬小剛說得沒錯，你非法監控別人的房間，屬於非法行為，僅就這一點而言，請你跟我們到縣公安局走一趟沒有問題吧。」

白長喜也幫腔說道：「沒錯，柳擎宇，你這種行為屬於知法犯法！必須到我們縣局把這個問題交代清楚。」

這時候，白長喜已經顧不得其他了，他只想儘快把柳擎宇給擺平。至於李小波在不在現場，他完全不在乎。他知道，這次拿不下柳擎宇，以後自己麻煩大了去了。

李小波臉上露出憂色。本以為這是必勝之局，事情竟然發生了意外的轉折。

柳擎宇淡淡一笑，反問道：「馬小剛，你是不是被我大嘴巴給抽糊塗了，誰告訴你我是在監控別人的房間。我監控的是我自己的房間，我犯什麼法了？」

第五章

誰才是老大

「只要柳擎宇敢強行推進此事，到時候那些協管們背後的力量就夠柳擎宇受的！」

「是啊，我們就給他來個下馬威，讓他知道知道在我們景林縣城管局，到底誰才是老大。」

三個人相視一眼，全都嘿嘿奸笑起來。

「哼！純屬狡辯！你監控你自己所在的這個房間沒有問題，但是監控隔壁的房間就屬於違法行為了，隔壁的房間可不屬於你的房間！」薛志軍怒聲道。

柳擎宇嘿嘿冷笑：「薛志軍，你太心急了。就像你之前想要強行對我栽贓陷害一樣，你做事實在是太不謹慎了。」

柳擎宇又轉頭看向馬小剛等人，說道：

「各位，你們做事實在是太不謹慎了，你們就算想要誣陷我，也應該事先做一做調查啊！你們應該去酒店的前臺好好瞭解一下，我所在的這個房間，以及我左右隔壁的房間，都已經被我的司機唐智勇給包下來了，而且是長期包房，我在我自己的房間內安裝視頻監控系統確保我們財產的安全不違法吧？反倒是你們四個人，未經我們的允許，不僅擅自打開了我的房間，還在房間內私自安裝監控系統，更安掛了這樣一個抓姦在床的陷阱想要對付我，你們才是實實在在的違法犯罪啊！」

「李書記，您說說，他們的這種行為屬於不屬於違法行為？」柳擎宇看向政法委書記李小波。

李小波毫不猶豫地道：「柳同志說得沒錯，馬小剛，你們幾個的行為絕對屬於違法行為，至於這三間房間屬於不屬於柳擎宇和唐智勇，把酒店服務人員喊來便知。」

說著，李小波一個電話把酒店服務員給喊了過來，詢問後，服務員查了一下後，向幾人證實，柳擎宇所住的這間以及左右隔壁的房間，的的確確是柳擎宇和唐智勇所包下的。

白長喜、薛志軍和包曉星、馬小剛幾個呆立當場，沒有想到，柳擎宇做事竟然如此縝密，如此有遠見。

事情到了這個階段，是李小波出面的時候了。

「薛志軍同志，鑑於你和包曉星等社會閒散人員相互勾結，意圖陷害國家公務員柳擎宇同志，證據確鑿，現在我宣布立刻停止你的一切職務，並移交有關部門跟進處理。」

薛志軍聽李小波說完，猶如晴天霹靂，渾身都顫抖起來。他知道，這次自己徹底完蛋了！

處理完薛志軍，李小波把目光落在包曉星等人的身上，掃了他們幾眼之後，李小波看向白長喜說道：

「白同志，這四個人就交給你帶回你們縣公安局錄他們的口供吧，至於視頻錄影，你們也可以從柳擎宇這裡拷貝一份回去，等你們這邊做完記錄等程序後，我會安排其他部門介入這件事。這四個人竟然敢如此囂張地對國家公務人員栽贓陷害，真是無法無天啊，必須受到法律的嚴懲才行。」

此刻，白長喜還真不敢反駁，畢竟現在證據確鑿，如果真的走司法程序的話，這四個人被抓進去坐牢是肯定的了。

不過白長喜也是一個聰明之人，他知道這時候自己已經徹底將柳擎宇給得罪了，要想自保，必須好好抱一抱大腿才行，而自己能夠抱的大腿，也只有在場的包曉星等人的父親了。

想到這裡，他厚著臉皮看向李小波，說道：「李書記，咱能不能借一步說話。」

李小波怎麼會不明白他的意思呢，冷冷說道：「有啥事直接說吧，不需要避諱什麼。」

為了能夠獲得四個人以及他們背後勢力的感激，他硬著頭皮說道：

「李書記，這四個人的身分背景你應該知道吧，包曉星是縣委包書記的兒子，徐文濤是徐縣長的兒子，至於馬小剛，則是馬副市長的兒子，如果真的要動他們，恐怕會給你帶來麻煩啊。」

李小波冷冷一笑，說道：「麻煩？難道我們身為國家執法人員，能夠因為他們是誰誰的兒子就徇私枉法嗎？難道我們可以任憑他們為所欲為，栽贓陷害我們的公務人員嗎？如果真是這樣的話，國家還要我們這些執法人員做什麼？」

李小波的話義正詞嚴，讓白長喜挑不出一點毛病。

一旁，馬小剛趁幾個人說話的時候，悄悄地拿出自己的手機，低聲道：「爸，我和包曉星等人馬上就要被景林縣政法委書記下令給抓起來帶進警察局了，你快點想想辦法吧。要不你得去牢獄裡看望我了。」

看到馬小剛行動，包曉星等人也紛紛拿出自己的手機打起電話來。

自始至終，柳擎宇對四個人撥打電話求救的行動並沒有攔阻。否則的話，馬小剛他們幾個人又怎麼可能把電話打出去呢？

此刻，白長喜聽完李小波義正詞嚴的話之後，張了張嘴，想要說什麼，卻一時之間不知道該說什麼好。

氣氛一下子僵住了，眾人的表情都十分凝重。

就在這時候，一陣手機鈴聲打破了現場的沉默。

李小波的手機響了起來。李小波拿出手機一看，竟然是市政法委董浩打來的電話。

電話接通後，董浩直接開門見山地說道：「李同志，聽說你下令要把馬小剛和包曉星四個人讓公安局帶走？」

李小波點點頭：「是的，確有此事。我現在就在現場。董書記，不知道您有何指示？」

「李同志，我知道他們四個做得有些出格了，不過呢，他們畢竟還年輕，有些不太懂事，馬副市長託我向你詢問一下，這件事能不能高抬貴手，有什麼條件，你和柳擎宇同志儘管提，只要在合理的範圍內，馬副市長和我大家都是可以商量的。」

事情發展到這個地步，即便是董浩也不敢強行命令李小波收回指示，畢竟柳擎宇這邊證據確鑿。

就在這時候，柳擎宇的手機也響了起來。

電話是縣長賀光明打來的。

此刻，賀光明已經知道包曉星幾個失敗的消息，心中暗罵包曉星幾個人廢物，卻不得不接受徐文濤和包天陽的請求，給柳擎宇打這個電話。

「柳同志，我聽說你和包曉星、徐文濤等人在中天賓館裡發生了一些不愉快的事情，不知道你可不可以給我這個縣長一個面子，把這件事情揭過去呢？」

他沒有給柳擎宇留下一點退路，也沒有給自己留下一點退路。他要用這種方式告訴柳擎宇，如果你不給我面子，那麼以後我們之間只能是敵人了。

其實，賀光明對柳擎宇給自己面子並沒抱有太大的期望。他心中早就盤算好了，既然柳擎宇的背後站著夏正德和常務副市長唐建國，那麼自己如果要對付柳擎宇的話，必須有一個說得出去的理由，否則的話，就相當於直接得罪夏正德和唐建國了，而不管柳擎宇是否給自己面子，自己早晚都必須對付他的，因為他是夏正德的左膀右臂。

正是基於這種考慮，在接到包天陽的電話之後，毫不猶豫地選擇給柳擎宇打這個相當於最後通牒的電話。

出乎賀光明意料的是，柳擎宇聽到賀光明的話之後，淡淡笑道：

「賀縣長，看您這話說的，您既然要我給您一個面子，我怎麼能不給您面子呢，您是縣長，我不過是一個小小的城管局局長罷了，既然您都出面了，那麼我也可以把這件事情揭過去，但是，我有兩個要求，還希望賀縣長幫我傳達一下。」

當柳擎宇說到這裡的時候，那邊正在和市政法委書記董浩通電話的李小波也邁步走了過來，把自己的手機湊到了柳擎宇近前。他知道，這件事情，由柳擎宇回答董浩比自己回答更有說服力。

賀光明一愣，「什麼條件？」

「賀縣長，我的第一個條件是，馬小剛、包曉星、徐文濤、楊海成他們四個人的父親必須親自向我道歉，我相信大家都心知肚明，他們四個之所以敢如此囂張地陰我，主要是因為他們背後有一個很厲害的父親，這是他們如此囂張的根源，而我相信，他們四個人的父親對於他們所幹的事情不應該完全不清楚，養不教，父之過，讓他們的父親向我道歉，請他們以後對兒子嚴加管教，我這樣的要求應該不算過分吧？」

柳擎宇說完，賀光明的眉頭就是一皺，柳擎宇的第一個條件就有些棘手，不過這並不是他所關注的重點，只要自己能夠化解這個問題，那麼就可以向這四人的父親賣好，他們都得承自己的情。

他接著問道：「那第二個條件呢？」

「我的第二個條件也很簡單，那就是既然馬小剛他們四個人犯了錯，就必須受到懲罰，法律方面的責任我可以不追究，但是，為了讓他們長記性，以後不再惹我，我必須對他們四個人略施懲戒，就讓他們四個人兩人一組，互相抽對方的嘴巴好了，每個人抽對方三十個大嘴巴，必須用力抽，否則的話不算數。

「賀縣長，我就這兩個條件，如果他們答應的話，那這件事情就算過去了，不答應的話，那就走法律程序吧。當然，或許有些人也許認為自己職位比較高，可以在法律程序上做些手腳，大事化小，小事化了，他們真要是這樣做的話，我不介意把我手頭掌握的視頻發佈到網路和媒體上，我相信媒體對這樣的新聞是很感興趣的。」

柳擎宇一句話就把對方所有的退路都給堵死了。

賀光明點點頭道：「好，這件事我會向他們四個人的父親轉達的，你稍等一會。」

賀光明掛斷這邊的電話後，分別給馬小剛、包曉星等人的父親打電話，轉達了柳擎宇的條件。

這時候，董浩那邊也通過李小波的手機，聽到了柳擎宇所說的條件，臉色當時就沉了下來。

李小波為難地道：「董書記，您剛才也聽到柳擎宇說的條件了吧，他這個人的脾氣我相信您應該有所耳聞，他決定的事，一般人是很難去撼動的。我能夠做的也只有這些了，還請您諒解。」

董浩氣呼呼地掛斷了電話。

馬小剛的老爸副市長馬宏偉接到董浩和賀光明打來的電話後，氣得鼻子都快歪了。一個小小的城管局局長竟然敢向自己這個主管城建的副市長叫板?!

要知道，自己可以算是柳擎宇這個城管局局長頂頭上司的頂頭上司啊，他竟然敢讓自己向他道歉，這個小子的膽子倒是真夠肥的啊！

但是，他聽賀光明講述完現場的形勢後，卻不得不捏著鼻子答應了柳擎宇的條件。

形勢比人強。人在矮簷下，不得不低頭。即便他是市長，現在兒子犯在了柳擎宇手中，想要兒子不坐牢，自己也只能捨下這張老臉向柳擎宇道歉了。

想到這裡，馬宏偉拿起手機按下了柳擎宇的電話號碼，電話嘟嘟嘟地響了幾聲之後，柳擎宇接通了電話。

其實，看到電話號碼，柳擎宇便猜到是馬宏偉打來的，不過他卻偏偏裝傻充愣，問道：「你好，我是柳擎宇，請問你是哪位？是不是打錯電話了。」

聽柳擎宇得了便宜還賣乖，馬宏偉氣得差點沒一口罵出娘來，卻只能強行壓下心頭的怒火，低聲道：「柳擎宇，我是馬宏偉，馬小剛的父親，我是來向你道歉的。」

馬宏偉的聲音很低，尤其是道歉兩個字，更是語氣模糊，想要蒙混過關。

然而，柳擎宇是啥人啊，當年他整人的時候，手段可是連諸葛豐這些叔叔輩的精英都十分頭疼的。

聽到馬宏偉想草草了事，他怎麼可能讓對方如意呢？便故意說道：

「啥？你叫什麼名字？馬蜂窩？我不認識你吧？你後面說的話我也聽不清楚啊。我這邊來電話了，我得先掛了。」說完，便自行掛了電話。

這把電話那頭的馬宏偉氣得將電話狠狠地扣在桌上，臉色鐵青著在房間內來回轉了兩圈，又不得不再次拿起桌上的電話撥了出去。

電話響了足足有七八聲，柳擎宇才接通電話，聲音顯得有些懶散：「喂，哪位啊，我剛才不是跟你說了嗎？我不認識什麼馬蜂窩。」

電話那頭，馬宏偉強行忍住想要把電話丟出去的衝動，大聲地說道：「柳擎宇，我是副市長馬宏偉，馬小剛的父親，我現在鄭重向你道歉，馬小剛招惹了你，是我管教不嚴，我這樣說，這樣道歉，你聽得清楚嗎？」

柳擎宇聽馬宏偉聲音宏亮，咬字清楚，這才點點頭，笑呵呵地說道：

「哎呀，原來是馬副市長啊，真是不好意思啊，之前你說話吐字不太清楚，我還以為誰說自己是馬蜂窩呢，既然您都這樣說了，我也不能不給您面子不是，一會兒讓小剛他們自己稍事懲戒一下，這事就算是過去了。」

「哼！」馬宏偉恨恨地掛斷了電話。

他點燃一根菸，在房間內走來走去，一邊抽著菸，一邊喃喃自語道：

「柳擎宇啊柳擎宇，你非要打我的臉，這件事情咱可不算完啊，我還就不信了，我這個主管城建的領導還拿你一個小小的縣城管局局長一點辦法都沒有，咱們騎驢看唱本，走著瞧吧。」

隨後，柳擎宇陸續接到包天陽和徐建華等人打來的電話，向柳擎宇道歉，接完電話後，柳擎宇看著馬小剛幾個人，說道：

「好了，現在你們四個人站成兩組，面對面抽對方嘴巴吧，記住，別想打混，我就在這裡看著，如果誰一個嘴巴沒有使勁，那麼下一次他就要多受對方十個大嘴巴，現在開始吧。」

馬小剛、包曉星等人都充滿怨毒地看著柳擎宇，為了免去牢獄之災，他們也只能照柳擎宇的話去做。

啪啪啪啪！一陣陣清脆的巴掌聲在房間內此起彼落地響著。

四人輪流出手，火花四射，鮮血飛濺。

白長喜此時恨不得找個地縫鑽進去。原以為有這四個超級衙內參與，事情絕對萬無一失，哪知竟會發展到如此地步，這讓他面對柳擎宇的時候，產生了一種深深的挫敗感。

巴掌打完了！

四個人原本就已經被柳擎宇幾個大嘴巴打成豬頭了，現在，他們每個人的臉腫得連眼睛都看不到了。

柳擎宇冷冷地看了幾個人一眼，這才說道：

「好了，這事到此為止，馬小剛、包曉星、徐文濤、楊海成，我非常清楚，你們四個人現在恨不得立刻弄死我柳擎宇，但是我最後警告你們一次，你們最好不要再招惹我，我可以放過你們一次、兩次，如果你們第三次再惹我，我保證讓你們後悔終身！我早就跟你們說過，我柳擎宇的脾氣不好，你們現在可以走了。」

四個人轉身向外走去。身後留下的是一股濃濃的怨毒之氣。

這仇，算是結下了，這幾個人已經下定決心，早晚要整死柳擎宇！

看著幾個人的背影，柳擎宇不屑地撇了撇嘴。

在柳擎宇看來，馬小剛等人根本就不能算是真正的官二代，他們只能算是官二代中最垃圾的存在！

真正夠水準的官二代，柳擎宇不是沒有見過，而是看過很多，其中很多人的背景比這幾個人狂得多，但是那些人為人處世十分真誠樸素，更不乏才華橫溢之輩。

真正夠水準的官二代往往非常低調，很多人和這些官二代做了多年的同事，甚至不知道對方的背景，以為和他們一樣，都是普通的官場中人。

而那些動不動就咋咋呼呼地說自己老爸是誰，自己的親戚是誰的官二代們，往往因為自身能力不夠，只能扯大旗當虎皮，努力彰顯自己的身分和背景，以期獲得別人的重視和巴結。

這種現象不僅僅在一些不夠水準的官二代中存在，在一些官場中人身上也經常存在。有些人老是喜歡吹噓自己的背景是誰誰誰，其實，他越是這樣說，越是顯露出內心的虛弱，真正有能力、有背景的人，往往不屑於說這些，他們更願意用自己的實力和能力去贏得別人的尊敬和敬畏。

面子和尊嚴不是靠別人給予的，而是靠自己的實力獲得的。也**只有實力和智慧才是一個人能夠在官場、商場以及職場上生存、發展的關鍵。**

馬小剛幾個人走了，隨後，薛志軍、白長喜等人也走了。

景林縣政法委書記李小波卻沒有走。

關上房門，李小波坐在柳擎宇對面，笑道：「擎宇啊，有一個問題我有些想不明白，所以想要問問你，你為什麼會在這兩個房間內佈設監控系統，難道你提前就知道馬小剛等人會給你下套嗎？」

柳擎宇苦笑道：「李書記，如果您真是這樣想的話，那您可真是抬舉我了，我哪裡有那麼神啊，其實，我根本就沒有想到會有人在這個上面對我出手。曾經身為特殊部隊的一員，我早已養成未雨綢繆的習慣，**不管是在官場上還是在戰場上，害人之心不可有，防人之心不可無，官場、商場、戰場都是君子和小人最為集中的地方**，在這樣的地方生存，既要有君子之志，又得有防小人之心，所以，早在一開始，我就讓唐智勇在我的房間連同兩邊的房間全都給包了下來，平時唐智勇只占其中的一間，另外一間則空置起來，算是預留的一個陷阱。

「如果沒有人想要對付我，那自然沒事，如果有人要對付我，從他們踏入我的房間或者隔壁那個房間的那一刻起，我的手機便會收到警告信號，並接收到兩個房間內的即時監控畫面，所以，早在他們進入隔壁那個房間時，我就對他們的行動瞭若指掌，後來我才把那些監控畫面傳送到你的手機上。」

聽完柳擎宇這番話之後，李小波頓時一陣無語。更多的是震撼。

柳擎宇才廿二歲就能夠領悟出如此高深的官場法門。最關鍵的是，他能通過科技手段保護自己的安全，這不是一般官員能夠做到的。雖然他和柳擎宇之間只是合作關係，但是柳擎宇的表現卻讓他對柳擎宇大為讚嘆。

自從發生中天賓館這件事情，柳擎宇深切地意識到官場上生存所面臨的巨大風險，但是，這也更加堅定了他要在官場上走下去的決心。

而縣城管局這樣一個部門，更是涉及了很多老百姓的利益，所以，他必須對縣城管局進行大力整頓，確保縣城管局每一個工作人員都能以老百姓的利益為重，切切實實做好自己的本職工作。

在中天賓館事件發生的第二天，柳擎宇回到城管局後，立刻把辦公室主任龍翔喊了過來。

「龍翔啊，最近你把要裁撤協管成員的消息放出去之後，下面那些人反應如何？」

聽柳擎宇問到這個，龍翔臉上立即露出敬佩之色，對柳擎宇伸出大拇指說道：

「局長，您的這一招真的是太高明了，您知道嗎，自從我把那些消息散佈出去之後，效果非常明顯，很多協管關係戶們就開始到處打探、活動起來，已經有三名協管人員調走了。過了幾天，有些協管人員發現你一直按兵不動，就認為你是在虛張聲勢，所以他們也就不再活動了。怎麼，局長，難道您準備現在就動手嗎？」

柳擎宇嘿嘿一笑，點點頭道：

「沒錯，既然現在那些人把心都放回肚子裡，那麼是時候給他們迎頭一棒了，既然他們認為我是在虛張聲勢，那我就給他們玩一招**化虛為實**。

「龍翔，你通知一下局黨組成員，召開班子會議，討論一下削減三分之二協管人員的事情，就說我們景林縣城管局執法大隊的協管人員嚴重超編，耗費了太多的財政資源，但是執法大隊的工作卻沒有什麼起色。」

龍翔點點頭：「好的，我立刻去通知。對了，局長，執法大隊大隊長的位置自從高世才被拿下之後，一直空缺著，您要不要在這次會上提一下這件事？」

柳擎宇搖搖頭道：「不急，不急，這個執法大隊的大隊長我們必須掌握在手中，但是呢，我現在又沒有什麼合適的人選，所以暫時空上一段時間反而對我們有利。我就不相信沒有人對執法大隊長這個位置不動心，只要有能力，不管他之前是誰的人，都可以為我所用。」

聽到柳擎宇這樣說，龍翔暗暗稱是。

其實，他又何嘗不知道柳擎宇一直對執法大隊長位置沒有吭聲肯定是有所圖謀呢，雖然也猜到了一些可能，但還是想要試探一下柳擎宇，這一試探不要緊，讓他對柳擎宇再次刮目相看，這個年輕的局長太厲害了，談笑間，佈局足夠深遠，他真的有些期待柳擎宇能夠儘快擺平韓明強，掌控城管局的大局。

當龍翔把柳擎宇的意思明確地傳達給城管局各個局黨組成員之後，景林縣城管局內一下子就亂了起來。

尤其是那些和韓明強關係比較親近的局黨組成員，這些人要麼是有親戚朋友安排在協管隊伍裡，要麼是收了別人的錢，幫別人把相關人員安排到協管的隊伍中，柳擎宇這一下子就要削減三分之二的人員，這簡直是要他們的老命啊！更是直接狠狠地打他們的臉啊！

常務副局長韓明強的辦公室內。局黨組委員、副局長張新生和局黨組委員、副局長劉天華兩個人滿臉憤怒地看著韓明強。

張新生怒聲道：「老韓啊，你說柳擎宇他幹的這叫什麼事啊，執法大隊的協管人員，他說削減就削減啊，這也太霸道了吧，他這是根本就沒有把你我這些班子成員放在眼中啊，他這是乾綱獨斷啊！」

劉天華也滿臉不爽地說道：「是啊，老韓，柳擎宇這明顯是想要在城管局內搞一言堂啊，我們絕對不能放任他繼續這樣幹下去，否則的話，這城管局要成為他柳擎宇的天下了。這個年輕人也太囂張了，我們必須好好給他一點顏色瞧瞧。」

此刻韓明輝內心也非常憤怒，雖然他早就聽下面有謠言說，柳擎宇要對執法大隊的協管隊伍下手，但是半個多月過去了，柳擎宇一直按兵不動，這讓他以為這僅僅是一個謠言而已。畢竟柳擎宇想要下手的話，上任之後儘快下手，這才更符合新官上任三把火的節奏。

柳擎宇卻偏偏沒有這樣做，而是在自己和其他人以為他不會有所作為的時候，突然來了這麼一手，這一招打了他一個措手不及。對此，他非常憤怒。

尤其是聽張新生和劉天華說完之後，他心中的憤怒更是達到了頂點，要知道，這景林縣城管局這三年多來一直都是自己一家獨大，柳擎宇上來就想要挑釁自己的威信，他怎麼可能容忍得了呢！

韓明強冷冷笑道：「哼，柳擎宇再怎麼咋呼也不過是一個人而已，既然要召開黨組會，又豈能容他搞一言堂，我們到時候只要抱團，一致對抗，反對柳擎宇的意見，再多拉一些中立的同志們參與到這個隊伍中來，看柳擎宇還有什麼辦法。我就不信他敢冒天下之大不韙，強行推進這件事情。」

張新生點頭道：「嗯，老韓說得對，只要柳擎宇敢強行推進此事，到時候僅僅是那些協管們背後的力量就夠柳擎宇受的！」

劉天華也接口說道：「是啊，柳擎宇想要玩一招突然襲擊，給我們迎頭一棒，那我們就給他來個下馬威，讓他知道知道在我們景林縣城管局，到底誰才是老大。」

三個人相視一眼，全都嘿嘿奸笑起來。

在他們三人看來，柳擎宇這個新到任的城管局局長還是太嫩了。

隨後，三人又分別和其他黨組成員打電話溝通，相約一起強烈反對柳擎宇削減執法大隊協管人員的提議。

半個小時後，柳擎宇到城管局上任之後的第一次黨組會議正式召開，而第一次黨組會上，柳擎宇便拋出一個重量級的議題。

柳擎宇用目光掃視了一眼在場的幾位黨組成員，心中同時出現了他們的職務和分工情況。

坐在柳擎宇左手邊的是城管局常務副局長、黨組副書記韓明強。

對他的背景，柳擎宇早已通過龍翔搞清楚，知道這傢伙乃是市裡副市長韓明輝的弟弟，作為第一副局長，常務副局長，他協助局長工作，分管局黨總支、信訪維穩、群眾工作、城市管理執法大隊、環境衛生管理處、渣土管理大隊、行政審批科、政務窗口等。

從他分管的工作中，柳擎宇就可以看出來，這個傢伙分管的絕對屬於重權部門，除了財務工作不管以外，幾乎大部分城管局內重量級的部門都是由他分管的。

坐在柳擎宇右手邊的是第二副局長、黨組副書記、紀委書記林小邪，他主管黨務和紀律工作，據龍翔說，此人一直都是中立立場。

挨著韓明輝坐著的是局黨組委員、副局長張新生，這傢伙分管燈飾管理，屬於韓明強的鐵桿嫡系人馬，是韓明輝一手提拔起來的。

緊挨著林小邪坐的，是局黨組委員、副局長劉天華，分管園林管理，聯繫新農村建設，也是韓明強之人。

再後面分別是：副局長陳天林，主管計劃生育工作，屬於絕對靠邊站的一位副局長；局黨組成員、縣環衛所所長（高配副科級）鍾天海，中立人士；局黨組委員、市公園管理中心主任姜立武，韓明輝的嫡系人馬；工會主席吳宇豪，協管環境衛生管理處工作。

柳擎宇的目光在眾人面前一一掃過，臉上的表情顯得十分淡定。

他上任後以迅雷不及掩耳之勢拿下龍翔，是柳擎宇來到縣城管局之後走的一步妙棋。因為龍翔作為城管局老資格的辦公室主任，對城管局內部的事情十分瞭解，所以柳擎宇來到城管局之後，很快就理清了城管局內部的各種錯綜複雜的關係，這也是他之所以敢上來就掄起大棒對執法大隊開刀的主要原因之一。

柳擎宇非常清楚，在整個黨組會上的九個人中，韓明輝牢牢地掌控了四個席位，再加上一些中立人物，自己能夠拉攏到支持自己的人不會太多，正因為如此，柳擎宇要想掌控整個城管局，必須採取大刀闊斧的手段。

而今天的黨組會，則是柳擎宇初次試水，雖然已經聽龍翔梳理了一下局裡的各種關係，但是柳擎宇非常清楚，實際上，各種人際關係的複雜絕對超出了龍翔所知道的，所以，今天的黨組會也是柳擎宇要進一步摸清楚各種複雜關係的第一環。

「各位，我相信龍翔主任應該已經把我們今天會議的議題通知大家了，我這裡再重複一下，鑑於我們景林縣城管局執法大隊的協管人員嚴重超編，耗費太多的財政資源，執法大隊的工作卻沒有什麼起色，三天兩頭出事，我決定對協管隊伍進行大力整頓，至少要裁減三分之二的人員，大家有什麼想法，有什麼意見都可以提出來，盡可以暢所欲言。」柳擎宇開宗明義地道。

柳擎宇話音剛落下，韓明強便搶先發言：

「柳局長，對你的這個提議，我堅決反對。我不知道你為什麼會對城管局執法大隊給出這樣的評價，我要鄭重地告訴你，你的這種評價是非常不準確的，你這是對我們城管局執法大隊協管人員的輕視和誤解。

「柳局長，我不知道你對我們執法大隊到底瞭解多少，我要在這裡為我們城管局的協管人員說幾句公道話。第一，協管人員必不可少！可以這樣說，城管協管員是我們景林縣的城市美容師。在市容管理方面，城管協管員的作用是十分重要的。

「第二，協管員是各類違章問題的發現者，在日常巡查方面，不能只依靠執法隊員，城管協管員是可以依靠的力量。可以這樣說，沒有協管人員，就沒有我們景林縣日益好轉的城市管理現狀。」

韓明強說完，張新生便接過話題說道：「我也堅決反對柳局長的這個提議，韓局長剛才說得非常好，協管人員的存在是執法大隊人員緊張情況下最好的補充，沒有他們，執法大隊是很難完成執法任務的。」

「韓明強同志，對你剛才所說的那番話，我有幾點疑問，想要向你請教一下。你剛才口口聲聲說景林縣的城市管理狀況日益好轉，那為什麼前不久會出現藏拙茶館被強拆事件？如果這次事件不是我親自出面擺平，恐怕此事也同樣會上各大媒體的新聞報導！難道這就是你所謂的好轉？而且據我所知，景林縣城管局兩年內換了五任局長，每一任局長的下臺幾乎都是和景林縣執法大隊暴力、野蠻執法有關，每一年執法大隊都會因為執法不當，而登上各大媒體的報導，難道這就是你所說的好轉？難道出現如此嚴重的問題，執法大隊還不應該進行大力整頓嗎？」

柳擎宇一開口就直接擊中韓明強的死穴。

不過韓明強也是十分狡猾之人，對柳擎宇的提問他早有準備，淡淡一笑說道：

「柳局長，我不能否認你所說的的確有部分是實情，但是呢，我要解釋一下，這兩年來，我們協管隊伍中的確出了幾名不遵守紀律的工作人員，引起很強烈的負面反應，但是，這些人已經都被清理出我們協管隊伍了，現在留下的協管隊伍都是十分精銳的，這些人的素質十分過硬。不是有句話叫不破不立嘛，正是因為之前那幾名不守紀律的協管人員已經被清除了，現在的協管隊伍非常有戰鬥力，柳局長，我們總不能因噎廢食吧？」

韓明強這句反問再次得到了張新生等人的點頭支持，紛紛聲援：

「是啊，柳局長，我們景林縣的協管人員隊伍現在已經大大優化了，現在留下的幾乎全都是精英，根本沒有必要進行裁減。」

劉天華緊接著表示支持韓明強的意見。

柳擎宇聽到三人的話後，臉上的表情依然是那樣淡定：「三位副局長，聽你們的意思，似乎是保證我們景林縣協管隊伍全都是精銳人員了？」

韓明強毫不猶豫地說：「我可以確定這一點。柳局長，我認為完全沒有必要對協管隊伍進行裁減。畢竟一旦這些人被裁減，他們就下崗了，這會給我們縣的就業帶來一定壓力。」

不得不說，韓明強的臉皮夠厚，為了阻止柳擎宇的建議實施，連下崗問題都被他給搬出來了。

此刻，其他黨組成員全都保持著沉默，大家都在看著柳擎宇和三位副局長唇槍舌劍地進行交鋒。很多人都想要借此機會好好觀察一下，看看這位新上任的局長到底有幾把刷子。

而這些看客的心理狀態不一致，有抱著隨意看看心態的，也有幸災樂禍的，也有思考著柳擎宇要是表現出色的話，自己是不是應該向柳擎宇靠攏的。

官場，其實就是名利場，每個人都在這個官場上尋找著自己的利益點，想盡辦法讓自己利益最大化。

柳擎宇雖然在和韓明強三人交鋒，但是現場每個人臉上的表情都盡收眼底，對眾人的心態也有一個基本的把握。

他非常清楚，如果今天的黨組會議上自己不能一炮打響的話，恐怕以後要想震懾住韓明強等人就非常難了，要想在城管局內樹立自己的威信更是無從談起。

此刻，所有人的目光全都聚焦在柳擎宇的臉上。現在，韓明強、劉天華、張新生三人全都表態完全沒有必要精簡協管隊伍，大家都想知道，柳擎宇接下來會如何應對。

在眾人目光的注視下，柳擎宇淡淡一笑，說道：

「三位副局長同志，既然你們口口聲聲說可以保證執法大隊協管人員隊伍沒有問題，那我這個提議取消也不是不可以，但是有一點我必須事先聲明，要是協管人員再出現問題，或者以後再出一些暴力執法等類似事件，那麼你們三人就要完全承擔責任，和我柳擎宇沒有一毛錢的關係。而且今天咱們所有人在會議上的發言必須全部錄音，並形成書面形式的會議紀錄，由在場各位親自簽字之後，報送到縣委領導那裡。你們認為我的這個提議怎麼樣？」

說到這裡，柳擎宇又加了一句：

「哦，對了，我可不希望我變成第六個因為執法大隊出現問題而被迫下臺的悲劇局長，我相信前幾任局長也不是傻瓜，只不過他們沒有魄力對執法大隊進行整頓而已，現在我有魄力對執法大隊進行整頓，你們三位卻口口聲聲保證執法大隊沒有問題，那麼這個責任我相信你們應該也不會推卻吧？總不能好人都讓你們當了，等到最後出了問題，需要承擔責任的時候，全都落在我這個局長身上，那樣的話，有可能讓人認為前幾任局長的下臺是被某些人故意佈局設計的。大家都不是傻瓜，還是責任明確好一些。」

柳擎宇這番話說完，現場眾人全都呆住了。

柳擎宇這話說得也太直接了，在場眾人全都聽明白了柳擎宇話中的意思，他的意思非常明確，是在暗示韓明強三人，你們不要把我柳擎宇當成傻瓜，我可是非常清楚前面幾任局長是被你們設局搞下去的，你們不是想要阻止我的提議嗎？可以，以後執法大隊出現問題你們自己來承擔責任，別找我柳擎宇。

柳擎宇這一招實在是太狠了。

韓明強的臉色當時便沉了下來。其他黨組成員則震驚地看著柳擎宇，他們沒想到柳擎宇出招如此犀利，直接一下子把韓明強這個一直在城管局內呼風喚雨的副局長給逼到了絕境上。

此刻，韓明強心中也清楚，很多黨組成員都看出來是自己設局搞掉前面幾任局長的，但是畏懼自己的背景，沒有人會在公開場合直接把這件事情說出來，柳擎宇卻偏偏不按常理出牌，把這件事硬是擺在了檯面上。

尤其是柳擎宇居然想要讓自己去承擔執法大隊的責任，這簡直是把屎往自己的臉上丟啊！

對執法大隊協管人員的隊伍情況，他可是心知肚明，其中不少是通過走後門進來的，這些人素質之低下，就連他有時候都臉紅，要想保住他們不出事，恐怕只有上帝才能做到吧。

現在，柳擎宇把話說到這個程度，他要露怯的話，豈不是等於承認執法大隊協管隊伍並不是如自己所說的沒有問題？這不是自己打自己的臉嗎？一時之間，韓明強的臉上怒氣與尷尬並存。

不過他也是個老狐狸，此刻見自己三人已經無法破局了，立刻把目光投向另外一個嫡系手下，市公園管理中心主任姜立武那兒。

韓明強做事十分狡猾，在開會前便告知姜立武，讓他不要輕易表態，萬一柳擎宇很厲害，把自己和張新生、劉天華三人逼到無法應對的地步，就讓姜立武出來化解危局，而且解決的辦法他也早已經告訴姜立武了。

此時，姜立武看到韓明強的目光投過來，立刻會意，便抬起頭來說道：

「柳局長，我相信，不管是你也好，在座的各位黨組成員也好，大家都應該非常清楚，這世界上的事沒有絕對一成不變的，誰也不能保證協管隊員一點問題都不出，韓局長他們所說的協管沒有問題，是從宏觀上來說的，我們城管局是一個團體，有什麼問題，有什麼責任應該由團體來承擔，不能把責任全都推給有限的幾個人，這樣太不公平了。

「對柳局長所提的這個裁減協管成員的提議，我認為應該由所有黨組成員共同投票來表決，這樣才能體現出我們城管局黨組是一個貫徹民主的黨組，我們堅決貫徹和執行國家的政策。柳局長，你看呢？」

不得不說姜立武的這一招非常奏效，直接化解了柳擎宇犀利的攻勢。

會議室內的氣氛因為姜立武的出招再次發生變化，原本已經決定投靠柳擎宇的人不得不再次決定等一等，畢竟一旦展開投票的話，柳擎宇能否勝利就不好說了。

因為所有人都知道，在過去的兩年多中，雖然局黨組會議都是由局長負責召開的，但是會議上一直都是韓明強的天下，哪一個局長上任，在局黨組會議上都無法完全貫徹自己的意圖，只能屈從於韓明強的意圖。加上韓明強背景深厚，一般的局長想要調走他也做不到，最後不得不忍氣吞聲。

出乎所有人意料的是，聽到姜立武的提議後，柳擎宇並沒有反對：「好啊，那就先投票吧，讓我也看一看到底有多少人反對我的提議。」

柳擎宇這話說得風輕雲淡的，不帶一絲煙火，幾乎沒有人注意到柳擎宇在說這話時，眼底深處掠過的那一抹不屑之意。

柳擎宇不是傻瓜，他又怎麼會看不出姜立武的提議是韓明強的殺手鐧呢，韓明強肯定認為他能夠以絕對的優勢主導局黨組會議，**柳擎宇會明知不可為而為之嗎？**

此刻，聽到柳擎宇同意投票表決，很多原本抱持中立的黨組成員臉上全都充滿了不可思議的神色，柳擎宇竟然不知深淺地同意姜立武的提議，這不是自取滅亡嗎？看來，柳擎宇這個局長還是年紀太年輕啊。

韓明強大喜道：「好，既然是投票表決，我先表個態吧，我堅決反對裁減協管人員。」

韓明強說完，張新生也立刻跟進：「我和韓局長一樣，反對裁減。」

隨後，劉天華也表態了。姜立武緊接著附議，如此一來，才剛剛開始，韓明強便以四票的絕對優勢遙遙領先柳擎宇。

柳擎宇除了自己這一票外，還沒有獲得任何支持。

韓明強得意地看著柳擎宇，現在，只要剩下的成員中有一名支持他，那麼柳擎宇這次的局黨組會就一敗塗地了。

他相信，在座的幾個人中，肯定會有人選擇支持自己的，因為在裁減協管這件事情上，支持自己，就是支持他們自己。

此刻，所有人全都看著柳擎宇，大家都在等柳擎宇發話。

然而，柳擎宇並不著急，而是掃了一眼在座的眾人，笑道：「各位，大家都有什麼意見可以說出來，我想要聽聽大家的意見。」

一直低著頭沉默不語的副局長林小邪突然抬起頭來說道：

「我支持柳局長，我認為，我們景林縣的協管隊伍實在是太多冗員了，比起一般縣的協管隊伍，人數足足多出一倍，嚴重耗費我們城管局的人事開支。而且，我們縣現有城管選拔、錄用、培訓的機制也非常不完善，在這樣鬆散混亂的管理情況下，才會有許多素質低下的人利用制度的漏洞和走後門等非正當途徑混入城管和協管隊伍。

「這些人員法律觀念淡薄，缺乏服務意識，業務能力差，水準普遍較低，也拉低了城管隊伍的整體素質。加上利益的驅使，有些城管人員濫用職權、以權謀私、暴力執法，也導致我們景林縣城管在老百姓心目中的形象日益醜化，嚴重影響城管隊伍的聲譽。因此，我強力主張應該裁減、重新考核在編人員。

「說句更不客氣的話，在座的各位黨組成員中，很多人都把自己的親戚、朋友或者一些不相干的人安排到協管隊伍裡來，以權謀私的現象相當嚴重！再不進行整頓，我們縣城管局很難走出低效、事故頻出的怪圈。所以我支持柳局長的意見！」

意外！絕對意外！

韓明強看向林小邪的眼神中充滿了憤怒和陰冷。他沒有想到，以前一直在城管局黨組會上保持中立姿態的林小邪，竟然成了第一個向柳擎宇靠攏的人。

韓明強瞥了林小邪一眼，意有所指的說：

「其他同志們也發表一下自己的意見吧，投票表決，不是某一個人說什麼就是什麼，而是要以大家的意見為主。」

韓明強臉上帶著高傲和不屑的表情，在他看來，今天的黨組會自己絕對勝券在握！就算林小邪支持柳擎宇，在剩下的幾名組員中，至少有一個人還是會向自己靠攏的。等他獲得五票之後，他要站出來狠狠地打柳擎宇的臉！他要用血淋淋的事實告訴柳擎宇，在城管局裡，我韓明強才是真正的老大。

韓明強沒有注意到，他看不起柳擎宇，柳擎宇更看不起他。

那麼柳擎宇到底是勝是敗？接下來將會何去何從呢？

第六章

反將一局

傻眼！韓明強傻眼！劉天華傻眼！張新生傻眼！誰也沒有料到，柳擎宇單槍匹馬，以一對四，竟然利用對方話語中所設定的條件反將一局，成功地將責任轉移到了韓明強的身上，這簡直就是最直接、最犀利的打臉啊！

林小邪發完言之後，會議室內一下子就陷入了沉默。

所有人都在觀望，思考著。

對林小邪這位第二副局長，在場的黨組成員並不陌生，雖然這位副局長平時為人低調，但是他的能力之強，大家有目共睹，凡是他主管的業務，沒有一個地方做得不好。

這位副局長為人十分圓滑，跟誰都不結仇，跟誰也不走得太近，就好像是城管局內一顆孤芳自賞的梅花，傲然獨立。

有人說林小邪有些背景，也有些人說林小邪就是一個草根，韓明強即便是如此強勢和陰險，也一直不敢對林小邪輕易下手，只能從側面進行打壓。

這次林小邪的突然出聲，讓很多人意識到，城管局似乎發生了一些詭異的變化。

此刻，只有副局長陳天林、環衛所所長鍾天海和工會主席吳宇豪沒有表態了。

所有人都盯著他們三人，他們三人的立場將會決定整個黨組會的走勢。

這時，鍾天海說話了：

「我贊同韓局長的意見，執法大隊的協管隊伍是有些問題，但是還沒有達到裁減三分之二的程度。嗯，就這樣。」

說完，鍾天海便低下頭去，一句話都不說了。

但是，鍾天海這番話說完之後，現場的氣氛一下子就變了。

原來眾人還以為柳擎宇有什麼手段可以掌控大局呢，誰知道最終的結局依然是以柳擎宇失敗而告終！

原本靠邊站的副局長陳天林還想著是不是投靠到柳擎宇這邊的陣營呢，現在也停止了這個想法。

只是出乎所有人意料的是，此刻的柳擎宇臉上卻並沒有露出任何失敗之色，而是看著陳天林和吳宇豪，說道：「陳局長，吳主席，你們是什麼意見？」

陳天林略微猶豫了一下，說道：「我棄權。」

吳宇豪見狀忙道：「我也棄權。」

韓明強得意地看向柳擎宇道：「柳局長，現在大局已定，黨組會的結果是反對五票，支持兩票，棄權兩票，你的提議以後就不要再提了。咱們現在是不是可以散會了啊？」

柳擎宇仍是老神在在地說道：

「韓同志，你錯了，或許你認為大局已定，實際上，大局的確已定，但是結果卻不是你所想的那個結果。」

韓明強眼珠子一下子就瞪大了，充滿不解地看向柳擎宇。

就見柳擎宇用自信穩健的口吻說道：

「各位同志，今天我把各位喊來召開這次黨組會議，主要的目的是想要聽一聽大家對協管隊伍的看法，大家的發言我剛才也都聽到了，雖然以韓明強同志為首的一部分同志堅決反對我的有關裁減協管隊伍的提議，但是，我們也看到了林小邪同志一針見血地指出執法大隊所存在的嚴重問題。

「有些同志也許認為黨組會上多數人贊同的意見就是正確的，然而，真理未必掌握在大多數人的手中，而是掌握在願意為老百姓做事的人手中。就在前幾天，我已經分別與縣委書記夏正德同志、縣長賀光明同志當面進行過交流，他們都同意我對城管局進行大力整頓，這種整頓並不僅僅限於協管隊伍的整頓，包括對我們城管局幹部隊伍的整頓，通過大家今天的發言，我清楚地意識到，我們城管局的幹部隊伍問題也很嚴重啊！

「所以，在這裡，我鄭重向大家宣布兩個消息，第一，接下來，我將會對城管局的幹部進行大力整頓，其中就包括副局長的人數。一般來說，副局長有三人足矣，但是我們景林縣城管局卻有四個副局長，造成行政資源的浪費，所以，減副行動勢在必行，現有副局長必須裁去一人，只剩下三名副局長，同時重新進行分工。

「另外，對協管隊伍的裁減是勢在必行，而且這僅僅是整頓的第一步，後面，我將會出爐一連串的整頓措施，不過由於程序問題，我不便多透露，至於裁減三分之二協管隊員一事，兩個星期後會宣布留下來的協管人員名單。好了，就這樣，散會。」

說完，柳擎宇站起身來，直接向外走去。

身後，是目瞪口呆的眾位黨組成員們。

震驚！震撼！所有黨組成員們都驚呆了！柳擎宇同意眾人投票表決竟然是在摸底！

這一招實在是太陰、太狠了。

此刻，最後悔的要屬鍾天海了，以前，他一直都保持中立的立場，這一次因為涉及自己的利益，他決定反對柳擎宇，沒想到柳擎宇竟然挖了一個坑在前面等著呢。

傻子都知道，如果柳擎宇真的要對副局長動手，並且調整副局長們分工的話，他們這些下面各個城管局直屬的單位領導肯定也會有所調整，自己卻在這個關鍵點上站在反對柳擎宇的隊伍，以後柳擎宇會不會整自己？

此刻，陳天林和吳宇豪伸手抹了抹額頭上的冷汗，他們很慶幸自己再次保持了中立的立場。

這時候，眾人看向林小邪的目光不一樣了，林小邪突然靠到柳擎宇的陣營中，雖然存在著很大的風險，但是如果柳擎宇真的能夠通過大整頓，最終掌控城管局大局的話，林小邪必定會受到重用。

當然，也並不是所有的成員都是這種想法，張新生和劉天華就對柳擎宇的指示嗤之以鼻，在他們看來，柳擎宇此番話不外乎是高射炮罷了。想裁減協管人員都無法獲得多數成員的支持，還想要裁減一名副局長，簡直是在癡人說夢，他們兩個人都相信，柳擎宇的這個提議，上級領導是不會支持的。

散會之後，張新生和劉天華兩個人聚集在韓明強的辦公室內。

張新生說道：「老韓啊，要不你給賀縣長打個電話，看看賀縣長對柳擎宇裁減副局長這件事有什麼看法，最好能夠從上面下個指示，狠狠給柳擎宇來那麼一下子，他直接就傻了。」

劉天華也使勁點點頭道：「是啊，老韓，如果這一次柳擎宇的意圖真的貫徹下來的話，恐怕以後局裡的局勢將會大變啊。」

韓明強其實也一直在思考這個問題。經過接連兩次和柳擎宇交手，他感受到柳擎宇雖然年紀很輕，但是做事手段十分強硬，而且十分靈活，一不小心就會著了道，所以，這一次他對柳擎宇的出招高度警惕。即便是劉天華和張新生不提醒，他也想去賀光明那邊摸摸底。

所以，當著兩個人的面，他直接撥通了縣長賀光明的電話。

電話很快接通了，韓明強恭敬地說道：

「賀縣長，您好，我是城管局的韓明強，我想向您瞭解點有關柳擎宇的事，不知道您方便不方便？」

雖然韓明強身後有副市長撐腰，但是他非常懂得縣官不如現管的道理，在賀光明的面前倒是不敢擺什麼架子。

「小韓啊，你想瞭解什麼事？」賀光明淡淡一笑。

韓明強這人還算明智，自己剛剛入主景林縣以後，便第一時間跑到他這裡來彙報工作，也算是自己的嫡系人馬了，對他倒也不必瞞著。

韓明強便把會議上柳擎宇說要裁減一名副局長以及協管，還獲得夏正德和賀光明支持的事和盤托出。

賀光明聽了後說：「小韓，實話跟你說，這一次柳擎宇並沒有騙你，之前我和夏正德同志的確答應了柳擎宇，那就是對他在縣城管局的所作所為不進行干涉，而且要儘量支持。我在這件事情的立場是絕對不會支持柳擎宇，但是也不能明目張膽地去干涉，所以，你們城管局的內部鬥爭，你得靠自己多費心啦。有些時候，有些問題未必讓我出面就能擺平，反而是一些主管領導更容易出手。哦，對了，最近徐建華同志的兒子差點被柳擎宇給送進監獄去呢。」說完，便掛斷了電話。

韓明強聽出來了，賀光明這是在暗示他去找副縣長徐建華溝通此事。

這讓韓明強眼前一亮，心中暗道：「柳擎宇啊柳擎宇，這次你死定了，連徐副縣長你都敢得罪，看我這次不整死你！」

韓明強獲得賀光明的指點之後，立刻拿起手機撥通了主管城管局的副縣長徐建華的電話。

「徐縣長，我是城管局的韓明強，我想要向您反映一下柳擎宇局長作風野蠻、不按常理出牌的問題，他這是想要在我們城管局瞎折騰，我們城管局可是折騰不起啊……」

韓明強一上來便擺出一副要告狀的架勢，希望能夠為徐建華插手城管局的事情提供一些炮彈和理由。

徐建華聽完韓明強的彙報後，只簡單說道：「哦，這樣啊，韓同志，這件事我知道了，不過這屬於你們城管局的內部事務，我暫時還不方便插手，你還是好好思考一下，看看能不能在內部解決吧。」

說完，便掛斷了電話。

這一下，韓明強可愣住了，本來他以為柳擎宇和徐建華之間發生了那麼嚴重的矛盾衝突，徐建華肯定會想辦法找機會給柳擎宇穿小鞋呢，沒有想到徐建華竟然不接招，反而讓自己去想辦法。

這是什麼情況？徐建華為什麼不想介入此事呢？

韓明強哪裡知道，徐建華其實內心是十分想要介入城管局內部的事務的。

但是，徐建華是一個城府極深、為人陰險之輩，他之所以沒有答應韓明強的請求，是基於三點考慮，一是他早就看出來了，韓明強是想要借自己的勢來收拾柳擎宇，達到他掌控城管局的目的。徐建華不想被韓明強利用。

二是徐建華也知道韓明強的背景，知道他背後站著一位副市長，他相信，自己不出面幫助韓明強，而當時夏正德和賀光明又答應不插手城管局的內部事務，那麼韓明強如果真的無法在城管局對抗柳擎宇的話，他只能考慮去求助他那個副市長的哥哥韓明輝。韓明輝要是插手了，收拾柳擎宇肯定會更加容易一些，自己則可以坐收漁人之利。

三，則是兒子剛剛和柳擎宇發生衝突，差點被送到監獄裡去，這個時候，自己不適合再次和柳擎宇對著幹，以免柳擎宇狗急了跳牆。

徐建華能夠從基層一步一步混到副縣長這個位置，可是經歷了層層考驗和激烈的對抗，他考慮問題是相當周全的，又怎麼可能被韓明強利用呢？

如此一來，韓明強可就鬱悶了。不僅縣長賀光明不願意插手到城管局內部的事情中來，就連主管副縣長也不願意介入，那這件事可就麻煩了。

雖然他以前在城管局混得如魚得水，但是有一個前提，那就是前幾任局長知道他有一個做副市長的親哥哥，不敢輕易得罪他，擔心毀了自己的仕途前程，再加上他又和前任縣長薛文龍關係不錯，沒有人願意招惹他。

現在的情況大不相同，柳擎宇這位新上任的局長根本就直接無視他的背景，根本就不理他，強勢無比。而從縣城管局的種種傳統來看，局長是絕對的一把手，手中握著財政權、人事權，如果柳擎宇真的想要強行推進裁減副局長和協管人員的話，只要縣裡領導不反對，自己這個二把手反對的效果不是很大。

這時候，韓明強終於感受到柳擎宇所帶給他的強大壓力了。

韓明強終究是一個心思深沉之輩，對他來說，世界上沒有什麼問題是不可以解決的。略微沉思了一下，韓明強轉過頭來看向劉天華和張新生，說道：

「二位，剛才的對話相信你們也都聽到了，賀縣長和徐副縣長都不想介入我們城管局內部的鬥爭中來，也就是說，我們只能靠我們自己來擺平柳擎宇這個傢伙，你們有沒有什麼好的辦法？」

聽到韓明強這樣說，張新生和劉天華的臉色全都陰沉了下來。他們沒有想到，形勢竟然如此嚴峻，此刻，他們開始有些明白為什麼柳擎宇在今天的會議上那麼強勢了。如果這兩個最關鍵的大人物都不介入景林縣城管局內部的事務的話，其他人就更沒有指望了，至於縣委書記夏正德，他不大力支持柳擎宇就已經是最好的一種結果了。

一時之間，三人都陷入了沉思之中，房間內很快便煙霧繚繞起來。

過了一會兒，張新生猛地抬起頭來，臉上露出幾分陰險之色說道：「老韓，我突然想到了一個辦法，雖然有些陰險，但是我相信效果應該不錯。」

韓明強和劉天華全都向張新生看了過去。

張新生陰惻惻地說道：

「二位，你們想想看，柳擎宇既然敢強行推進這兩種裁減行動，他所依仗的是什麼？不外乎他用了什麼陰險手段讓夏正德、賀光明和徐建華三人都不能輕易插手到我們城管局內部的事務中來。這時候，失去了上級領導的牽制，他就想要在我們城管局內為所欲為了，他是一把手，我們這些副手拿他還真沒有太多的辦法，但是，我們拿他沒辦法，不代表就沒有人拿他沒辦法，你們想想看，柳擎宇要裁減那麼多的協管人員，那麼一旦那些協管人員的家屬知道了這個問題，會是什麼想法？」

說到這裡，張新生的聲音更加鬼祟了：

「就算是那些家屬們因為種種原因想要忍氣吞聲，如果有人稍微召集一下，把所有協管人員的家屬們都組織起來，讓他們到城管局堵住柳擎宇的辦公室，好好跟他理論理論，柳擎宇的位置還坐得穩嗎？而且這件事情一旦鬧大了，到時候徐縣長和賀縣長就算不想介入此事，也非得介入不可了，事在人為嘛！」

聽到張新生的這個提議後，韓明強和劉天華全都眼前一亮，不得不說，張新生的這個辦法還真是目前為止最有效的辦法，畢竟現在全國上下都在維穩，誰也不希望自己地盤上發生群眾抗議事件，一旦柳擎宇的做法城管局內部工作人員的家屬都無法認同，那麼柳擎宇的威信和聲譽恐怕就算徹底完蛋了。

韓明強當場就拍板道：

「好，老張這個提議非常好，我看這樣吧，老張，這件事，你和老劉暗中好好策劃一下，明天上午一上班就給柳擎宇來個百人圍堵城管局大門的鬧劇！另外，再找一些縣裡的媒體記者小小地露個面，給柳擎宇施加一下壓力。

「哼，這一次，我們要讓柳擎宇把他拉出來的屎再縮回去！嘿嘿，這樣一來，柳擎宇在我們城管局裡的威信算是徹底掃地了！到時候，柳擎宇不僅裁減協管人員的話要收回去，裁減副局長的話，他也得老老實實給我收回去。」

張新生和劉天華全都拍著胸脯保證沒有問題。對韓明強不參與此事，他們都很理解，畢竟他們能夠有今天，都是韓明強提拔起來的，雖然平時三人看起來級別是平等的，但是兩人清楚，自己就是韓明強的手下。

要想在這個圈子裡混，必須髒活累活搶著幹，因為他們不幹的話，韓明強就會找別人接替他們來幹。手中掌握權力慣了，誰也不想輕易失去手中的權力，更何況是成為被裁減的對象呢。

三人接下來又商討了一些策劃的細節，隨後便由張新生和劉天華下去暗中串聯和操作了。

此刻，柳擎宇回到辦公室後，面對著眼前龍翔整理出來的一份協管人員的詳細名單，以及他們最近兩年所幹的一些事情，臉色越來越陰沉。

不過在對那些協管人員的不法行為痛恨的同時，柳擎宇通過這份資料，看到了一個十分優秀的人才在自己眼前徐徐浮現。

他不得不承認，龍翔的確是一個非常有頭腦，非常細心，辦事能力非常強的人。身在辦公室主任的位置上，剛剛陪自己參加完黨組會議，回來後就能夠拿出這麼一份詳細的資料，這充分說明龍翔對此早有準備，這樣的遠見卓識，可不是一般人能夠有的。

柳擎宇心中暗道：「龍翔此人可以重用。」

就在這時候，辦公室的門一開，龍翔滿臉嚴肅地從外面走了進來。

「局長，剛才下面的人向我報告，說是散會以後，張新生和劉天華兩人在韓明強的辦公室裡待了足足有半個多小時，到現在還沒有出來，我估計他們肯定在商量如何破解你在會上所說的兩個裁減。而且根據我對這三個人的瞭解，他們在進行政治鬥爭的時候，從來都不講究什麼規則，向來是不擇手段的，以前的局長幾乎都栽在他們手上，所以您不得不防啊！」

柳擎宇聽了，嘿嘿笑道：「哼，如果他們老老實實出招，我不會對他們怎麼樣，如果他們要想玩陰的，**我會讓他們知道什麼才叫真正的陰！**」

聽柳擎宇這麼說，龍翔長出了一口氣。

他最擔心的就是柳擎宇輕敵，身在辦公室主任的位置上，龍翔可是對韓明強三人的陰險狡詐深有感觸，最重要的是，這三個傢伙搞起政治鬥爭來根本就沒有底限，為了搞垮一個局長，他們可以縱容下面的協管人員胡亂搞事，而且韓明強又有背景，和這樣的人做政治對手，是十分危險的事情。

柳擎宇笑著看向龍翔，說道：「龍翔啊，對那三個傢伙你不用擔心，他們根本不夠資格進入我的視野，對你，我倒是非常感興趣，你在現在的這個級別幹了多長時間了？」

龍翔一愣，似乎感覺到了什麼，十分規矩地說道：「局長，我已經幹了四年多了。」

柳擎宇一愣：「四年多？按理說早就該提拔了。」

龍翔苦笑著說：「提拔？太難了，我現在要是再提拔，就是副科級了，在我們城管局內部，副科級的位子就那麼幾個，幾乎都被韓明強和他的嫡系人馬給把持住了，想要晉級副科級的位子難比登天啊。除非我投靠到韓明強的陣營當中。

「韓明強也曾經向我發出過邀請，但是我認為韓明強那樣的人根本就靠不住，**做人，尤其是做官，最怕的就是沒有底限**，一個沒有底限的官員是很難在官場中走得遠的，再加上我也看不慣韓明強的為人處事作風，所以拒絕了韓明強的邀請。也因為這樣，自從他上任之後，我就一直被壓在辦公室做苦力。」

「嗯，以你的能力，晉升副科倒是綽綽有餘，這件事你不用操心，我來幫你搞定吧，不過到底啥時候晉升，還需要看時機。」

聽柳擎宇這樣說，龍翔心中一陣感動，他雖然不清楚柳擎宇為什麼這樣有把握，但是卻清楚柳擎宇對自己的欣賞是毋庸置疑的。

身在官場，能夠遇到一個欣賞你、扶植你的領導，是一件非常幸運的事情，也是很多人一輩子的夢想，而這樣的好運，竟然被自己給遇到了。

他眼中充滿了堅定，說道：「局長，謝謝你。」

柳擎宇擺擺手道：「咱們之間就別說什麼謝不謝的了，如果沒有你及時投靠到我的陣營中，並且給我提供了各種參考和資訊，我恐怕想在城管局站穩腳跟都很難。我這個人做事做人有一個原則，那就是絕對不能讓有才華的人埋沒了。

「你很有才華，我非常欣賞，所以我要重用你，不過我希望你能夠記住一件事，以後，不管你走到何種崗位，必須牢牢把百姓的利益放在首位，要做到以民為本，為官一任，造福一方。更不能與民爭利，否則的話，不管我身在何處，都會第一個處理你。」

龍翔連忙說道：「局長，這一點請您放心，我是從基層一步一步成長起來的，我看到百姓生活的各種艱辛，不管身在何種職位，我都會盡一切力量為人民謀取利益的。」

柳擎宇讚賞地點點頭。

此刻的龍翔並沒有意識到柳擎宇看似隨意的一句話中所飽含著的深意。直到很久以後，當龍翔主政一方，成為一方大員的時候，回想起今天柳擎宇對他所說的這番話，才深刻體會到柳擎宇佈局之深遠，用心之良苦，而那個時候，他也早已成為時刻把人民利益、國家利益放在首位的一名真正的官員。這是後話，暫且不提。

第二天上午，柳擎宇依然像往常一樣，準時出現在自己的辦公室內，而辦公室主任龍翔也早早地為柳擎宇泡上了一杯淡茶。

在工作習慣上，柳擎宇和老爹劉飛一樣，養成了每天早晨喝一杯茶的習慣，不過和老爹喜歡喝濃茶不同，柳擎宇喜歡喝清淡一點的茶水。

龍翔作為辦公室主任，雖然跟隨柳擎宇的時間不長，卻已經摸清了柳擎宇的習慣，所以他總是比柳擎宇早來十五分鐘，為柳擎宇泡上一杯清茶，放在桌上，順便把柳擎宇的辦公室收拾一下。

雖然這些事他本來可以讓辦公室的科員們去幹，但是他對科員們的工作不太放心，再加上現在局裡鬥爭那麼激烈，他也擔心其中有韓明強的線人，萬一從柳擎宇辦公室找到有用的資訊，那對柳擎宇來說就是大大的威脅了，所以他都是親力親為。

柳擎宇這邊屁股還沒有坐熱呢，茶也才剛剛喝了不到半杯，龍翔便火急火燎地再次推門走了進來，一臉焦慮地看向柳擎宇，說道：「局長，出大事了。」

柳擎宇沉穩地道：「怎麼回事？不要急，慢慢說。」

雖然柳擎宇說讓龍翔慢慢說，但是龍翔卻是急得滿頭汗道：

「局長，剛才我得到門衛值班室的通知，說是有上百名的協管家屬堵住了城管局的大門，誰也不讓進，不讓出，還說，如果局長您不撤銷裁減協管人員的決定，他們就要去賭縣政府大門口去。他們說，您必須在一個小時之內給他們回覆。」

聽到龍翔的彙報，柳擎宇臉上沒有任何緊張和不安，淡定地說道：「這樣啊，看來這些協管家屬們倒是很有辦法啊，還要去賭縣政府大門口去，好大的膽子嘛。」

「局長，這次您可千萬不要輕敵啊，這肯定是韓明強他們策劃的一個陰謀和陷阱，他們是想要藉著這次事件逼您退讓和妥協，只要您退讓和妥協了，以後您在局裡就徹底失去威信了，他們這是無所不用其極啊！」龍翔擔心不已地說。

柳擎宇淡淡說道：「龍翔啊，還記得我昨天說過的話嗎？如果他們按照規矩跟我玩，那我也按照規矩跟他們玩；如果他們想要玩陰的，我會讓他們後悔莫及的。」

龍翔點點頭，臉上卻露出不解之色，說道：「局長，難道您有辦法？」

柳擎宇胸有成竹地說道：「當然！他們這種行為不過是小兒科而已，要是跟其他的局長玩，或許那些局長還真拿他們沒辦法，但是我柳擎宇可不是一般人，既然他們要玩，那我就陪他們好好玩一玩吧。你立刻通知所有黨組成員，讓他們二十分鐘後到會議室開會，就說要研究一下如何應對協管人員家屬的問題，記住，別人都可以不到，但是韓明強必須讓他準時到場。」

龍翔雖然不知道柳擎宇要做什麼，但是很清楚柳擎宇這次開會針對的絕對是韓明強，這讓龍翔對柳擎宇將要採取的行動充滿了期待。他很想見識一下，這位年輕的局長到底如何對付韓明強這樣油滑無恥的老狐狸。

本來柳擎宇以為這次的會議肯定會有人不到場呢，畢竟二十分鐘的集合時間有些短，然而當他步入會議室的時候，卻驚訝地發現會議室內座無虛席，所有成員全部在場，這讓柳擎宇微微有些震驚。

不過柳擎宇也是聰明人，略一思考便想明白是怎麼回事了，肯定是大家也已經猜到這次家屬圍堵城管局大門口是韓明強等人策劃的一起針對他的行動，大家都想看看這一次他會如何應對？更想看一看這次柳擎宇和韓明強較量的結果。

官場，就是這麼現實。成王敗寇，自古如此。

柳擎宇走到自己的局長寶座上坐下，掃了一眼眾人，隨後說道：

「各位，本來昨天我們剛剛開完黨組會議，今天其實沒有什麼可以討論的，沒想到今天早晨，我們城管局的大門口就被上百名協管家屬給堵住了，而且這些家屬們還要求我收回我之前所說的裁減協管隊伍的決定，我想問大家一句，你們認為我應該怎麼辦？我應該不應該把我拉出來的屎再縮回去？」

柳擎宇說完，目光從眾人的臉上一一掃過，最後落在韓明強的臉上，直接點名說道：「韓明強同志，這件事情你怎麼看？」

韓明強聽到柳擎宇問自己，立刻作出一副表情嚴肅的樣子，說道：「柳局長，我認為現在的當務之急應該是想辦法平息家屬們的怒氣，以免此事鬧大，變成群眾事件，尤其是絕對不能讓這些家屬在一個小時後去圍堵縣政府的大門，否則的話，到時候我們城管局一定會受到縣委領導批評的。柳局長，我認為在這件事情上，你需要三思而行，以大局為重啊！萬一真出了什麼意外，責任可是不輕啊。」

說話間，韓明強把所有的責任都丟到了柳擎宇的身上。他的意思非常明確，這件事是你柳擎宇的決定引發的，你得想辦法把這件事給撲滅才是，不管怎麼說，這拉出來的屎，你該縮回去還是得縮回去啊，否則一旦事情鬧大了，你可是首當其衝啊！

張新生也立刻說道：「是啊，柳局長，我認為在裁減協管人數這件事情上，你真的得三思而行啊，你想想看，這都多少年了，不管哪一任局長上任，從來都沒有做過這樣的事情，你一上臺就搞這件事，肯定會搞得民怨沸騰啊。所以我建議你真的考慮一下是不是收回決定。說實在的，昨天會上我們大多數成員都是反對你這個決定的，今天家屬鬧事更是表現出你這個決定是不得民心的，柳局長，你該好好考慮一下民心和民意了。」

張新生說完，臉上露出一副十分高尚的樣子，似乎他的說法真的代表了民意似的。

柳擎宇聽完張新生的話，突然哈哈大笑起來，看向張新生說道：

「張同志，我不得不說你真的是個人才啊，這種空話到了你的嘴裡怎麼就變成真理了呢？你的話乍一聽很有道理，一般人也很難反駁你，但是，邏輯思維很強的人一聽就可以找到你話中的語病，第一，你口口聲聲說我的決定不得民心，還說讓我考慮一下民意，你所說的民心和民意指的是誰的？難道指的是那些協管和協管的家屬們嗎？是，我不否認，他們的確屬於老百姓的一員，但是，他們也屬於既得利益者，他們所能夠代表的也僅僅是協管人員和協管家屬這一部分人的利益。

「他們並不能代表真正的老百姓的利益！而且很多時候，他們的利益往往和真正的人民利益相互矛盾。我之所以提出要裁減協管人員數量，就是因為我們景林縣城管局的協管人員數量嚴重超編，他們的工資花的是國家的錢，雖然他們所做的事情表面上看是正當的，但是實際上，很多人往往是打著城管人員的旗號，行謀取私利之事。你說他們代表民意？狗屁的民意！你這根本就是在模糊焦點。他們能代表的只是他們這一小撮人的利益。要讓我收回我的決定，我可以在這裡明確告訴各位，不可能！」

誰也沒有想到，柳擎宇的邏輯思維如此清晰，一下子就找到了張新生話中的毛病，進行了強勢反擊。

這一下，張新生被柳擎宇駁得啞口無言，滿臉憤怒，卻又無處發作，只能暗自氣悶。

這時，劉天華站了出來：

「柳局長，你這話說得就有些偏激了，難道你沒有看到家屬們已經堵住城管局的大門口了嗎？難道你要眼睜睜地看著這些人一個小時後去堵縣政府的大門嗎？如果你非得見死不救的話，那麼一旦他們堵了縣政府大門，所有的責任便該由你一個人來承擔，因為一切源頭就是你強行推行裁減協管人員引起的，和其他人沒有任何關係。」

事情到了這個地步，劉天華看出來，要想讓柳擎宇收回決定已經不太可能了，大家只能刺刀見紅，硬拼了，看誰最先熬不住。

劉天華說完，韓明強立刻接口說道：

「是啊，柳局長，劉天華說得沒錯，你總不能讓我們大家為你的錯誤決定買單吧？誰搞出來的事情，就應該由誰負責解決。大家說，是不是這個道理？」

姜立武附和道：「沒錯，韓局長說得有道理，我贊同。」

這時候，其他人仍是沉默不語，顯然依然是柳擎宇一個人面對韓明強那邊四個人。

這一回，所有黨組成員們都學乖了，誰也不希望像昨天的鍾天海一般，冒然地就投靠到韓明強的陣營，結果偷雞不成蝕把米，反被柳擎宇給惦記上了。

因而現場全都沉默不語。現在，大家都在看著柳擎宇。大家都想看看這次柳擎宇如何應付韓明強四人。

林小邪這一次也沒有說話，他的目光和眾人一樣，也聚焦在柳擎宇的身上。

上次他之所以向柳擎宇靠攏，是因為他認為柳擎宇的做法是正確的，協管人數實在太多了一些。這一次的情況卻不同，現在是必須想辦法將外面那些家屬們都給勸回去。這種事可不是光有手段、為人強勢就能解決的。他也想看一看，柳擎宇到底是不是真的有能力。

在眾人目光的注視下，柳擎宇看向韓明強，說道：

「各位同志，我認為剛才劉天華同志有一句話說得相當有道理，那就是，誰搞出來的事情，誰負責解決，大家認為呢？」

柳擎宇這樣一說，韓明強和劉天華等人全都愣住了，柳擎宇竟然會認可劉天華的意見！難道柳擎宇後面還有什麼下文不成？

但是不管怎麼樣，自己總不能打自己的臉吧！所以，大部分黨組成員都認可了柳擎宇的這句話，包括劉天華本人和韓明強。

但是，韓明強總感覺心裡有些惴惴不安，柳擎宇絕對有後手。

韓明強猜對了。

看到大多數黨組成員們都同意自己剛才的話後，柳擎宇沉聲道：

「各位，現在我要重點強調一個問題，那就是在座的眾位黨組成員，不管是誰，都必須認真負責地做好本職工作，做好自己分管的工作，對這一點，大家有沒有異議？」

這是絕對的真理啊，這種話自然不會有人反對，眾人紛紛點頭贊同。

柳擎宇又接著說道：

「好，既然大家認可我的這個觀點，那麼，現在我們再談一下有關這些家屬的問題，我想問問大家，協管人員屬於哪個部門？」

柳擎宇話音一落，林小邪眼中便閃出兩道幽深的目光，看向柳擎宇的目光中充滿了欽佩之色，快速回答道：「屬於城管局執法大隊。」

柳擎宇點點頭：「沒錯，他們是執法大隊的工作人員，那麼我再問一句，目前執法大隊是誰的分管部門？」

林小邪立刻回答道：「是韓明強副局長分管的部門。」

韓明強腦門開始冒出一層冷汗，他意識到柳擎宇的真正意圖是什麼了，此刻，他恨不得衝到林小邪面前把林小邪的嘴給堵上！

這個林小邪真是太壞了，這不是明顯把自己往火坑裡推嗎？

韓明強雖然已經猜到柳擎宇的意圖，想要反擊卻為時已晚。因為柳擎宇早已經通過之前的幾次提問，直接把責任牢牢地綁在了分管領導的身上。

這時，柳擎宇呵呵笑道：「各位，現在大家都應該非常清楚了，協管屬於執法大隊的工作人員，而執法大隊又是韓明強同志分管的部門，那麼，現在協管家屬鬧事了，這件事情是不是應該由韓明強同志親自出面去解決呢？」

傻眼！韓明強傻眼！劉天華傻眼！張新生傻眼！在場所有黨組成員們全都傻眼了！

誰也沒有料到，柳擎宇單槍匹馬，以一對四，竟然利用對方話語中所設定的條件反將一局，成功地將責任轉移到了韓明強的身上，這簡直就是最直接、最犀利的打臉啊！

韓明強糾集他的嫡系人馬們費盡心血發動了這麼一場聲勢浩大的陰招，想要陰死柳擎宇，結果反而作繭自縛，被柳擎宇將計就計圈了進來，這時韓明強要想再鑽出去可就難了。

柳擎宇實在是太陰險了！在座所有的黨組成員們全都如是想著，看向柳擎宇的目光多了幾分忌憚之色。

韓明強眼神中突然露出了一絲陰狠之色，雙拳緊緊握住。心中暗道：「柳擎宇，想要陰我，我會讓你得逞嗎？」

在眾人目光的注視下，韓明強猛地抬起頭來，看向柳擎宇說道：

「柳局長，執法大隊的確是我分管的部門，但是這一次，你所做出的大規模裁減人員的決定實在是太過分了，才引起這麼多家屬的反彈，我認為應該由你出面解決才行。」

柳擎宇雙眼眯縫起來，冷冷地看著韓明強說道：

「我可以明確地告訴你，這件事我柳擎宇能夠輕鬆擺平，但是，我是局長，你作為分管的副局長，如果連這麼一點小事都擺不平，那麼還要你這個分管的副局長做什麼啊。」

聽柳擎宇這樣說，韓明強心中這個氣啊，心中暗道：

「柳擎宇啊柳擎宇，你就吹吧，你能擺平此事？開玩笑！你以為你是誰啊！這件事情沒有老子出面，你別想擺平。」

當然，這些話他也只能在心裡想想，自然不能在嘴上說出來。

他一心認定柳擎宇絕對無法擺平此事，只是柳擎宇的話太刺人，如果不出面的話，就等於給自己加了一個沒有能力的帽子。這又是他所不能容忍的。

不過，韓明強也是個狠人，乾脆兩手一攤道：「柳局長，說實在的，這件事我是無能為力了，既然你能夠擺平此事，那麼你就上吧。」

韓明強擺明了厚著臉皮就是不上，看你能拿我怎麼樣！

柳擎宇嘿嘿一笑，說道：「既然韓同志這樣說，那麼我是否可以理解為韓同志你對執法大隊缺乏掌控力呢？」

韓明強一副死豬不怕開水燙的表情：「怎麼理解隨你的便。」

柳擎宇點點頭：「好，既然韓同志認為自己無法掌控執法大隊，無法解決眼前這個問題，我決定對執法大隊的分管領導立即進行調整，從今以後，執法大隊不再屬於韓明強同志分管的範圍，如果在座的哪位副局長有能力解決這次的事件，我可以考慮將執法大隊的分管權交給他，有人願意接下這次任務嗎？」

說完，柳擎宇的目光掃視著眾人。

其實大家都明白，柳擎宇這番話是對副局長陳天林說的，因為張新生和劉天華都是韓明強的死黨，他們是絕對不可能站出來接下這件事的，唯有陳天林這個一直保持中立的副局長才有可能接下這個職務。

然而，陳天林卻低著頭，輕輕地品著茶水，就好像這件事和他沒有關係似的。

他雖然也想接下執法大隊這個重量級的部門，但是他很清楚，如果自己真的接下這個部門，勢必會得罪韓明強，以韓明強的能力，絕對能夠整倒自己。所以他不敢出面。

見陳天林不出面，柳擎宇心中嘆息一聲，看來這個陳天林之所以靠邊站也是有原因的，就他這種沒有擔當之人，無論哪個領導當政，都不可能重用的。

柳擎宇有些憐憫地看了陳天林一眼，沉聲說道：「好，既然沒有人願意站出來解決此事，那麼執法大隊暫時就先由我來進行接管吧，等副局長裁減、分工之後，我再把這個部門交出去，這次的事件就由我親自來擺平。韓同志，你有沒有異議？」

韓明強也豁出去了：「如果柳局長你真能擺平此事，我交出執法大隊又有何不可？」

「很好，那就這樣定了，大家都跟我來。」說著，柳擎宇站起身來，向外走去，然後對龍翔交代道：「龍翔，你把局裡所有協管人員、正式在編的執法大隊人員以及所有的工作人員全都給我叫出來，讓他們到院子裡集合。」

龍翔接到柳擎宇的指示，立刻出去通知眾人了。

柳擎宇一邊往外走，一邊拿出手機撥通唐智勇的電話：

「智勇，你立刻到局資訊中心把那台攝影機拿出來，你親自扛著攝影機去大門口錄影，要把門口外面所有的人給我一個不剩地拍進去，最好每個人都給一個特寫。」

柳擎宇到景林縣城管局上任後，立刻把唐智勇給調了過來，放在城管局司機班內。對唐智勇這個第一個投靠到自己手下的小弟，他非常看重，雖然現在唐智勇一直都在司機班工作，但是柳擎宇對他的信任卻是一般人都無法享受到的。

對唐智勇的未來，柳擎宇更是有一個長遠的計劃，只不過現在他不會把這個計劃告訴任何人。

真要說起來誰最明智，真得數唐智勇，他非常對得起他的名字，雖然他也是官二代，身上甚至也帶有一些衙內的缺點，但是骨子裡，他是很正直的，而那些衙內作風也是他浪蕩不羈、玩世不恭的一種發洩罷了，那時候他還年輕，整日吃喝玩樂。

自從他和柳擎宇相遇之後，看到柳擎宇的所作所為，便甘心跟隨柳擎宇，寧願放棄堂堂的副科級的待遇和職務，哪怕是做一個普通得不能再普通的司機，隨時隨地都有幹不完的任務，因為他已經找到了他人生奮鬥的目標。

唐智勇接到柳擎宇的指示，趕忙到資訊中心找到那台局裡錄影專用的專業攝影機，扛著就跑了出去，並且搬來了一張桌子，放在門口裡面，站在上面，一絲不苟地拍攝著外面的情況。

這時候，柳擎宇、韓明強等一干黨組成員以及局裡的所有工作人員也全都聚集到大院裡。

眾人都不解地看著柳擎宇，十分納悶為什麼局長突然把所有人都喊了出來。

柳擎宇首先示意眾人按照部門把隊形站好，這才大聲說道：

「各位，大家看到那些堵住大門口的人了嗎？這些全都是我們局裡執法大隊工作人員的家屬，他們是來幹什麼的呢？他們已經說得非常清楚了，他們是來逼我收回裁減協管人員這個決定的。在這裡，我可以明確地告訴大家，我柳擎宇絕對不會收回這個決定，因為我們局裡執法大隊協管隊伍已經嚴重超編了，佔用和浪費了太多的資源。

「我知道，在場很多協管人員都是通過關係走後門進入協管隊的，甚至有些人還是縣裡領導的親戚，既然我當了城管局的局長，我就必須為城管局的未來和大局考慮。嚴重超編的人員不僅浪費財政支出，還造成了執法隊伍效率低下，更因為素質低下，粗暴執法，造成和老百姓關係緊張的局面，我不是前幾任局長，我必須對我們城管局負責，對我們景林縣的老百姓負責，所以，裁減三分之二的協管人員，讓協管隊伍精英化、正規化是勢在必行！任何人都不可能阻止的。

「或許有些人認為讓家屬聚集起來，造成群眾事件就可以逼我收回我的決定，你們真的想錯了，我柳擎宇做出的決定是絕對不會修改的，除非你們能夠證明我的決定錯了。否則，我是絕對不會修改的！」

說到這裡，柳擎宇向韓明強的方向瞟了一眼，接著說道：

「各位同事們，你們看到外面那些家屬了嗎？你們難道不覺得大家浩浩蕩蕩地聚集在這裡有些不同尋常嗎？沒有人組織，大家會這麼準時地聚在一起嗎？我柳擎宇不是傻瓜，我知道有人在背後煽風點火，我要告訴在場的諸位，尤其是那些有家屬在外面的協管人員們，你們被人利用了。我現在宣布，凡是今天出現的協管家屬，如果不能在十五分鐘之內撤離現場，那麼，這名協管人員將直接開除！」

這個宣布，讓所有的工作人員全都傻眼了！

韓明強、劉天華、張新生也傻眼了！這簡直就是釜底抽薪啊！柳擎宇這一招實在是太狠了！

更要命的是，柳擎宇的司機正在那裡拿著攝影機存證呢，也就是說，那些人的面孔早已全部被錄了下來，還剩十五分鐘的時間，足夠他給每個人來個特寫了。

柳擎宇這一招直接從根源上給了韓明強他們一個最狠辣的反擊。

協管隊伍先是一陣沉默，隨後，眾人開始交頭接耳，議論紛紛。

這時候，柳擎宇再次說話了：

「各位同事，我相信大家都不是傻瓜，我柳擎宇更不是，在場的這些家屬中，還有一些並不是協管人員的家屬，但是不管是誰的家屬，只要是今天來的，都已經被拍下來了，如果十五分鐘內不離開現場，一旦身分核實，和該名家屬有關的人員直接請退，不管你是有編制的還是沒有編制的。現在維穩工作這麼嚴峻，你的家人卻到城管局門口來鬧事，不處理你處理誰？現在開始計時，十五分鐘。大家自己看著辦吧。」

柳擎宇又轉向韓明強：「韓同志，你在這裡先盯著，我去給夏書記打個電話，讓他立刻派員警和武警過來，如果十五分鐘之後還留下來的，直接帶進公安局。」

說著，柳擎宇邁步向辦公大樓走去，留給眾人一個強勢、挺拔的背影。

韓明強臉色要多難看就有多難看，柳擎宇竟然玩這麼一手，這是威逼加打壓啊，他更想不到的是，柳擎宇根本沒有妥協的意思，反而採取強勢手段來進行打壓，現在更把監督的任務交給自己，這明顯是想要噁心自己啊！

韓明強心中這個怒啊，等柳擎宇進入辦公大樓後，他對張張新生和劉天華說道：「你們兩個替我盯著，我把這件事情向賀縣長彙報一下。」說完，他也邁步走進辦公大樓，根本就不理柳擎宇的指示。

韓明強可以不理柳擎宇，張新生和劉天華卻不敢輕舉妄動，所以，大院內所有人都站在那裡，默默地關注著局勢的發展。

一開始，那些協管人員還在商量到底要不要去勸自己的家屬回去，商量來商量去，沒有商量出一個結果。

十分鐘過去，他們焦慮起來。

突然一陣陣急促的警笛聲從四面八方傳了過來，這一下，很多人坐不住了，有的乾脆直接走出大門，把自己的家人勸了回去。

有一個人做，就有第二個人，於是，出去勸退家屬回去的人越來越多。

畢竟，雖然要裁減三分之二，還是留下了三分之一，只要不被立刻開除，還有留下來的機會。

時間一分一秒地過去。警笛聲正在一點點地靠近，四面八方彙聚而來的警笛聲讓很多協管人員和執法大隊的正式在編人員如坐針氈。尤其是看到唐智勇開始對在場的家屬們拍攝特寫鏡頭，心理壓力陡然增大，於是，越來越多的人走出大門，跟自己的家人溝通起來。於是，留在現場的家屬人數越來越少。

一些被韓明強唆使才來鬧事的家屬想了想，也不再堅守，紛紛撤退。

警笛聲更近了。這時，六輛警車浩浩蕩蕩地從四面八方圍攏過來，原本還沒有離開的家屬們一看警車來了，立刻紛紛四散逃開。整個城管局大門口除了滿地的垃圾以外，再也沒有什麼人了。

這時，柳擎宇從辦公大樓內走了出來，來到門外，和一名帶隊的警官握了握手之後，便讓員警們離開了。

他再次走回城管局大院，嚴肅地對眾人說道：

「很好，雖然這次事件的開局不是很好，但是經過我們上下的一致努力，最終的結果還是不錯的，既然那些鬧事的家屬都回去了，今天發生的事情，我不會再去追究，當然，也希望大家以此為戒，不要再玩這種幼稚的把戲，更不要把我柳擎宇當傻瓜，否則，你們只能搬起石頭砸自己的腳。

「在這裡，我正式宣布，從現在開始，執法大隊不再是韓明強同志分管，暫時由我親自來管理，從明天開始，執法大隊協管人員全部進入考核期，考核時間為半個月，在這半個月內，將會剔除六分之一能力不強、平時辦事不認真的人員。第一批人員的考核由副局長韓明強同志來主持。考核辦法，局裡會在明天公佈出來。好了，大家都散了，回去忙自己的工作吧。」

說完，柳擎宇便向自己的辦公室走去。

第七章

訂婚儀式

已經到了整個訂婚儀式最高潮的部分。

在司儀的指導和暗示下，鄒文超拿出早已準備好的裝有大鑽戒的盒子，打開盒子，單膝跪倒在地，高高舉起鑽戒，大聲說道：「美麗的蘇洛雪小姐，你願意嫁給我嗎？」

韓明強聽柳擎宇宣布執法大隊不再由他分管的時候，氣得臉都白了，他沒想到柳擎宇竟然真的做出了這樣的決定，而且是當著全體城管局工作人員的面宣布，這是當眾讓他難堪啊，這個柳擎宇真是太囂張了。

但是，更讓他意外的是，考核這麼重要的事，柳擎宇竟然交給了自己。他的眉頭一下子皺了起來。他想不明白為什麼柳擎宇會做出這樣的決定，難道**這算是打一巴掌，給個甜棗嗎？還是柳擎宇另有深意或者是陷阱呢？**

回到辦公室，韓明強陷入了沉思。

這時，房門一開，張新生和劉天華走了進來。

劉天華滿臉鬱悶地說道：「老韓啊，真沒有想到柳擎宇竟然如此輕鬆地化解了我們這次幾乎天衣無縫的計劃，這小子真是太厲害了。」

張新生也說道：「是啊，老韓，這次執法大隊被柳擎宇給拿過去了，以後我們的權力將會被嚴重壓縮，很多事情都不方便幹了。不過柳擎宇竟然會把人員考核交到你的手裡，柳擎宇這到底是在玩什麼把戲啊？」

韓明強繃著臉道：「哼，就算他把執法大隊接管過去也沒有什麼用，執法大隊從上到下都是我們的人，柳擎宇的指示根本傳達不下去，看悶不死他！想要掌控執法大隊，他還嫩了點。我絕不會讓他真正掌控執法大隊的。柳擎宇讓我負責考核第一批的人員我還真沒有想到，我感覺他這樣做絕對是有深意的，甚至可能是一個陷阱。」

劉天華沉思了一會，突然陰笑著說：

「老韓，我有一個想法，不知道可行不可行，不管柳擎宇出於什麼目的讓你來負責第一批的考核，我們都可以將計就計，我們不如借此機會好好玩一把，柳擎宇不是想要把那些他所謂的關係戶給弄走嗎？那我們就反其道而行之，將那些不聽我們話的人想辦法弄走，等到木已成舟，看柳擎宇怎麼辦。」

韓明強評估著道：

「嗯，你這個辦法倒是可行，不過我認為柳擎宇既然讓我來負責這件事，肯定有一定的後手，不過無所謂了，只要主導權掌握在我們的手中，柳擎宇就算有什麼後手，我們都是可以應對的，只要我們在操作的時候小心謹慎，不讓柳擎宇抓到任何把柄，到時候我們就可以合理地利用規則，狠狠地收拾一下那些不聽我們話的人，讓我們的人可以留下來。

「而且我相信，那些人要想留下來，怎麼著也得四處活動活動，我們發財的機會也就來了。不過大家在收錢的時候一定要小心點，別被柳擎宇抓住把柄，不然對我們十分不利。」

劉天華和張新生嘿嘿笑道：「老韓，你放心吧，我們幹這事早就輕車熟路了，怎麼可能被柳擎宇抓到把柄呢，這一次，我們一定要狠狠教訓柳擎宇一頓，哼，想要設計陰我們，他還早了點呢！」

對韓明強、劉天華等人暗中策劃著在第一批考核中動手腳之事，柳擎宇自然是不知道的，因為他正把全部心思都花在如何制定考核指標上。

柳擎宇其實早就搜集了很多這方面的資料，身為城管局局長，柳擎宇做事十分謹慎，他所做的每一件事，都是在政策法規許可的範圍之內幹的。

只要是對百姓、國家利益有利的事，他會堅定不移地去做，至於是否會得罪既得利益者，那不是柳擎宇需要考慮的事情。

所以在制定考核指標的時候，柳擎宇十分認真，充分考慮到了景林縣本地的生活習慣、風土人情等，尤其是針對人員素質低落的問題，更是制定了各種嚴厲的考核指標，對他們的行為嚴加約束，以避免這些人去騷擾百姓，魚肉百姓。

柳擎宇的效率非常高，當天下午，考核指標便出爐了。

隨後，柳擎宇把龍翔喊了過來，讓他把考核指標給各個黨組成員送過去，等他們看完之後，讓他們寫下自己的意見，並且簽字確認。確保每個黨組成員全部簽字之後，考核指標正式生效。

韓明強等人因為早就有所圖謀，對柳擎宇在考核指標的制定上倒也沒有進行刁難，所以考核指標在當天晚上下班以後，便在公告欄上貼了出來。

接下來的幾天裡，柳擎宇依然延續以前的低調策略，平時坐在辦公室內批閱檔案，思考一下如何對城管局進行大力整頓，至於對第一批協管人員的考核，因為已經把事情交給了韓明強，他並沒有立刻跟進。

柳擎宇的這種做法一時間又讓整個城管局內的一干黨組成員以及工作人員感到有些困惑了。他們想不明白柳擎宇為什麼會在占盡優勢的情況下，偏偏把考核交給韓明強去操作。

正是由於韓明強掌握了第一批協管的考核權，他的家和辦公室內前去彙報工作、活動送禮的人絡繹不絕。

柳擎宇對韓明強那邊的熱鬧場景視而不見，一如既往地忙著自己的事情。所以在眾人眼中，柳擎宇這個局長越發神秘和令人看不透了。

但是，像林小邪、龍翔等聰明人已經感覺到，柳擎宇絕不像表面上看起來那麼簡單，他肯定是在醞釀**一個巨大的佈局**，只不過現在誰也看不透柳擎宇到底在布什麼局，他們只有默默地等待著，觀望著。

世界上很多事情，往往是樹欲靜而風不止。飛蛾撲火之事在人類的世界經常上演。就像馬小剛、包曉星他們這四個衙內，自從上一次在中天賓館事件中慘敗，被柳擎宇狠狠地收拾一頓之後，心中的怒火早已經滿腔，無時無刻不在琢磨如何報復柳擎宇。

但是，他們這個級別的衙內混的圈子實在是有限，在他們混的這個圈子裡，馬小剛已經算是比較厲害的了，在他們這個圈子裡也算是大哥級的人物。

他們這個圈子裡的人並不都像他們一樣，做事缺乏思考，魯莽行事，也有很多人做事十分謹慎，總是喜歡三思而後行。再加上他們四個人也不好意思把自己被柳擎宇狠狠收拾的消息全部透露出去，在之後的這些天裡，他們雖然多方想辦法，卻一直沒有找到一個合適的機會去報復柳擎宇。

然而，馬小剛畢竟是馬小剛，他老爸這個主管城建的副市長還是相當有權力的，所以，他不僅可以在包曉星等幾個縣級的衙內圈內混，在更高層次的衙內圈子裡，他也還是可以混進去的。就像董天霸、鄒文超他們這個圈子，有時候一起出去玩樂的時候也會把他給喊上。

在一次的圈子朋友聚會中，馬小剛把自己在景林縣和柳擎宇的矛盾衝突挑揀重點說了出來，大罵柳擎宇不是東西。

聽完馬小剛的痛訴，董天霸和鄒文超也大有同感，這一下，幾個人算是找到了共同話題，同時對柳擎宇大肆污蔑和痛斥。

馬小剛早就聽說董天霸和鄒文超與柳擎宇發生過衝突，不過由於他很少在鄒文超他們這個圈子混，對其中的細節並不瞭解，在聽完董天霸和鄒文超對柳擎宇的咒罵之後，他意識到，這兩個衙內對柳擎宇也是恨之入骨，肯定也在柳擎宇的手中吃過虧。

想到此處，馬小剛帶著幾分挑撥說道：「唉，要是能有個機會好好地羞辱柳擎宇一頓，狠狠地打他的臉的話，那該多好啊！這小子實在是太囂張、太不是東西了。」

聽馬小剛這麼一說，董天霸突然眼前一亮，用胳膊捅了一下鄒文超，說道：「文超，你和蘇洛雪之間現在相處得怎麼樣了，把她拿下沒有？」

一提到蘇洛雪，鄒文超立即把腦袋耷拉了下來，苦笑道：「蘇洛雪這女人實在是太不識抬舉了，我都跟她暗示幾次了，想要跟她去開房，她就是假裝聽不懂，非得說什麼她是個很傳統的女人，沒結婚前是不會和男人上床的，我真想把她給就地正法了。」

董天霸眼中的亮光更濃了，嘿嘿笑道：「文超，我倒是有個想法，可以借此機會好好收拾一下柳擎宇。」

鄒文超對董天霸的智商十分瞭解，知道他出不了什麼好主意，不過為了照顧他的面子，還是點點頭，說道：「哦？什麼辦法？說出來聽聽。」

董天霸說道：「你和蘇洛雪之間雖然暫時還不會結婚，但是卻可以先訂婚，訂婚以後，蘇洛雪就是你的人了，你以後要是再提出和她上床，她可以拖三阻四的理由就少了很多，到時候就算是你稍微用強，她也只能忍了。而且到時候還可以給柳擎宇發個請帖，請他來參加你和蘇洛雪的訂婚儀式。

「柳擎宇不是很喜歡蘇洛雪嗎？蘇洛雪也很喜歡柳擎宇，通過這次訂婚儀式，不僅可以斷絕蘇洛雪對柳擎宇的念想，也可以狠狠地羞辱柳擎宇一番，到時候我們哥幾個一起起鬨，讓你親蘇洛雪，蘇洛雪也不能拒絕，那時柳擎宇頭上的帽子和眼神絕對是綠油油的，一定把他給氣得半死！」

董天霸說完他的餿主意，鄒文超沉思了一下，不禁眼前一亮，蘇洛雪的老爸進入常委的攻堅戰已經到了最關鍵的時候，如果這時候自己向父親提出和蘇洛雪舉行訂婚儀式的話，不僅可以得逞，還可以把蘇洛雪的老爸更加堅定地綁在自己父親的那架戰車上，等蘇洛雪的老爸真的進入常委了，必定要緊緊跟隨父親的腳步，和他站在同一陣營裡。

所以，雖然董天霸出的是個餿主意，但如果從父親的角度考慮，卻有可取之處，不但可以徹底斷了蘇洛雪對柳擎宇的念想，又可以狠狠地打擊柳擎宇，讓他知道他的身分和自己有著巨大的差距。

這絕對是一舉數得，而且像董天霸說的，訂婚以後，自己想跟蘇洛雪上床絕對簡單多了，必要的到時候未必不可以用強啊！

他越想越覺得不錯，「嗯，你這個主意還真是不賴。可行，我這就回去策劃。」說完，鄒文超起身就走。

鄒文超的這個提議很快得到了老爸鄒海鵬的支持，而且鄒海鵬為了儘快敲定此事，和蘇洛雪的老爸蘇浩東電話裡溝通了一番，最終敲定一個星期後，在蒼山市五星級「凱旋大酒店」舉行訂婚儀式。

柳擎宇也在一天下午接到了鄒文超派人送過來的請柬。

請柬上邀請柳擎宇參加鄒文超、蘇洛雪的訂婚儀式。訂婚儀式就在當天晚上七點舉行。柳擎宇接到請柬時，已經是下午四點左右了，離訂婚儀式還有不到三個小時的時間。

手中拿著請柬，柳擎宇陷入了思考。

柳擎宇很清楚鄒文超為什麼會給自己發這份請柬，他如終堅信自己和蘇洛雪之間有曖昧關係，想要借此機會狠狠地打擊自己一下，在自己的傷口上撒一把鹽。如果自己真的愛蘇洛雪的話，不得不承認鄒文超這招肯定可以奏效。

然而事情的真相是，自己和蘇洛雪只是單純的朋友關係，自己對蘇洛雪並沒有什麼愛情，他只是感激蘇洛雪當年對自己無微不至的照顧。

這次的訂婚儀式自己到底應該去，還是不應該去呢？

一時之間，柳擎宇有些猶豫。

此刻，柳擎宇想起了蘇洛雪這個女孩，蘇洛雪是真心願意嫁給鄒文超嗎？她如果真的嫁給鄒文超了，會快樂嗎？

對蘇洛雪這個善良、孝順的女孩，柳擎宇也不知該怎麼說好，她出於孝順，為了幫助父親的仕途，所以同意和鄒文超交往。但是在柳擎宇看來，蘇洛雪這是一種愚孝。他也對蘇洛雪的老爸蘇浩東充滿了鄙視。為了自己的前程不顧女兒的感受和幸福，這樣的老爸真的合格嗎？

一時間，柳擎宇腦海中各種各樣的想法飄來飄去。

就在這時候，柳擎宇的手機突然響了起來，這個電話是好久沒有聯繫的蘇洛雪打來的。

蘇洛雪這時候給自己打電話到底所為何事呢？柳擎宇帶著深深的疑問接通了電話。

「洛雪，你好，我是柳擎宇。」

蘇洛雪那邊是一陣沉默。

柳擎宇問道：「洛雪，你為什麼不說話？」

「嗚嗚嗚——」電話那頭，傳來蘇洛雪的哭泣聲。

「洛雪，怎麼了？鄒文超欺負你了嗎？如果是這樣的話，我立刻過去收拾他。」柳擎宇問道。

蘇洛雪啜泣了一會，這才哽咽著說道：「柳哥哥，我不想嫁給鄒文超！求求你，帶我走吧！我厭煩這種整天必須裝出笑臉的虛偽生活。真的，我真的厭倦了。」

柳擎宇沉聲問道：「洛雪，到底怎麼了？」

「柳哥哥，我不想這麼快就和鄒文超訂婚，但是我爸說只是訂婚而已，沒有什麼，可是鄒文超跟我說，訂婚後我們就是一家人了，還說今天晚上就要跟我上床……嗚嗚嗚……我真的很討厭鄒文超，現在，我也開始討厭我爸爸了。我要離開他們！柳哥哥，你能幫我嗎？現在能夠幫我的只有你了。他們……他們還派了保鏢跟著我，我是偷偷溜出來打電話的……」蘇洛雪哭訴著。

連蘇洛雪這麼善良的女孩都決定逃走，說明她的處境已經惡化到她不能忍受的地步了，柳擎宇毫不猶豫地說道：「洛雪，你不要急，今天晚上我就帶你離開。」

突然蘇洛雪那邊傳來一聲怒斥，隨即是蘇洛雪憤怒的聲音：「你把電話給我……」接著手機裡便傳來嘟嘟嘟的忙音。

柳擎宇再次把電話撥過去，發現蘇洛雪的電話已經關機了。他知道，肯定是蘇洛雪給自己打電話的事情被那些保鏢發現了。

柳擎宇的臉色變得難看起來。讓柳擎宇憤怒的是，他們竟然派保鏢監視蘇洛雪，這簡直是對蘇洛雪人身權利的一種漠視和禁錮。

不管這些人是蘇浩東派去的，還是鄒文超派去的，柳擎宇都無法忍受，而且柳擎宇也清楚地記得自己曾經對蘇洛雪的承諾，只要蘇洛雪需要自己幫忙，只要給他一個電話，他就會毫不猶豫地過去幫助她。

柳擎宇把辦公室主任龍翔給喊了進來，告訴他自己要去蒼山市一趟，讓他有什麼事可以及時給自己打電話聯繫。

隨後，柳擎宇讓唐智勇開著他自己的私家車，帶著他直接趕奔蒼山市。

此刻，蒼山市凱旋大酒店內，彩燈高懸、橫幅高掛，到處都貼滿了喜字，一派喜氣洋洋的景象。

酒店內，董天霸、馬小剛到處轉悠著，指揮工作人員幹這幹那。

在為鄒文超高興的同時，他們也在期待著柳擎宇看到鄒文超和蘇洛雪親嘴時那種難看的臉色。他們已經琢磨好了到時候怎樣去刺激柳擎宇。

兩人一邊幫忙籌備訂婚晚宴，一邊在閒聊。

馬小剛滿臉陰險地說道：「老董，你說柳擎宇這次會不會來？這次我們留給他的時間只有三個小時，是不是太短了？」

董天霸嘿嘿笑道：「三個小時不短了，如果他真的喜歡蘇洛雪的話，肯定會過來的，這一次，也算是我們對柳擎宇的一種考驗。如果他來了，說明他喜歡蘇洛雪，那麼這次訂婚晚宴我們就可以狠狠地打他的臉；要是不來的話，那就無所謂了，反正文超也可以通過這次訂婚晚宴收穫一個大美女，相信他也足夠興奮了。他對蘇洛雪早已垂涎三尺了，這次晚宴正好是一個絕佳的機會。」

馬小剛點點頭，雙眼放光，說道：「是啊，真是期待柳擎宇能夠過來啊，只要有一絲可以羞辱他、收拾他的機會，我是絕對不會放過的！」

董天霸聽了說道：「是啊，我和文超都有和你一樣的心思，只不過這小子太狡猾了，也不是那麼好對付的，所以我們一直沒有得手，這一次先收點利息再說，等以後有機會了，再好好收拾他。」

晚上六點半時，晚宴已經進入大規模迎客階段，穿著西裝、打著領帶，人模狗樣的鄒文超和穿著一身紅色新娘裝的蘇洛雪站在門口，迎接著八方來客。

市委副書記的兒子和副市長的女兒訂婚，來客怎麼會少呢。從六點多開始，便陸陸續續有來自各個單位的人過來送禮金了。

夠級別的，交了禮金後在大廳內找個座位坐下，等待晚宴開始；級別不夠的，交完禮金後便離開了。在這種細節上，人人心中都明鏡似的，絕對不會出錯。

到了六點五十分左右，整個宴會大廳內早已是高朋滿座，在座的除了雙方的家屬們外，很多都是副處級以上的幹部，就連蒼山市市委常委都來了好幾個，市長李德林、常委副市長韓明輝赫然在列，而副市長馬宏偉、蘇浩東等人也都在場，收禮金的地方，兩個大箱子裡裝滿了禮金。

距離晚宴開始還有十分鐘，董天霸和蘇洛雪被人喊了進去，進行最後的準備工作。

此刻的蘇洛雪強顏歡笑，眼底深處充滿了濃濃的憂慮，尤其是在被鄒文超拉著往回走的時候，她不停地向外面張望著，因為晚宴馬上就要開始了，柳擎宇卻還沒有到。

她心急如焚，心中在暗暗地祈禱著：「柳哥哥，你千萬不要不來了啊，我真的很想離開這裡，如果你不來，我的人生、我的幸福便徹底毀了。」

此刻，柳擎宇也是心急如焚。因為現在正是下班高峰期，柳擎宇的車在十多分鐘前被堵在高架橋上了。

高架橋距離凱旋酒店還有五分鐘的車程。整個高架橋上一眼看去，是排得密密麻麻的汽車，挪動的速度連蝸牛都不如。

柳擎宇看了看時間，距離七點鐘晚宴開始只有十五分鐘左右的時間了。不行，不能再等了，否則等到晚宴開始，大局已定，蘇洛雪的幸福就毀了。

身為男人，他必須兌現自己的承諾，一定要把蘇洛雪帶離苦海。

想到這裡，柳擎宇跟唐智勇說了聲，開門走下汽車，順著高架橋的橋墩爬下去，落到地面上，快步向凱旋大酒店方向跑去。

眼看還有兩分鐘就七點了，柳擎宇卻還沒有到。

蘇洛雪的心在顫抖：「柳哥哥，你能及時出現，把我帶走嗎？」

時鐘已經指向七點。大廳內，燈光暗了下來，客人們也都安靜了下來。所有人的目光都聚焦在舞臺上一對即將訂婚的新人和司儀們。

歡快的樂曲聲在大廳內迴響著，司儀在陳述著鄒文超和蘇洛雪相識、相知的過程，雖然他講的很多東西都是編的，但是作為專業司儀，講起來卻是聲情並茂，聽得在場的人都很感動，讚嘆著這對新人真是郎才女貌，堪稱絕配。

舞臺下方第一排的座位上，鄒文超的老爸鄒海鵬以及蘇洛雪的老爸蘇浩東坐在一起，彼此相視一笑，訂婚儀式之後，兩家的關係將會更進一步，鄒海鵬會大力爭取幫助蘇浩東進入蒼山市市委常委，完成他在仕途上最艱難的一次跨越。

燈光在閃爍，司儀在那裡拼命地帶動會場的氣氛，當氣氛走向最高潮的時候，樂曲聲停止了，聚光燈打在舞臺正中央的鄒文超和蘇洛雪的臉上、身上。

已經到了整個訂婚儀式最高潮的部分。

在司儀的指導和暗示下，鄒文超拿出早已準備好的裝有大鑽戒的盒子，打開盒子，單膝跪倒在地，高高舉起鑽戒，大聲說道：

「美麗的蘇洛雪小姐，你願意嫁給我嗎？」

蘇洛雪臉色異常蒼白，眼神中充滿了焦慮之色。因為，此刻柳擎宇還沒有出現。

蘇洛雪沉默，焦慮，等待著。

柳哥哥，你到底在哪裡啊？你快出現吧，要不我真的不知道該如何應對眼前的場面了，難道我真的要接受鄒文超這個花花公子的求婚嗎？

淚水，在蘇洛雪的眼眶裡打轉。

作為一個孝順的女兒，她的內心深處雖然充滿了對這樁婚姻的排斥，但是為了顧及父親的前途，她在忍耐著，期待有朝一日父親能夠幡然醒悟，能夠了解她內心深處的悲淒。

然而，蘇洛雪絕望了。

因為她看到舞臺下，父親正和鄒文超的父親在那裡開懷大笑。他的眼神中沒有憐惜，沒有悔悟，只有對仕途生涯前景的憧憬和期盼。

眼眶終於再也無法承載淚珠的悲傷，眼淚奪眶而出，瞬間佈滿了蘇洛雪的臉頰。

蘇洛雪的心逐漸冰涼，她感受到自己的世界在一點點地變得黑暗，幾乎看不到一點點的光明。

鄒文超見蘇洛雪一直沉默不語，心中有些不悅，不過考慮到現在正是最開心的時刻，他強行忍著心中的不悅，再次大聲說道：

「洛雪，你願意嫁給我嗎？」

蘇洛雪依然沉默著，淚水順著臉頰淌下。

司儀發現現場有些僵持，連忙發揮他金牌司儀的本領，立刻站出來說道：

「各位朋友們，我們大家都看出來了，準新娘實在是太開心，她已經激動得說不出話來了，淚水爬滿了她漂亮的臉頰。下面，讓我們請準新郎再次發出他內心深處最殷切的期盼。」

說話時，司儀向蘇洛雪遞了個眼神，暗示她趕快說話。

蘇洛雪沒有理會司儀，把目光看向了宴會大廳的門口處。

就在這時候，大門光影一變，一個高大、挺拔的身影急匆匆地闖了進來。

看到這個身影，蘇洛雪原本滿是淚珠的臉上立即露出燦爛的笑容。

這一刻，蘇洛雪就像從天而降的仙女一般，是那樣聖潔、美麗，她的笑容是那樣的開心、愉悅，現場的人都被蘇洛雪的笑容給感染了，他們彷彿能感受到蘇洛雪那種發自內心的快樂。

此刻，眾人都認為蘇洛雪在激動過後，終於恢復了正常，準備接受鄒文超的求婚了。

這時，鄒文超第三遍說出了他的臺詞：

「美麗的蘇洛雪小姐，你願意嫁給我鄒文超嗎？」

鄒文超的眼神中充滿了期待，因為他也被這一刻蘇洛雪那嫣然一笑給迷住了。他不得不承認，蘇洛雪的漂亮超出他所有的前女友，超過自己在夜總會所玩過的所有頭牌美女。任何人都沒有此刻蘇洛雪那種聖潔、純淨的氣質。

所有人都注視著蘇洛雪，等待她一錘定音的回答。

此刻，沒有任何人會認為蘇洛雪會拒絕鄒文超這位堂堂市委副書記兒子的求婚。

蘇洛雪深深地吸了一口氣，充滿歉意地看了看坐在下面、滿臉含笑的父親一眼，突然聲嘶力竭地大聲說道：

「我不願意！我不願意！我不願意！」

一時間，宴會現場的氣氛全都凝固了。

所有人都看著高舉著戒指身體僵直在那裡的鄒文超，看著用盡全身力氣說出我不願意，臉上充滿鄙夷之色的蘇洛雪。

所有人都驚呆了。他們想不明白，為什麼蘇洛雪會說出這樣的話來。

此刻，最為震撼的是蘇洛雪的父親。

本來，他對自己的女兒是最瞭解的，他非常清楚女兒的善良和柔弱，雖然他也知道，女兒嫁給鄒文超不一定會幸福，但是在他看來，嫁給鄒文超遠比嫁給一個普通人要強得多，就算鄒文超有些花心，但畢竟女兒也算是嫁入豪門，以後一輩子不愁吃，不愁穿，不用為生計發愁，可以享受到最好的物質條件。至於幸不幸福，誰又能保證自己就能幸福呢！

而且他相信，只要自己進入蒼山市常委階層，鄒家對女兒也不敢過分，畢竟那時自己已經是常委了。自己比鄒海鵬更年輕，更有前途，只要自己有了更大的權勢，就可以確保女兒幸福。

至少，自己在位掌權的時候，鄒文超是絕對不敢辜負女兒的。

但是，女兒竟然在最關鍵的時刻拒絕了鄒文超的求婚。這到底是什麼情況？

坐在蘇浩東身邊的鄒文超的父親，蒼山市市委副書記鄒海鵬也驚呆了。一臉震驚、詫異、不解、憤怒地看著蘇洛雪。

就在所有人驚呆，空氣凝結的時刻，「啪啪啪啪！」一陣清脆、有節奏的掌聲從眾人身後響起。

伴隨著這陣掌聲，一個身材高大、帥氣的男人從後面出現。

燈光師不知道是出於什麼心理，從他進入大廳後，就把聚光燈打在他的身上，如此一來，所有人都能看到走進來的這個男人。

隨著燈光，柳擎宇邁步走上舞臺，一邊鼓著掌，一邊說道：「好，洛雪，你的決定真的是太正確了。我支持你！」

所有人這時才反應過來，竟然有人在今天市委副書記兒子的訂婚儀式上砸場子！

眾人紛紛交頭接耳，大家都在問同一個問題，敢在今天砸場子的人到底是誰？

鄒文超看到來人竟然是柳擎宇，臉色刷的大變，本來他想利用蘇洛雪好好羞辱柳擎宇一番，誰知柳擎宇一直沒有到，這讓他想要在訂婚儀式前羞辱柳擎宇的願望落空。

當他以為柳擎宇不會來時，沒想到柳擎宇竟然真的來了，只是他來的時機實在是太不對了。令鄒文超更沒有想到的是，蘇洛雪竟因為柳擎宇而拒絕了自己的求婚。

要知道現場坐了數百人，全都是蒼山市官場、商場上有頭有臉的人物，蘇洛雪當著這麼多人的面拒絕自己，這臉打得可是啪啪響啊！

鄒文超心頭怒火一下子就衝到了腦門，他雙眼冒火，怒視著柳擎宇，厲聲吼道：「柳擎宇，你來這裡幹什麼？」

柳擎宇用手一指蘇洛雪，道：「我是來帶她走的。」

柳擎宇這話說完，滿場皆驚。

「什麼？你要帶他走？你瘋了吧？她是我的未婚妻！你憑什麼帶她走?!」

鄒文超雙眼腥紅地瞪著柳擎宇，手握著拳頭，一步一步向柳擎宇逼近。

柳擎宇一把將蘇洛雪拉到身後，不屑地看著鄒文超，說道：

「未婚妻？蘇洛雪同意了嗎？你小子是剃頭挑子一頭熱吧？鄒文超，你身為堂堂的市委領導的公子，竟然採用卑鄙手段，想逼著蘇洛雪嫁給你，你還有沒有一點廉恥心，你還有沒有一點男人的骨氣?!我鄙視你！」

「鄙視我？鄙視你媽！」

此刻，鄒文超已經被柳擎宇的出現和言語刺激得徹底失去了理智，再加上今天這裡是他的主場，老爸又在臺下，臺下還有市公安局的副局長，他沒有什麼好怕的。

今天，他必須好好收拾收拾柳擎宇。

他一拳揮出，狠狠地打向柳擎宇臉。柳擎宇微微一歪身，閃過鄒文超這一拳。

本來，以柳擎宇的身手，別說是被鄒文超打著了，就算是六七個鄒文超這樣身手的人也未必能夠打到他一拳。

但是，今天柳擎宇可是憋足了勁要收拾鄒文超，所以在閃躲的時候，柳擎宇故意把臉閃開，讓鄒文超的拳頭落在了自己肩膀上。

鄒文超看到打到柳擎宇肩膀上了，心中大喜，隨即又是一拳，狠狠地向柳擎宇的胸部打去。在他看來，這麼近的距離，柳擎宇絕對躲不過去。

柳擎宇沒有躲，硬生生地承受了鄒文超這一拳。

「鄒副書記，各位在場的朋友們，你們應該都看得非常清楚，是鄒文超先打我的，請大家給我做個見證，我總不能被動挨打不是，現在我要開始正當防衛了。」

在說話的同時，柳擎宇突然伸出手來，一把抓住鄒文超的手臂往懷裡一帶，以柳擎宇的力氣，鄒文超怎麼可能掙脫得了，整個人一下子被柳擎宇拉了過來，隨即，柳擎宇揚起右手來左右開弓，狠狠抽起鄒文超的臉蛋來，一邊抽，一邊說道：

「各位，大家給我做個見證啊，我可是正當防衛，絕對不是打架鬥毆。」

柳擎宇的手沒有停歇，嘴巴抽得啪啪響。

這一下，坐在臺下的鄒海鵬可受不了了，他被柳擎宇氣得手都有些顫抖了，顫巍巍的手指著柳擎宇說道：「柳擎宇，你給我住手！」

柳擎宇看到鄒海鵬出面了，輕輕拍了拍手掌，鬆開手，隨後一腳踹在鄒文超的小腹上，把他直接從舞臺上踹到了舞臺下，撲通一聲跌落在鄒海鵬的面前，這才說道：

「好，鄒書記，我給您面子，就不動手了。」

鄒海鵬氣得滿臉通紅，雙眼射出兩道寒光怒視著柳擎宇，此刻，鄒海鵬真不知道該說什麼好了。這次自己的臉算是全都被柳擎宇給打光了。

柳擎宇不僅攪亂了兒子的訂婚儀式，還當著這麼多人的面狠狠打了兒子那麼多耳光，這種羞辱，當真是前無古人，後無來者啊！

他恨不得立刻衝上去狠狠給柳擎宇幾個大嘴巴，只是他的理智阻止了他這麼做，他看向柳擎宇的目光充滿了憤怒和敵意。

柳擎宇卻仍是一臉淡然自若的說道：

「鄒書記，我知道您肯定很恨我，但是我想請您、請在場所有人都好好地想一想，我柳擎宇到底做錯了什麼？首先，蘇洛雪不願意嫁給鄒文超，這是她自己說的吧？而且，她早就表明她的意思了，但是鄒文超是怎麼做的？用一個市委常委的名額吊住蘇洛雪父親的胃口，以此為要脅逼迫蘇洛雪嫁給他，鄒書記，難道您不覺得鄒文超的行為非常卑鄙嗎？」

柳擎宇不屑地看了鄒文超一眼，接著說道：

「鄒書記，我不知道您是怎麼教育兒子的，有一點我不明白，蘇洛雪身邊的保鏢是誰派去的？是您還是鄒文超？如果鄒文超真心喜歡蘇洛雪，為什麼要派保鏢跟著蘇洛雪？鄒書記，您知不知道這種行為是違法的？這和非法禁錮他人自由有什麼區別？鄒書記，難道您不覺得這種行為非常荒謬嗎？」

柳擎宇接著看向蘇洛雪：

「洛雪，你願不願意跟我離開這裡，離開這個讓你傷心，讓你痛苦的城市？離開那個根本就不考慮你幸福快樂，為了自己的仕途而逼著你嫁給鄒文超的父親？」

「我願意！」

原本柔弱的蘇洛雪這時候表現出一股無畏的氣勢，走到蘇浩東的面前，充滿歉意地對父親鞠了三個躬，然後悲淒地說道：

「爸爸，我早就跟你說過，我不喜歡鄒文超，而且，你應該也知道鄒文超是個花花公子，跟著他，我是絕對不會得到幸福的，但是你卻為了自己的仕途，硬是要求我跟鄒文超交往！是，我是有一顆孝順之心，為了你，我可以勉強忍著心中對鄒文超的厭惡和他交往，但是，你卻不應該逼我和他訂婚，逼我非得嫁給他。

「爸爸，我很感謝您把我撫養成人，但是，我已經長大了，有權利選擇自己喜歡的人，選擇自己想過的生活，我有權利追求屬於自己的幸福。爸爸，對您的決定我非常失望，所以，我決定，從今後離開您的羽翼，追求屬於我自己的生活。請您和母親照顧好自己的身體，我以後還是會經常回來看望你們的。爸，我走了。」

說完，蘇洛雪挽住柳擎宇的胳膊，柔聲道：「柳哥哥，咱們走吧！」

現場所有人再次驚呆了。沒想到鄒文超和蘇洛雪訂婚的背後，竟然藏著這麼多的故事。有些人看向蘇浩東的眼神中有同情，但是更多的卻是鄙夷。

誰家沒有兒女啊，身為一個父親，竟然為了自己的仕途前程，置女兒一輩子的幸福於不顧，這樣的父親合格嗎？到底是自己的仕途重要，還是女兒一輩子的幸福重要？

對這個問題，每個人都有自己的答案，在價值觀、道德觀上，每個人也都有自己的看法。

聽完女兒這番告白，蘇浩東臉色蒼白，身體在顫抖，他的心情非常複雜，他也知道這樣做非常愧對女兒，但是他卻不能不這樣。因為他很清楚鄒海鵬的性格，他沒有任何選擇。如果自己不配合，很有可能會被鄒海鵬打壓，甚至邊緣化。

不過，蘇浩東也是個有擔當之人，此刻，他徹底明白了女兒的心聲，又看到柳擎宇這樣敢有擔當的男人替女兒出面，他知道女兒以後不會受苦的。

其實，他想當常委不僅僅是為了滿足自己的權力欲，他也希望能夠為女兒創造更好的生活環境，為她提供更多的庇護，只不過在某個瞬間，他迷失了自己。

聽到女兒說要離開自己的時候，他心如刀割，直到此刻他才意識到，對他來說，什麼權勢、名利，不過是過眼雲煙，最珍貴的是父女親情，是女兒那份沉甸甸的孝心，是他辜負了女兒。

蘇浩東沉默了一會兒，猛的抬起頭來道：

「洛雪，請原諒爸爸犯的錯誤，爸爸知道錯了，你走吧，以後要照顧好自己，誰要是欺負你，立刻給爸爸打電話，就算是刀山火海，爸爸也會為你出頭的。你在爸爸眼中，永遠是那個孝順、善良的乖女兒。有空就常回來看看我和你媽。」

聽到爸爸的話，蘇洛雪淚如雨下。爸爸的性格一向剛毅，想要他道歉，比登天還難，但是今天爸爸卻向自己道歉了。她知道爸爸的心意了。

一旁的鄒海鵬卻是看得雙眼冒火。

蘇洛雪最後不捨地看了父親一眼，輕輕挽著柳擎宇的胳膊說道：「柳哥哥，我們走吧！」

柳擎宇點點頭，兩人向外走去。

這時，旁邊傳來一聲厲吼：

「想走？哪裡有那麼便宜的事情！來人啊，把柳擎宇這個誘拐少女的騙子給我抓起來！」

隨著此人的厲喝，參加晚宴的幾名員警都從位子上站起身來，向柳擎宇走去。

說話之人沒有穿警服，年紀差不多五十歲左右，肚大腰圓，大腹便便，手上戴著一支名牌手錶，身上穿著亞曼尼的西裝，梳著油頭，蒼蠅站在上面都要打滑。

看到此人出面，滿腔怒火的鄒海鵬眼底掠過一絲興奮之色。

此人他認識，是市公安局的一位副局長，名叫程一奇，是最近剛剛向鄒海鵬靠攏的。

程一奇在這個時候站出來，很明顯是要利用這個機會向鄒海鵬遞交投名狀。

顯然這是一個十分喜歡投機之人。不得不說，這次程一奇投機投對了。現在正是鄒海鵬滿腔怒火無處發洩之時，他出面狠狠收拾柳擎宇一頓很是符合鄒海鵬的心思。畢竟在這種情況下，鄒海鵬自重身分，不適宜親自出面收拾柳擎宇。

鄒海鵬滿面冷笑，袖手旁觀。

程一奇這回來參加晚宴，還帶著局裡幾個自己的鐵桿嫡系，級別都是副處級以上，聽到程一奇要出手，自然毫不猶豫地照領導指示去做。

最近，由於政法委書記董浩和市公安局局長鍾海濤之間關係十分緊張，有小道消息說鍾海濤有可能被調走，如果鍾海濤被調走的話，市公安局的權力格局必定要重新改寫，據說程一奇很有可能登上常務副局長的寶座，這時候不拍馬屁更待何時。

官場上，處處都是機會，就看人能不能抓住，不過，**處處也是陷阱，機會和陷阱之間的轉化往往只在頃刻之間**，所以，凡是能夠走到一定位置之人，都是經歷過大風大浪的，絕對充滿了政治智慧。

程一奇帶著幾名警官走到柳擎宇身前，臉色嚴肅地道：「柳擎宇，你涉嫌誘拐女孩，請你跟我們去市公安局走一趟吧。」

說話間，程一奇身邊的幾名警官便向柳擎宇靠攏過去。

柳擎宇冷冷地掃了幾人一眼，最終目光定格在程一奇身上，臉色顯得十分平靜：

「這位警官，我不知道你到底有沒有長耳朵，有沒有腦，難道剛才的過程你沒有看到嗎？誘拐？我誘拐你姥姥！你就算要拍鄒書記的馬屁，也不要拍得這麼明顯嘛！你以為在場的人都是傻瓜？以為大家都看不出來你是在拍馬屁嗎？

「警官！你剛才沒有聽到蘇副市長親自對蘇洛雪說，讓她跟我一起離開嗎？你以為蘇副市長會把女兒交到一個騙子手中嗎？你以為蘇洛雪都成年了，連最基本的自保常識都沒有嗎？警官，我真的懷疑你是不是腦子有洞?!

「剛才我問是誰派保鏢跟著蘇洛雪，禁錮她自由的時候，你怎麼沒有站出來啊？怎麼？你是看我柳擎宇好欺負，沒有什麼背景，就想要通過收拾我，好替鄒副書記一家人出口惡氣來遞交投名狀？來溜鬚拍馬？

「你可以厚顏無恥到這種地步，但是你就沒有想過你可是代表著蒼山市公安局的形象啊！難道你們蒼山市公安局就是這樣辦案的?!就是這樣黑白不分?」

柳擎宇連珠炮般的質問，讓程一奇聽了快要吐血，柳擎宇的言辭竟然如此犀利，句句直指他內心深處最隱蔽、最不想暴露在人們眼前的東西！句句直指他的痛處，一點面子都沒有給他留，氣得他滿臉通紅，雙眼冒火。

不等柳擎宇說完，他就忍不住怒喝道：

「胡說八道！柳擎宇，你再說什麼也無法掩蓋你意圖不軌的本質，來人啊，把他給我抓起來，帶到局裡好好做筆錄，真是豈有此理！豈有此理！」

幾名手下立刻毫不猶豫地向柳擎宇湊了過來，想要抓住柳擎宇帶回局裡去。

柳擎宇把臉一沉，眼中寒光四射，一股冷森森的殺氣從他身上豁然冒出。

「我警告你們，最好不要對我動粗，因為我這個人脾氣很不好。」

柳擎宇並不知道，就在他說他脾氣不好的同時，遠在千里之外的某座城市內，一個名叫劉小飛的男人也曾經對別人說過同樣的話！而且，在別人沒有聽從他的勸告想要動手的時候，這些人全都被劉小飛狠狠地打趴在地！被劉小飛狠狠地抽臉！

領導有令，這些下屬們又怎麼會違背呢，所以，他們直接圍攏過來，兩人一組，分別按住柳擎宇的兩條胳膊，想要使勁往後扭。

然而，他們扭了半天，卻發現他們四個人加在一起竟然無法撼動柳擎宇半分。

柳擎宇的臉色越來越暗沉，眼神也越來越犀利。

他目光從程一奇的臉上冷冷掃過，說道：

「各位警官，我剛才說過了，我這個人脾氣不好，你們沒有走任何法律程序，沒有出示任何證件的情況下，意圖非法拘禁我，那麼，我可以將你們的行為視作人身攻擊，所以，我要進行正當防衛了。」

說到這裡，柳擎宇突然再次提高了聲音：「各位在場的朋友們，你們要給我柳擎宇做個見證啊，我真是在正當防衛啊！」

話音還沒有落下，柳擎宇便猛然出手了，雙臂猛然向前一揮，四名抓住他的警官一下子被他帶著向前邁出去兩步，還沒有等他們反應過來呢，柳擎宇突然猛的抬起腿，一記鞭腿，從上劈下，直接劈在一個人的腦門上，這哥們眼前金星亂冒，身體立時軟倒在地上。

隨後，柳擎宇後腳猛的向後一踢，直接蹬在另外一個人的小腹上，將他踹出去了三米多遠，狠狠地摔落在地上。

隨後，柳擎宇雙肘向上一抬，狠狠地攻向兩名身側抓住他胳膊的人，狠狠地打在他們的下巴上，這兩個人也白眼一翻，口吐白沫，倒在地上。

頃刻間，四個人全都喪失了戰鬥力。

接著，柳擎宇邁步走到程一奇面前，一把抓住程一奇的衣領，把他肥胖的身體從地上拎了起來，舉在空中。

這一下，程一奇嚇得臉都白了，聲音顫抖地說道：「柳擎宇，你到底要做什麼？你這是襲警你知不知道？趕快放我下來。」

柳擎宇一陣冷笑：「放你下來？我憑什麼放你下來？襲警？你是員警嗎？你穿警服了嗎？那幾個人雖然穿著警服，但是跟我出示證件了嗎？他們按照正常程序執法了嗎？難道穿著警服的就是員警嗎？現在假貨這麼多，我為了保護自己的正當權益肯定要擦亮眼睛啊！

「你居然敢派人襲擊我，我現在是在正當防衛，你知道不知道！我剛才早就說過了，我柳擎宇脾氣不好！真的不好！可是你偏偏不聽，為了溜鬚拍馬，視法律如糞土，置正當程序於不顧，視眾人為傻瓜！你真的惹怒老子了！」

說話間，柳擎宇大巴掌掄圓了，衝著程一奇的臉上扇了過去。

劈里啪啦！整整十個大嘴巴，扇得程一奇金星亂冒，臉上火辣辣地疼痛，幾乎腫成了豬頭！

震驚！在場的人全都震驚了！

柳擎宇實在是太彪悍了！這可是堂堂市公安局的副局長啊！人家沒有穿警服，但好歹也是能夠命令那四個穿著警官制服的人啊！怎麼可能沒有身分呢！柳擎宇竟然連他都敢揍！這也太猛了吧！

最讓人無語的是，整個事情如果仔細梳理一下的話就會發現，柳擎宇雖然打人了，但是沒有做錯任何事情，他所指出的恰恰是程一奇和他的手下最失誤的地方：他們沒有按照規定的法律程序辦事！

他們想要對柳擎宇栽贓陷害，偏偏被柳擎宇抓住漏洞，狠狠地抽了回去。

夜路走得多了，總是會碰到鬼的。

抽完了程一奇，柳擎宇這才猛的伸手，直接把程一奇胖胖的身體丟了出去，程一奇撲通一聲摔倒在地上。

隨後，柳擎宇冷冷地對程一奇說道：

「胖子，你聽清楚了，在法律允許的範圍內，你願意報復我，隨便你！但是你記清楚了，證據！做任何事情都需要證據！今天也就是我柳擎宇在這裡，如果換一個普通老百姓在這裡，恐怕早就被你這樣黑白顛倒的話語給定罪了！身為員警，你要做的是維護老百姓的正當權利，而不是為了你的個人前途，溜鬚拍馬，做出指鹿為馬的事情出來！我很難想像，你平時是怎麼當這個官的！」

說完，柳擎宇拉住蘇洛雪的手轉身向外走，一邊走一邊還看了鄒海鵬一眼，大聲道：

「我們要走了，誰敢攔我？」

霸氣的一問！

震撼人心的一問！

問完，柳擎宇就帶著蘇洛雪飄然離開。

第八章

槍擊事件

隨著丁禿子這聲大喊，正在往裡衝的小弟們迅速閃到一旁，把柳擎宇和陸釗正好暴露出來，丁禿子拿出手槍，對準柳擎宇的胸部毫不猶豫地扣動了扳機！

子彈飛快射出，直奔柳擎宇的心臟！距離只有二點五米！

整個宴會現場鴉雀無聲，所有人都看著柳擎宇和蘇洛雪的背影，沒有人敢再站出來！在場的，沒有人是傻瓜！相反，大家都是聰明人！所有人都看出來，今天鄒海鵬父子，包括蘇浩東，這臉算是丟盡了。

最為丟人的是程一奇！

本來，他這次拉偏架、栽贓陷害如果真的成功了，或許眾人也不會嘲笑他什麼，畢竟成王敗寇，歷來如此！然而，他卻偏偏被柳擎宇狠狠地打臉，不僅打臉，還被柳擎宇大義凜然地數落了一番！

柳擎宇的話句句在理，即便是找其他的員警過來，只要對方公正執法，柳擎宇便不會承擔任何責任！因為程一奇栽贓陷害在先，違規執法在後，被人家柳擎宇抓住漏洞，他們一點脾氣都沒有！

通過這件事情，程一奇大拍鄒海鵬馬屁的事算是正式曝光在眾人的面前，程一奇的臉都丟到姥姥家去了！

柳擎宇就這樣走了，這個程一奇一點用都沒有，連柳擎宇都擺不平，鄒海鵬雙眼冒火，惡狠狠地瞪了他一眼，轉身憤怒地離開了。

同時離開的還有蘇浩東以及一干市委常委們！

離開的時候，大家的臉色都顯得十分難看。

尤其是市長李德林，柳擎宇曾經幹出過暴打薛文龍的事，他知道他的脾氣十分火爆，卻沒想到，柳擎宇的脾氣竟然大到如此程度，當著這麼多人的面將程一奇等人暴揍一頓！

最讓他生氣的是，程一奇這個副局長做事也太魯莽、太沒有手段了，竟被柳擎宇抓住如此大的漏洞！由此看出這個人的水準實在是不行。

所以程一奇本來以為可以好好拍一拍鄒海鵬的馬屁，結果不僅鄒海鵬對他極度失望，就連市長李德林都暗下決心，回去之後就把他這個副局長給撤了！

這回程一奇可算是拍馬拍到馬腿上，偷雞不成蝕把米啊！

柳擎宇帶著蘇洛雪不慌不忙地走出宴會大廳，此時，唐智勇已經開著車等候在酒店外了，柳擎宇和蘇洛雪一起上了車，對唐智勇說道：

「去新源大酒店，我們今天晚上去那裡吃飯，我帶大家一起見見我的兄弟們。」

唐智勇聽了，心中頓時一陣激動，因為這代表柳擎宇已經把自己真正納入他的朋友範圍中了。自己見習小弟的身分從這一刻起也真正得到了認可。

還有什麼比兄弟的認可更讓人激動呢？

汽車一路疾馳，不到二十分鐘便到了「新源大酒店」的門口。

此刻，黃德廣、梁家源、陸釗、林雲，還有一個看起來和他們年紀差不多的帥氣男孩並排站在一起。

在等候柳擎宇的時候，黃德廣又拿出他那面粗獷風格的鏡子和手槍形狀的梳子梳理頭髮，邊梳理邊問旁邊的梁家源：

「老梁，看到沒，哥最近又帥了很多！」

梁家源頓時無語，幾口煙霧噴出，在黃德廣面前形成一個立體美女圖案；而陸釗則是把玩著手中的柳葉飛刀，動作酣暢淋漓，又看得人心驚肉跳。

陸釗旁邊，林雲繼續拿著手機看他最愛看的《金瓶梅》。

在林雲旁邊站著的那位帥氣小夥子也不簡單，這哥們大黑天的，卻偏偏戴著個墨鏡，給人一種黑道老大的感覺。只有熟悉他的人才知道，這哥們的眼鏡是特製的，根本就不是墨鏡，這只不過是這哥們裝酷泡妞的一種道具而已。

就是靠著這只特殊的墨鏡，這哥們月泡一妞，從未失手過。

看到柳擎宇下車，眾位兄弟立刻迎了上去。

柳擎宇和幾個兄弟互相拍了拍，算是打過招呼，隨後柳擎宇笑著對幾人說道：

「來，兄弟們，給你們介紹兩個朋友，這位是我在蒼山市新收的兄弟，叫唐智勇，他老爸是蒼山市的常務副市長唐建國，現在他是我的司機，很不錯的一個年輕人。」

說著，又用手一指旁邊的蘇洛雪，說道：「這位就是我經常跟你們說的美女護士蘇洛雪了，當初我受傷的時候，她無微不至地照顧我。」

介紹完唐智勇和蘇洛雪後，柳擎宇又把黃德廣幾個一一介紹給兩人。

介紹到最後那位戴著墨鏡的帥哥時，柳擎宇笑道：

「這哥們叫沈影，是我的發小，現在在娛樂圈混，自己開了家娛樂公司，成天就知道泡妞，凡是美女，和他交往都得小心些。這次我帶你出來，就準備把你放到他那邊，你過去，想幹啥就幹啥，不想幹，就做自己想做的事，房子什麼的不用擔心，他全部會幫你搞定；至於工資嘛，不管幹不幹活，以後每個月先給你八千，如果做得出色，讓這傢伙給你漲工資。我告訴你，千萬別跟他客氣，這小子啥都缺，最不缺的就是錢。」

蘇洛雪紅著臉，不好意思地說道：「這怎麼行呢。」

沈影爽快地說道：「沒事，你千萬別跟我客氣，你當初那麼照顧柳老大，那和照顧我沒什麼兩樣，否則，柳老大一發飆，我的日子可就難過了。」

說笑間，眾人往酒店裡面走去。

柳擎宇這幾個兄弟都是柳擎宇的絕對鐵桿，對柳擎宇帶來的兩人自然十分友好，所以，不管是蘇洛雪也好，唐智勇也好，很快就融入了這個圈子。

尤其是柳擎宇在閒聊時提到梁家源的背景時，直接點出梁家源的父親乃是發改委的一位高官，主抓金融和經濟，當時唐智勇心中便是一驚。

唐智勇雖然隱隱感覺到柳擎宇的這個圈子肯定特別厲害，但也沒有想到竟然狂到這種程度，而看梁家源幾個人都是以柳擎宇為首，這讓他對柳擎宇的背景更加充滿了好奇。

現在他終於明白為什麼當初自己說要跟著柳擎宇混的時候，柳擎宇並沒有直接答應收自己，僅僅讓自己當了個見習小弟。

雖然柳擎宇沒有多談其他幾個人的背景，但是唐智勇看得出來，這幾個人的身分並不會相差太大。因為唐智勇也是混過衙內圈的，非常清楚圈子這個東西一向是要看身分和地位的。

其實，唐智勇還真猜錯了，柳擎宇的圈子和一般的衙內圈子不一樣，在柳擎宇的圈子裡，不管身分背景如何，所有人都只是他的朋友，他的兄弟，所有人一律平等，沒有誰會因為其他人身分背景如何就看不起對方，因為這樣的人是絕對不會被柳擎宇納入到他的圈子中的。

能夠進入柳擎宇圈子裡的人，要麼和他脾氣秉性相投，要麼能力、魄力能夠獲得他的認可，要麼就是發小、戰友，雖然現階段這個圈子還很小，但是自從柳擎宇進入官場後，已經開始有意識地發展屬於他自己的官場人脈圈了。因為他從小就知道，任何時候，個人的力量都是有限的。

新源大酒店三〇一包廂內，柳擎宇幾個人觥籌交錯，喝得不亦樂乎，之前在凱旋大酒店訂婚晚宴上的那一幕，早已經被柳擎宇忘到了九霄雲外。對他來說，那只不過是人生大海中的一朵小小浪花而已。

然而，柳擎宇不知道，他離開凱旋大酒店的時候，早就被人給盯上了。

董天霸早就動用了他父親的力量，通過CCTV街道監視系統，牢牢地鎖定了柳擎宇的那輛車，一直到柳擎宇進入新源大酒店，整個過程，董天霸全都掌握了。

當柳擎宇一行人進入新源大酒店時，董天霸、鄒文超、馬小剛、程一奇以及他的四個手下全都聚在凱旋大酒店不遠處的一個茶館內。

鄒文超對程一奇說道：「程局長，你這次麻煩大了，弄不好你的副局長位置都很難保住了啊。」

程一奇滿臉苦澀，他清楚，鄒文超說得不錯，這也是當鄒文超和董天霸喊他過來時，他毫不猶豫就過來的原因，他知道現在是最後的補救機會了。

「鄒少，你說吧，把我叫來到底要我做什麼？只要能保住我的位置，你讓我幹什麼都行。」

鄒文超雙眼中射出兩道寒光：「我要柳擎宇死！」

聽到鄒文超說要柳擎宇死，程一奇嚇了一跳，連忙說道：「鄒少，你不是在開玩笑吧？」

在程一奇看來，鄒文超的確是在開玩笑，雖然在訂婚儀式上丟人丟大了，但是可以通過其他手段來報復，要說弄死柳擎宇，這可就不是件小事了，別的不說，柳擎宇好歹也是正科級的國家幹部，真要弄死了他，麻煩可不是一點點。

最重要的是，他雖然很想保住副局長的位置，但是還沒有活膩呢，配合給柳擎宇栽

栽贓什麼的陷害他沒問題，真弄死柳擎宇，那就是刑事案件了，他可不想進監獄。

「程局長，你不用擔心，我和文超早已經策劃好了，柳擎宇我們肯定要弄死的，我們的確也需要你的幫忙，但是你放心，絕對不會讓你去謀殺柳擎宇的。」董天霸在旁邊補充道。

「這樣啊，那你們要我做什麼？」

聽到不用自己親自動手，程一奇的心思立刻活躍起來。

董天霸陰笑道：「聽說你和我們蒼山市最大的黑幫老大丁禿子關係不錯，我們希望你跟他打個招呼，讓他帶人滅了柳擎宇！只要這件事情做好了，我們可以保證，不僅你現在的副局長位置可以保住，市公安局常務副局長的位置鐵定是你的，如果做得很完美的話，局長這個位置也不是沒有可能。」

程一奇陷入了沉思。他不知道這兩個大少所說的話是不是真的，一時間沒有說話。

鄒文超見狀，立即慫恿道：

「程局長，你想一想，如果沒有一定的把握，我們敢這麼做？實話跟你說吧，我老爸對柳擎宇早已是恨之入骨，雖然你在宴會上拍馬屁失敗了，他對你還是很認可的，但是你要用行動來表現你的能力，只要你把這件事情做成了，根本不需要擔心會牽連到你的身上，不管丁禿子能否弄死柳擎宇，你只要把所有責任都推到丁禿子的身上，和你沒有

任何關係；退一萬步講，如果丁禿子失手，咬出你來，我們現在可是在一起呢，有我們幾個兄弟給你作證，他的話誰會相信！

「況且我們早就策劃好了，不管丁禿子得手與否都無所謂，只要他採取行動，你可以運用警力，打著『打擊惡勢力』的旗號對他進行圍剿，到時候抓到丁禿子，不管他是抵抗也好，投降也好，都可以開槍弄死他，只要給他安一個暴力抗法的罪名就可以了。

「人是你的人，上面又有我爸和董天霸他老爸給你撐腰，在上面還有李市長，你說這丁禿子還能翻出花來？至於丁禿子死後留下來的勢力，你只需要再扶植一個新的張禿子、李禿子，照樣能夠保證你的利益。到時候你最少都是常務副局長了，實力將會更加強大，能夠獲得的利益絕不是現在的你能夠比的。」

程一奇聽了，身上感覺冷颼颼的，現在鄒文超這些人已經對柳擎宇動了殺心，不管自己做還是不做，他們都會通過其他辦法來操作，而自己知道了這件事，如果不做的話，恐怕這個副局長位置也保不住了，甚至還會有其他的麻煩。

直到此刻，他才見識這兩位大少心腸之狠毒。程一奇把牙一咬，心一橫，下定決心說道：「好，這事我幹了。我立刻給丁禿子打電話，讓他親自帶人去滅了柳擎宇。」

說著，程一奇拿出手機，換了一張新的手機卡之後，開始撥打丁禿子的電話。

丁禿子對接到程一奇的電話感到十分震驚，他之所以能夠在蒼山市呼風喚雨，都是因為背後有程一奇這個保護傘，但是平時他和程一奇從來都不直接聯繫的，因為程一奇對他們這種黑道刻意保持距離，所以雙方的接觸都是通過中間人來進行，丁禿子每年送給程一奇一百萬的保護費，程一奇則保證蒼山市的警方不會去查丁禿子的幫派，有時候還會為其提供必要的保護。

當然，那一百萬只是最基本的收費，如果丁禿子那邊有了麻煩，需要程一奇出面解決，都是按照麻煩的大小單獨收費的。

所以對程一奇突然給自己打電話，丁禿子猜想程一奇肯定是遇到麻煩，需要自己出面了，所以，他毫不猶豫地打開手機上的錄音功能，邊錄音邊招呼道：「程局長啊，我是老丁啊，您有什麼指示？」

「老丁，有件事需要你親自出面辦一下。」程一奇笑道。

丁禿子毫不猶豫地說道：「有什麼事，局長，您儘管說，我丁禿子絕對沒有二話。」

程一奇點點頭：「很好，老丁，我沒有看錯你，我剛得到消息，在新源大酒店三〇一號包廂內，有一個叫柳擎宇的小子和他的朋友們正在聚會，我要你帶人過去滅了柳擎宇！這事辦好了，我免你兩年的保護費。」

丁禿子乍聽，心頭就是一顫，他知道自己真的遇到麻煩了。

雖然進入黑道多年，手中人命案也有好幾條，但是他平時十分低調，即便是真正害人，也是經過周密策劃，很少直接動手，因為現在是法治社會，打打殺殺的時代早已經過去了，這一回，程一奇卻要求自己親自帶人去滅了柳擎宇，這可不是什麼好差事。

丁禿子猶豫了。

程一奇似乎早就料到丁禿子會猶豫，半威迫地說道：

「老丁，實話跟你說吧，這件事你辦好了，我升常務副局長的事情就妥了；辦不好，我的副局長的位置恐怕都不一定能夠保住。這件事你必須在今天晚上搞定，過了今晚，恐怕咱們兩個都有危險。你自己看著辦吧，警方這邊你不用擔心，在你辦事期間，新源大酒店方圓五百米之內絕對不會出現一個警察。」

聽程一奇這樣說，丁禿子知道今天這事自己做也得做，不做也得做了，否則僅僅是程一奇這一關就過不去。

說實在的，丁禿子也挺鬱悶的，雖然他在道上耀武揚威、不可一世，在普通老百姓面前呼風喚雨，無惡不作，但是他心裡清楚，實際上，他不過是程一奇所豢養的一條狗而已。

自己和程一奇屬於權錢交易，但是一旦自己不照程一奇的意思去辦事，程一奇一句話就可以叫人查滅了自己。所以，為了自保，他早早就將妻兒送到國外，自己只負責在國內撈錢，除了留下必須的經營費用，他把所有的錢都匯到妻兒那裡。

丁禿子略微猶豫了一下說道：「好，程局長，您放心吧，我馬上召集人手。」

掛斷電話，丁禿子把自己最得力的八名手下全都給召集了來，找出新源大酒店的相關圖片和資料，給他們一一分派了任務。

部署完畢後，他這才親自帶著四名頂尖護衛高手前往新源大酒店。

由於今天晚上的行動不容有失，所以他出動幫派將近一半的力量，足足有六十多人，這些全都是他一手帶起來的兄弟，各個驍勇善戰。

而此刻，在新源大酒店內，柳擎宇對這一切一無所知。

眾兄弟難得齊聚，開懷暢飲，氣氛十分融洽。

飯局到了尾聲，大家都喝得有些多了。

尤其是唐智勇，他初來乍到，有些拘謹，對大家的敬酒來者不拒，他的酒量雖然不小，但是和黃德廣這幾個傢伙比起來還是差了一截，再加上他一個人要應付五個人的敬酒，所以喝到後來，他已經有些頂不住了。

柳擎宇的酒量比較猛，黃德廣五個兄弟的輪番敬酒，他都扛住了。饒是如此，他也喝了不少，有些醉眼朦朧起來。

就在這個時候，包廂的房門被人一腳給踹開，十多名身穿黑色衣服，帶著鴨舌帽的男人從外面魚貫而入。

「誰是柳擎宇？」走在最前面的男人聲音陰冷地問道。

看到突然闖入帶著滿身殺氣的黑道分子，柳擎宇立刻酒醒許多，站起身來，冷冷地道：「我就是！」

柳擎宇話音剛落，只見這些黑衣人猛的從腰間抽出一尺多長的砍刀，二話不說，衝著柳擎宇便衝了過去。

刀光陣陣，殺氣漫天。所有的殺機全都集中到了柳擎宇的身上！

本來柳擎宇是坐在最裡面的主座上，看到一票黑衣人衝進來後，便快步向坐在最外面的唐智勇和蘇洛雪走去。

距離唐智勇最近的一個黑衣人掄起刀，準備朝坐在那裡已經醉醺醺，幾乎不辨東西，連站都站不起來的唐智勇一刀砍下。

柳擎宇見到，雙眼寒光四射，立即抬起一腳狠狠地踢在那個人的手腕上，一邊抓起唐智勇的身體向裡面的沙發上丟了過去。

柳擎宇曉得此刻自己左右全都是破綻，但是為了能夠救唐智勇，他也顧不得許多了。

唐智勇被柳擎宇丟到了沙發上，這時，柳擎宇等於把後背交給從他左側衝過來的人，此人掄刀狠狠地向他的後背砍了下來。而柳擎宇的左側，一名黑衣人也揮舞著砍刀衝了過來。

柳擎宇功夫非常高，但是他是人，不是神，他把唐智勇丟出去後，剩下防守的時間已經不多了，他只能選擇防守後背或者左側。

不過柳擎宇的反應高於常人，他很快便做出了一個十分果斷的決定！防守左側，把後背留給敵人！同時，也留給身後的兄弟們。

說時遲，那時快，在他左側那個黑衣人馬上就要砍到柳擎宇胳膊的時候，柳擎宇突然向右側微微一側身，整個砍刀擦著柳擎宇的衣服砍了下去。

而此時，柳擎宇後背的那把砍刀距離他的身體不足三釐米，眼看馬上就要砍到，柳擎宇想躲已經來不及了。

就見一刀白光突然閃過，一個高大的身影突然出現在柳擎宇的身後，那個拿刀的人啊的一聲慘叫，手中的刀子便鬆開了，他的手掌上赫然插著一把柳葉飛刀。

由於慣性，那把砍刀依然向著柳擎宇砍了下去。只見那個高大的身影一伸手，在砍刀距離柳擎宇後背不足一毫米的時候，懸之又懸地把那把砍刀抓在了手中，同時猛的一腳踹了出去，將另外一名想要偷襲柳擎宇的黑衣人踹飛。

柳擎宇則利用這寶貴的時間，直接抓起旁邊的蘇洛雪，將她也丟到了裡面的沙發上。剛才救了柳擎宇的人正是陸釗。

柳擎宇和陸釗兩人並肩而立，怒視著衝過來的黑衣人們。

黃德廣、梁家源、林雲、沈影幾個兄弟們喝得也不少，但是剛才那驚險的一幕卻看在眼中，酒也醒了六七分，幾人毫不猶豫地抓起身下的椅子，分別從柳擎宇、陸釗左右兩側包抄，拍向黑衣人。

一時間，整個房間內刀光閃耀，椅子橫飛，打成一團。

柳擎宇和陸釗兩人再加上黃德廣幾個，這些黑衣人怎麼會是他們的對手！第一批衝進來的黑衣人很快就被幾人擺平了。

為了完成程一奇交代給他的任務，丁禿子整整出動了六十多人！黑衣人源源不斷地向房間內湧入。

柳擎宇幾個辛苦地守在酒桌旁阻擊著衝進來的黑衣打手。一直不敢輕舉妄動，因為在他們身後，是醉得一塌糊塗，已經打起呼嚕的唐智勇，還有手無縛雞之力的蘇洛雪。幾兄弟絕對不允許這些黑衣人對他們下手。

一直站在門口觀察形勢的丁禿子也發現了這種情況，雖然他今天的目的是滅掉柳擎宇，但是他發現柳擎宇身邊的那幾個人中，有一個黑大漢和他身手不相上下，其他幾個雖然不如他們，但是看起來也是打架經驗十分豐富之輩。

丁禿子十分老奸巨猾，看到柳擎宇他們一直緊緊守護著沙發上的兩個人，眼珠一轉，立刻下令，讓手下們想辦法去圍攻那兩個人，好分散柳擎宇他們的注意力，隨後他把自己得力的四個保鏢喊了過來，讓他們各帶八個人，一組針對陸釗，一組專門針對柳擎宇，破解對方聯防之勢。

如此一來，柳擎宇等人立即陷入險象環生的局面。

丁禿子的手也在這時伸進了褲子口袋。裡面有一把手槍。

他之所以沒有一來就開槍射殺柳擎宇，是因為一開始他不知道誰是柳擎宇，二是因為對用槍他還是有所顧慮，畢竟如果僅僅是砍殺了柳擎宇，將來警方調查起來，頂多被定義成仇殺，但是用槍的話，事情就鬧大了。

所以，他一直在等待一個一擊必殺的機會。否則，他寧願讓兄弟們先上。因為他相信柳擎宇是絕不敢殺人的，自己的兄弟們頂多受傷而已，其中的分寸他考慮得非常清楚，這也是他能成為蒼山市黑道老大的原因。

柳擎宇一邊和對方交手，一邊觀察著整個現場的局勢，他也看出了站在門口的那個男人應該是這些人的老大，而且對方作出了十分犀利的部署，這讓柳擎宇備受危機。

所以柳擎宇一邊交手，一邊盡量往門口方向移動，因為整個房間只有一個房門，只要自己扼守住門口的位置，對方就不能一下子進來很多人，這樣，就能減輕房間內黃德廣等人的壓力。

陸釗也發現了柳擎宇的用意，所以他也和柳擎宇一樣，不斷向門口的方向挺進。

很快，柳擎宇和陸釗兩人扼守住門口兩側，黑衣打手們只能兩個兩個地往裡面衝，以柳擎宇和陸釗的身手，這些人又怎麼可能是兩人的對手呢。

這時，丁禿子距離柳擎宇不過是三米左右的距離，柳擎宇開始思考如何擒賊擒王的策略。然而，丁禿子的嘴角卻露出陰險的笑容。

他早就做好兩手準備，如果自己的小弟們能收拾了柳擎宇他們，自己根本不需要出面。萬一自己的小弟收拾不了對方，以對方的智商肯定會想到擒賊擒王這一招，那麼自己站在門口，對方肯定會想辦法過來，趁著近距離，自己拿出槍，柳擎宇必定一槍斃命。

只要柳擎宇一死，自己的任務就算完成了，到時候不管是遠走高飛也好，潛藏起來也好，有程一奇在後面撐腰，肯定輕而易舉。

眼看柳擎宇只要一個箭步就可以湊到他面前了，丁禿子突然大喊道：「都閃開！」

由於早有部署，隨著丁禿子這聲大喊，正在往裡衝的小弟們迅速閃到一旁，把柳擎宇和陸釗正好暴露出來，丁禿子拿出手槍，對準柳擎宇的胸部毫不猶豫地扣動了扳機！

子彈飛快射出，直奔柳擎宇的心臟！

距離只有二點五米！

丁禿子的臉上露出了猙獰和得意的笑容，以自己的槍法，這麼近的距離，別說是柳擎宇，就算是神仙也無法躲過去。

他彷彿已經看到柳擎宇倒在血泊中的情形，看到程一奇升官後，對自己關照有加的樣子；還盤算著以後可以用這件事為把柄，要脅程一奇為自己的公司提供更多的庇護。

他還想要開個房產公司，也加入炒房炒地的行列中賺取暴利，畢竟混黑道風險太大，他要想辦法漂白過去不好的記錄，最好能利用程一奇的關係，混個政協委員或者人大代表當當。

他瞇縫著眼笑了起來。

子彈在空中劃過一道直線，距離柳擎宇的心臟還有不到五十釐米了！

就在子彈射來的那一剎那，柳擎宇的視線從一個倒在地上的黑衣人身上收攏過來！

那個本已倒在地上的黑衣人竟然還不老實，雙眼充滿怨毒地握著手中的砍刀，悄然之間摸到柳擎宇的身側，準備一刀撩向陸釗的雙腿。

柳擎宇在和前面的人交手，但他一向眼觀六路，耳聽八方，感覺到這個傢伙舉動異常之後，毫不猶豫地一腳踢在這哥們的脖子上，直接把這貨給踩暈過去，差點撩上陸釗雙腿的砍刀也噹啷一聲掉在地上。

柳擎宇萬萬沒有想到，就在他這麼一分神的工夫，早有準備的丁禿子已經拿出槍，對準他開槍了。

在這千鈞一髮之際，一個身影猛然躍起，擋在了柳擎宇的身前，與此同時，一刀寒光猛然射出，狠狠地釘在丁禿子的手腕上，將丁禿子手上的槍打落在地上。

與此同時，那個高大的身影也砰的一聲倒在地上。

柳擎宇聽到槍聲，看到掉落的手槍，也看到了倒在身前的正是陸釗。

這一剎那，柳擎宇明白發生了什麼事情。

在他為了救陸釗踢出那一腳的同時，陸釗也發現了丁禿子的意圖。兩個兄弟為了救對方，都將自己陷入了絕境。

柳擎宇的大腦飛快地轉動著，他的身體比他的大腦還要快，一個箭步躥到丁禿子面前，一隻手抓住丁禿子的咽喉，一隻腳猛的一踢，把即將落下的手槍再次踢了起來，同時伸出手來一把接住槍，頂在丁禿子的太陽穴上，聲音如同從地獄傳來一般寒冷：

「讓你的人趕快滾出去！否則老子立刻開槍斃了你！」

這一切幾乎就在轉瞬間發生，等丁禿子反應過來的時候為時已晚，他已經落在了柳擎宇的手中，感受到頂在太陽穴上那冷森森的槍口，他嚇得臉色蒼白，連忙顫抖著聲音喊道：「都給我退出去！退出去！」

丁禿子雖然是黑道梟雄，但是在生死威脅之下，他只能選擇保命！越是這種人，越是珍惜自己的生命！

他看出來柳擎宇和陸釗都是身手高超之人，現在自己落在對方手中，想要逃走是不可能了。

柳擎宇將丁禿子丟進房內，同時把槍丟給黃德廣，說道：「看住他，我先看看陸釗的傷勢。」

柳擎宇輕輕地翻動陸釗的身體，陸釗的腹部，鮮血正在汩汩的流淌出來。

柳擎宇連忙點住陸釗身體的幾處穴位，好讓陸釗的血流速度減慢，隨後柳擎宇撥通急救電話，讓對方趕快派出救護車前來救人。

這時，陸釗從暈厥中蘇醒過來，強忍著腹部傳來的劇痛說道：「老大，子彈應該卡在我後背骨頭上了，短時間內我應該沒事。」

柳擎宇點點頭：「你不要說話，你肯定不會有事的。」

說著，柳擎宇撥通了常務副市長唐建國的電話：

「唐叔叔，我的朋友在蒼山市被人用手槍打傷了，請您幫忙打個招呼，讓蒼山市最好的醫生以最快的速度趕到新源大酒店三〇一號包廂。拜託了。」

「好，我立刻聯繫，保證最晚十分鐘內，醫生一定趕到。」唐建國掛斷柳擎宇的電話後立即聯繫起來。

就在這時候，一陣急促的腳步聲突然從電梯間傳來，隨後二十幾名荷槍實彈的員警飛快地走了過來，槍口全部對準柳擎宇。

柳擎宇眉頭一皺。這邊剛結束戰鬥，這些員警就出現了，速度實在太快了些。問題是自己根本就沒有報警，就算是酒店方面報警，員警也不可能來得這麼快啊。

「各位，你們是幹什麼來的？」柳擎宇質問道。

就見員警往兩邊一分，程一奇從中間走了出來。

程一奇此刻的心情充滿了憤怒和失望。他沒想到，丁禿子帶著那麼多手下親自出馬，竟然還沒有弄死柳擎宇，這讓他失望透頂。

尤其是當他聽到丁禿子被柳擎宇給抓住之後，他的心都快急得跳出來了，要是柳擎宇對丁禿子一番逼供，問出首腦的話，自己可就危險了，所以他趕緊讓部署在酒店外面的員警們立刻衝進去，並且下死令，無論如何都得把丁禿子帶出來。

程一奇做出一副執法公辦的表情，說道：「柳同志，我們今天晚上正在實施打黑行動，正好聽說有惡勢力對你們進行圍毆，他們這次算是撞到我們員警的槍口上了，黑社會的頭目丁禿子被你給抓了是嗎，現在請你把他交給我吧！」

柳擎宇不是笨蛋，程一奇如此快速地趕到這裡，還直接點出丁禿子，毫無疑問，兩人關係必定十分密切。程一奇要把丁禿子給帶走，很可能也是打算放走丁禿子或是殺人滅口！

柳擎宇哪裡能容忍程一奇如此做！尤其是陸釗受傷倒地，柳擎宇早已怒火滔天！別說是程一奇來，就算是蒼山市市長李德林來，柳擎宇也絕不會讓他把人給走的。

因為柳擎宇相信，丁禿子絕對不會無緣無故地帶著人來殺自己，哪怕是再混蛋的黑社會也絕對不會無緣無故地砍人，背後肯定是有人指使，而程一奇的出現證實了柳擎宇的猜測，柳擎宇更不可能把人交給他了。

柳擎宇臉色陰沉著冷笑道：「嘿嘿，打黑除惡？程局長，你們打黑除惡還真會把握時機啊，在他們砍殺我們的時候，你們這些人在哪裡？現在我們把人抓住了，你們過來就想要人？你當我柳擎宇是傻瓜嗎？程局長，我現在懷疑你和丁禿子之間有著某種不可告人的關係，所以，我絕對不會把丁禿子交給你的。」

「柳擎宇，你要是不把丁禿子交給我們的話，你這可是暴力抗法啊！你這甚至是包庇罪犯！你身為公務員，應該清楚包庇罪的後果，我奉勸你最好立刻把丁禿子交給我，否則你地上那位受傷的朋友恐怕無法及時得到有效的救治！」

程一奇威脅道，接著下令：

「來人啊，去把樓梯口給我封了，現在警方正在搜查嫌犯，沒有我的命令，任何人都不能上來！」

下達完指令，程一奇面帶挑釁地看著柳擎宇。

剛才進來時，程一奇便注意到門口處倒在血泊中的陸釗，此刻見柳擎宇不肯交人，他毫不猶豫地用起了最陰險的手段。

柳擎宇的怒火再也無法忍耐了。

「程局長，你聽清楚了，我剛才說過，我絕不會把丁禿子交給你的，但是，我會交給公安局的鍾局長，我奉勸你一句，立刻收回你剛才的指示，否則我會叫你後悔終生！」

「柳擎宇，交給我和交給鍾局長有什麼區別嗎？我們都是公安局的領導，今天晚上的打黑行動是我帶頭的，你必須交給我。」程一奇緊咬不放。

「哦？是嗎？那我親自打電話問一問鍾局長吧！」說著，柳擎宇拿出了手機就要打電話。

程一奇用槍指著柳擎宇，語帶恐嚇道：「柳擎宇，奉勸你最好不要輕舉妄動，我們現在正在搜查黑勢力，萬一不小心手槍走火，打死你的話，那可就有些悲劇了。雖然我可能要背上處分，但是你要是死了的話，這大好的花花世界你就啥也看不到了。」

柳擎宇臉上毫不畏懼：「程一奇，我看你這個公安局副局長的腦袋真的是被驢給踢了啊，我甚至想用腦殘這個詞來形容你，你知不知道我為什麼要選擇在這新源大酒店來舉行聚會？」

程一奇哼了聲：「你們在哪裡聚會和我有什麼關係？」

柳擎宇不禁搖頭嘆道：「程一奇，你真的是太沒腦子了，要不你怎麼會在今天的訂婚儀式上拍馬屁拍到馬腿上呢，如果我沒有猜錯的話，恐怕明天一上班你就會接到免職通知了。丁禿子的行動是不是和你有關？你是不是想要殺了丁禿子滅口？程一奇，你真的以為我柳擎宇是傻瓜嗎？」

程一奇臉色大變，拿著槍的手也微微有些顫抖起來，不過他到底是隻老狐狸，很快便鎮定下來，槍口直指著柳擎宇道：

「柳擎宇，你這完全是血口噴人，我堂堂一個副局長，怎麼會和丁禿子勾結在一起呢，更何況現場這麼多員警，我怎麼會做出殺人滅口之事呢？你這完全是在胡說八道！柳擎宇，我再次警告你，丁禿子可是危險人物，你最好立刻把他交出來，否則，萬一讓他逃走傷人的話，你的責任可就大了。」

柳擎宇是個相當會察言觀色之人，從程一奇那微微顫抖的手他已經敏銳地感覺到，程一奇很有可能真的和丁禿子間有所勾連，他剛才不過是拿話試探程一奇而已，沒想到他們之間真的有關聯，這讓柳擎宇心中的怒火幾乎無法抑制。

不過此時局勢對自己相當不利，柳擎宇不敢輕舉妄動，只能和對方僵持著。

「程局長，你難道真以為你們人多就可以欺負我人少不成？你信不信，在你開槍前，我柳擎宇能夠先殺了你！」

程一奇一臉不屑的說：「柳擎宇，你當我是三歲小孩嗎？」

程一奇話剛說完，感覺到柳擎宇的手動了一下，隨即就有一個東西飛了過來，狠狠地撞擊到他的牙齒上，力道之大，差點把他的門牙給撞掉。

他抬眼看向柳擎宇，不知何時，柳擎宇手中突然多了一把閃亮的柳葉飛刀。那把飛刀在柳擎宇手中不斷地轉著，看得人眼花繚亂。

柳擎宇一邊旋轉著飛刀，一邊冷冷地說道：

「程局長，我想你一定沒有看我的簡歷吧，我可是軍轉政，在轉業之前，我是一名特種兵。你知道我這把刀子是從哪裡得來的嗎？你看到了嗎？我的手法夠快嗎？你信不信在你們所有人開槍之前，這把刀子會毫不猶豫地插進你的咽喉？」

柳擎宇沒有說自己是狼牙特戰大隊的，因為這需要保密，他只說自己是特種兵，這已足以威懾程一奇了。

果不其然，看著柳擎宇手中不斷轉著的刀子，程一奇真的有些害怕了。

這時，柳擎宇又再語出驚人：

「程一奇，還有一點我忘了告訴你了，你可知道我為什麼要選擇在新源大酒店聚會嗎？因為這裡是全世界保安措施最嚴密的酒店之一，你抬頭看看，光是這條走廊上，安裝了多少監控攝影機，安裝了多少收音器，你剛才所說的每一句話，現在都已經被監控系統拍了下來！你以為你是警察就可以為所欲為嗎？如果你們真的對我開槍的話，你們所有人都將會受到法律的嚴懲。

「而且我還忘了告訴你一件事，這家酒店所有的監控錄影，都會同步備份在雲端，就算你派人把監控主機和錄影存檔毀掉也沒有用，而且我和這家酒店的大老闆關係非常好。我要是出事的話，你們今天的行為早晚都會被查出來的，到那時候，你可就不僅僅是丟工作的問題了！程一奇，你最好想清楚這一點。」

柳擎宇說完，一個柔媚、婉轉又帶著幾分女王般強勢的聲音就從眾人身後響起：

「程局長，他說得沒錯，我們新源大酒店是世界上保安措施最為嚴密的五星級大酒店之一，你們今天的行為全都已經被我們的監控系統記錄下來了。而且，在你們市公安局的資料庫內也有備份，只不過你由於級別和許可權不夠，並不知道罷了，就算你知道，也無法打開和操作這些資料，因為按我們和蒼山市公安局簽訂的協定，這些資料只有市公安局局長親自授權才能進行查看。程局長，你今天的行為真的有些無恥和卑鄙了。」

程一奇轉過身來一看，只見一個玉腿修長、穿著肉色絲襪、黑色套裝的超級美女站在他們身後。

在這個美女的身後，還站著一名身高一八〇、身穿黑色西裝的帥哥，兩個人正臉色嚴肅地看著程一奇。

新源大酒店在蒼山市算是最高檔的幾個酒店之一，由於工作關係，程一奇倒是認識這兩個人。那位超級美女是這家酒店的總裁，名叫嚴琳，是蒼山市有名的超級美女，不僅管理經營能力一流，美貌更是在蒼山市首屈一指，冠絕群雌。

而且據說此女還有著女王一般的身手，是跆拳道黑帶五段的實力，曾經參加過蒼山市第一屆職業跆拳道比賽，並且獲得冠軍。

而嚴琳身後的帥哥也不是一般人，這哥們名叫羅興旺，是新源大酒店的總經理，也是名校畢業，管理能力超強，在蒼山市也頗有名氣，平時酒店的日常管理，包括很多需要進行協調的工作都是由他來負責的。

看到這兩個人出面，程一奇的臉色顯得十分難看，尤其是剛才嚴琳的那番話，更是讓程一奇充滿了忌憚。柳擎宇說的話他並不完全相信，然而嚴琳和羅興旺出來作證，事情可就不是那麼簡單了。

程一奇心中暗暗鬱悶起來，他怎麼也沒有想到，自己想要收拾柳擎宇竟然這麼困難，這個柳擎宇也太滑溜了，就連找個酒店吃飯都留了這麼多心眼。

然而，如果今天他不把丁禿子帶走，丁禿子被柳擎宇交給鍾海濤，要是丁禿子頂不住，把自己給供出來，他就真的麻煩了。

所以，他故作鎮定地說：「嚴總，羅總，這是我們警方在辦案，你們最好配合，否則以後要是有什麼麻煩，可別怪我程一奇沒有提前打招呼！」

嚴琳美豔的臉上露出一絲不屑之色，說道：「程局長，我奉勸您立刻把那些堵住各個通道的人員全都撤回來，因為我剛剛得到消息，鍾局長已經親自帶人跟著救護車過來了，現在應該已經到了我們酒店樓下了。」

程一奇臉色大變，嚴琳所說的這番話到底是真是假？鍾海濤一來，這裡就沒有他說話的餘地了。

事到如今，他已經顧不了那麼多了，立刻下令道：「立刻把嫌犯丁禿子給我帶出來，他要是反抗的話，當場擊斃。」

他打算採取最後一步棋：殺人滅口。他早就跟手下說好暗語，當他說出這句話的時候，就是要當場將丁禿子擊斃的意思。因而那些警員們馬上就要執行命令！

柳擎宇猛的向前邁出兩步，猶如一座小山般堵在眾人前進的路上，喝道：

「誰敢再向前一步，就別怪我柳擎宇手下無情。我知道你們身為程一奇的手下，不得不執行他的命令，但是今天的情況難道你們還沒有看清楚嗎？他這是要你們殺人滅口啊，你們以為你們槍殺了丁禿子後，能免於責任嗎？

「你們想想，如果程一奇不是被逼得走投無路的話，他會選擇殺人滅口嗎？他現在自身都難保了，你們還想為他賣命嗎？你們就不擔心自己的工作丟了嗎？難道你們就不為你們的妻兒想一想嗎？現在所有人都知道你們要殺人滅口，你們還想採取行動嗎？真到追究責任的時候，難道你們真的會一點責任都沒有嗎？請你們記住，現在的蒼山市公安局局長不是他程一奇，而是鍾海濤！」

柳擎宇這番話說完，程一奇也感覺到情況有些不妙了。

他發現原本已經動作的手下們全都停止了腳步，他知道，氣勢這東西，必須一鼓作氣，否則的話，就再而衰，三而竭了。

他立刻拿出手槍，指著柳擎宇說道：「各位兄弟，不要聽柳擎宇胡說八道，他這是在蠱惑人心，快點進去把犯人抓住，大家就算是立了大功，我會為大家請功的。」

說著，程一奇用槍指著柳擎宇，雙眼充滿怨毒地說道：「柳擎宇，我最後警告你一次，你最好不要再輕舉妄動，否則我可要開槍了。」

柳擎宇撇了撇嘴，冷笑道：「程一奇，如果你真的想死的話，我絕不攔你，我可以保證在我死之前絕對拉你做墊背的。你不信的話可以開槍試試，我柳擎宇在當特種兵的時候幹掉的垃圾人渣可不只是一兩個！」

說話間，柳擎宇傲然而立，臉上沒有一絲懼色，霸氣十足。

有時候，氣勢也是一種能夠產生巨大威懾作用的東西。雖然程一奇認為自己子彈的速度絕對會快過柳擎宇手中那把柳葉飛刀，但是他真的不敢賭。

現場氣氛一下子沉寂了下來。雙方誰也不敢輕舉妄動。

黑洞洞的槍口指著柳擎宇，柳擎宇手中的柳葉飛刀則不停地轉著，身上殺氣凜然。

嚴琳看著獨自面對眾人的柳擎宇，眼神中有些焦急，也有些欽佩，她知道在公司系統內部有一個規定，那就是手中持著卡號為「01」到「30」的貴賓卡用戶，都是公司最頂級的用戶，任何員工的職前訓練課都會講述這件事，只要持有這種貴賓卡的客人在酒店遇到麻煩，酒店方面必須採取所有能夠採取的手段去幫助對方。

她也接待過一些排名前三十的貴賓卡客戶，知道那些客人全都是威震一方的人物，柳擎宇如此年輕，但是他的卡號卻是十二號！所以，她雖然不清楚柳擎宇的真實身分，卻知道自己必須想辦法幫助柳擎宇。

但是現在雙方厲兵秣馬，殺氣騰騰，她卻幫不上忙，心中十分焦慮。

不過她是個聰明人，立刻拿出手機撥通了公安局局長鍾海濤的電話。

電話很快撥通了，她立刻大聲說道：

「鍾局長，您好，嗯，對，現在柳擎宇被程局長用槍指著，雙方正處於對峙局面。哦，您在我們酒店樓下，太好了。您要和程局長通電話？好，我馬上把電話交給他。」

「程局長，鍾局長要和你通電話，他馬上就上來了，他說了，讓你們誰都不要動，全都站在原地等他過來。」

程一奇那叫一個氣啊，他千算萬算，漏算了嚴琳和羅興旺兩個人。

嚴琳把電話給遞了過來，程一奇沒有注意到，就在嚴琳把手機遞給他的時候，手指在觸控螢幕上點了一下免持鍵。

他怨毒地看了嚴琳一眼，接過手機，沉聲道：「局長，您好，我是程一奇。」

就聽鍾海濤憤怒的聲音從手機裡傳了出來：

「程一奇，誰讓你擅自帶人進行什麼打黑行動的？有這種大規模的行動，為什麼我這個堂堂的市公安局局長居然不知道？你現在立刻停止一切行動，站在原地，不要動。」

程一奇的怒火更甚了，面對鍾海濤的質問，他只能咬牙做最後的反擊：

「鍾局長，我不想多解釋什麼，我問你一句，丁禿子萬一跑了怎麼辦？你負責嗎？」

「程一奇，不要跟我說什麼嫌犯跑不跑的，你以為全世界的人都是傻瓜嗎？丁禿子被柳擎宇控制了，他還能逃跑不成？我可以明確告訴你，丁禿子要是跑了，所有責任由我鍾海濤一人承擔！你們都給我站在原地，不要動，市委王書記、唐副市長和我馬上就上樓。你們誰要是敢亂動的話，後果自負。」說完，鍾海濤直接掛斷了電話。

程一奇臉色越發慘白。他知道，這次自己真的遇到麻煩了。

那些跟隨程一奇過來的員警們此時全都老老實實地站在原地，不敢再有任何舉動，鍾海濤剛才的話裡話外之意非常明確，程一奇根本是擅自行動啊！如果再不聽指令，出了什麼事，飯碗鐵定不保。

他們之所以選擇跟隨程一奇，是因為跟著他可以升職，可以撈到好處，現在局長大人以及市委書記馬上要過來了，誰還犯傻跟著程一奇幹啊！

第九章

輿論壓力

王碩滿臉憔悴，他為了想辦法平息帖子所帶來的輿論壓力，忙得焦頭爛額，聽到鄒海鵬如此質問，不禁心中也來了火，語氣生硬地回道：

「鄒書記，人家發的帖子是實實在在的證據，要刪除這些帖子，總得給出理由吧！」

氣氛依然十分尷尬，但是已經不復之前那樣緊張對峙的氣氛，柳擎宇也把手中的柳葉飛刀給收了起來，但是依然堵住眾人的道路。

柳擎宇做事十分謹慎，雖然有鍾海濤的電話，但是他依然不敢掉以輕心。

柳擎宇的目光落在了嚴琳的臉上，他突然發現這個美女總裁很有一套！

別人不明白，柳擎宇又怎麼會不曉得鍾海濤怎麼可能人已經在酒店樓下了呢！因為他剛給唐建國打完電話還沒有幾分鐘呢，鍾海濤不可能自己蹦出來，肯定是接到唐建國的電話後才出動的！

至於市委書記王中山出面，那就更需要時間了。嚴琳卻和鍾海濤通電話的時候故意說他已經在樓下了，很明顯是在暗示鍾海濤要這麼說，這是一招緩兵之計！

這一計用得很險，但是效果卻出奇地好。這個美女不簡單啊！

嚴琳並不知道，她因為這件事在柳擎宇的心中留下了一個十分不錯的印象，後來柳擎宇親自給新源大酒店的大老闆薛靈芸打了一個電話，提到嚴琳今天的出色表現，嚴琳也被薛靈芸直接調入了新源集團總部，直升市場部副部長。這在新源集團內相當於連升三級，成為新源集團的一個傳說。

時間在一分一秒地過去。

又過了三分鐘左右！一輛救護車停在了酒店門口，隨後，一群醫護人員推著擔架飛快地趕了上來，對陸釗先進行包紮之後，把陸釗給帶走了。

柳擎宇讓梁家源和林雲兩個人陪著一起去了醫院，現場則留下黃德廣在屋內看守著丁禿子。

等陸釗他們離開後，程一奇才意識到自己上當了！因為從接到鍾海濤的電話到現在已經過去將近十分鐘的時間了，鍾海濤還沒有出現。

他眼中充滿了怒火，眼珠子滴溜溜轉動了幾圈，突然大聲喊道：「丁禿子，你不要跑，否則你就死定了！」

聽到程一奇這聲大喊，柳擎宇暗道：「壞了！」他立刻意識到程一奇這是在給丁禿子暗示，讓他趕快逃跑！

果不其然，丁禿子也是個狠人，當他聽到程一奇這聲大喊之後，趁黃德廣一個分神，立刻一低頭，一個轉身，猛的一個擒拿手，把手槍從黃德廣的手中打落在地，然後向窗口方向衝了過去，他想要跳窗逃跑。

然而，他跑出去還沒有兩步，一道銀光便從柳擎宇手中飛快射出，一下子插在他右腿的膝蓋後側，他撲通一聲摔倒在地上。

這時候，黃德廣也反應過來，猛的一腳踢在他另外一條大腿上，然後一腳踩下，喀嚓一聲脆響，丁禿子的另外一條腿直接骨折。

敢在哥面前玩逃跑，這也太不給哥面子了，哥雖然沒有柳老大那麼高的功夫，但好歹也是受過一些訓練的！

看到屋內大局已定，柳擎宇對程一奇嘿嘿一陣冷笑：「程局長，真是不好意思啊，您的願望沒有能夠得逞，丁禿子是跑不掉了。」

程一奇臉色顯得異常陰沉，心裡琢磨著，現在柳擎宇手中已經沒有武器了，自己要不要在這時候衝過去開槍擊斃了丁禿子?!

突然，一陣急促的腳步聲傳來，幾名荷槍實彈，手持衝鋒槍的武警在十多名持槍的員警配合下圍住了現場。

在他們身後，是市委書記王中山、常務副市長唐建國以及市公安局局長鍾海濤。他們終於在關鍵的時刻趕到了。

看到王中山等人出現後，程一奇持槍的手緩緩地垂了下來，他知道，這一次，自己徹底栽了。

鍾海濤到達現場後，立刻下令讓所有人收起手槍，隨後陪著王中山等人來到柳擎宇身前。

王中山看到柳擎宇腳下那一灘鮮紅的血液時，臉色當時就沉了下來，想不到事情嚴重到這種地步。

「柳擎宇同志，你們這邊情況怎麼樣？」

柳擎宇表現得不亢不卑地道：

「王書記，所有過程您可以讓酒店調取監控錄影親自查看，對此事，我只能說一句話，我非常憤怒！我馬上要去醫院看我那位差點被丁禿子打死的兄弟，沒有時間給您和各位領導詳細講述這件事情。還有，我懷疑此事和程局長有關，希望您在這件事情上能夠公平、公正地處理。先告辭了。德廣，把丁禿子交給鍾局長他們吧。」

很快，鍾海濤派人接管了丁禿子以及丁禿子的手槍。

「王書記，鍾局長，我再次強調，我非常憤怒。我也非常清楚，這件事情的背後，絕對不僅僅是一個程一奇，如果幕後主使者不抓出來，我柳擎宇絕對不會善罷甘休的。告辭了。」

說完，柳擎宇和黃德廣一起架著唐智勇，帶著蘇洛雪轉身就走。

王中山看著柳擎宇離開的背影，對唐建國說道：「聽到了嗎？柳擎宇兩次強調了他很憤怒，這中間到底發生了什麼事啊？」

「王書記，我們還是先看錄影吧！對柳擎宇的憤怒，我們最好認真對待，您還記得當初柳擎宇在薛文龍事件中所扮演的角色嗎？當初柳擎宇也是含怒出手的，但是，當時柳擎宇的憤怒比起現在的憤怒來，恐怕是小巫見大巫啊！如果他再次出手的話，不知道會發生什麼事情啊！」唐建國戒慎恐懼地回道。

王中山臉色顯得有些凝重。即使唐建國不提醒，他也已經感受到了柳擎宇那股怒火滔天的氣勢，雖然柳擎宇一直在壓制著，但是僅僅看柳擎宇連自己這個市委書記的面子都不給，等自己趕到之後直接走人，足見他的不滿已經達到了無以復加的程度。

再想到上一次青年才俊舞會上，秦睿婕和曹淑慧兩位背景深厚的美女全都垂青柳擎宇，王中山隱隱地感覺到，柳擎宇的背景絕不會像簡歷上所寫的那麼簡單。

王中山是個十分注意細節的人，他早已發現，每次市委常委召開常委會，凡是涉及柳擎宇的事，總是會出現意料不到的變化，凡此種種，讓王中山在對待柳擎宇的問題上極為謹慎，尤其是他聽說唐建國的兒子竟然跑去給柳擎宇當司機，難道是唐建國傻了嗎？還是唐智勇傻了？絕對不可能。唯一的可能就是**柳擎宇絕對不是一般人**。

加上聽到有人竟然對柳擎宇動槍，王中山感覺這件事情有可能要鬧大，所以他毫不猶豫地跑了過來。

三人看完酒店的視頻錄影之後，王中山立即對鍾海濤說道：

「鍾局長，我看這蒼山市的治安真的是太差了，朗朗乾坤之下，竟然有黑社會勢力手持武器衝進五星級酒店砍人，你現在立即部署，對全蒼山市惡勢力進行全力打擊，尤其是對丁禿子這樣的黑道集團，必須斬草除根，一個不留，參與今天砍人行動的犯罪分子必須要全部給我抓住！

「至於程一奇的問題，我看十分嚴重，程一奇明顯和丁禿子這幫人有所勾連，而且我那裡有關他各種違紀的舉報信也收到過好幾封了，這次正好讓紀委好好調查一下他的問題。至於丁禿子，你們帶回公安局對他仔細審問一下。」

就在王中山等人忙著善後的同時，柳擎宇幾人也趕到了醫院。

手術室外，柳擎宇默默地站在門口等待著。

時間，一分一秒地過去，手術室的燈光一直亮著。

整整四個多小時過去了。原本陪柳擎宇一起站著的其他幾位兄弟都累得坐在旁邊的椅子上直不起腰來了，柳擎宇卻依然站在那裡。

這時候，柳擎宇的手機響了起來。電話是鍾海濤打來的。

鍾海濤的聲音顯得有些憔悴，也有些憤怒：「柳擎宇，對不起，丁禿子在我們局裡自殺了。」

柳擎宇聽完只淡淡地說：「哦，這樣啊。」然後就默默地等待著鍾海濤的回應。

柳擎宇到底什麼意思？為什麼一句話不說？

更讓鍾海濤鬱悶的是，程一奇也死了！他沒敢一下子告訴柳擎宇，擔心柳擎宇反應過度。但柳擎宇現在一句話不說，天知道他準備做什麼。

就在鍾海濤以為柳擎宇不說話的時候，柳擎宇突然說話了：

「鍾局長，你是不是還想告訴我另外一個消息，程一奇也死了？」

柳擎宇的話依然那麼平靜，語氣依然那麼平淡。

柳擎宇既然猜到了。他也只能實話實說：「是的，程一奇也自殺了。」

「是不是上面還有人讓你對這件事情不要大肆宣揚，要低調處理，大事化小，小事化了？」柳擎宇依然語氣平靜地問道。

鍾海濤震驚了。因為他之所以給柳擎宇打這個電話，就是想要表達這個意思。

雖然他非常想把這件事情查清楚，但是，他也僅僅是蒼山市的公安局局長而已。不僅市政法委書記董浩要求他在這件事情上要大事化小，避免事情鬧大，讓整個蒼山市公安系統顏面盡失，甚至省裡也有領導跟他打了招呼，而且還是省公安廳的領導，這讓他不得不有所顧忌。

隨後市委書記王中山召開了緊急常委會，在會上，對此事進行了討論之後，最終以七票對六票通過了這次砍人事件的處理方案，第一，要對黑道勢力，尤其是丁禿子那幫人進行大力整頓；第二，盡力安撫柳擎宇，讓柳擎宇不要把事情鬧大，對受傷者，蒼山市市政府負責所有醫療費用，並對傷者進行賠償，賠償金額一百萬元；第三，這件事不許見諸任何媒體、報紙，必須給壓下來。

表決的結果大大出乎王中山的意料，身為市委書記，他只能遵守民主原則，以表決結果為主。雖然他感覺有些愧對柳擎宇，但也沒有辦法。只能讓鍾海濤儘量去安撫柳擎宇。

隨後，鍾海濤把市委常委會上的決定，以及自己所受到的壓力，毫無保留地告訴了柳擎宇。

「擎宇同志，我知道這樣的決定，對你，對你的朋友不太公平，但是，我希望你能夠從我們蒼山市團結、穩定的大局出發，就不要追究此事了。蒼山市需要穩定，市政府也會對你那位受傷的朋友進行金錢補償。」

「鍾局長，還記得我走之前說過的話嗎？我很憤怒，希望市委市政府能夠公平公正地處理此事。我相信你們應該非常清楚，這次事件的背後，到底是誰在操控一切。不就是因為我破壞了他鄒海鵬兒子的訂婚儀式嗎？不就是因為我在訂婚儀式上掃了他們鄒家的面子嗎？

「他們竟然搞出這種驚天動地的事來，還動用了黑社會的力量，我想問問鍾局長，難道這件事你們公安局查不出來嗎？難道這就是你們對待這件事情的態度嗎？難道市委常委會上的各位領導看不出這件事情的真相嗎？是不是你們認為現在丁禿子和程一奇死了，這件事就可以不了了之了！我可以明確地說一句——不可能！我柳擎宇兄弟的血不能白流！」

柳擎宇的情緒越發激動：

「鍾局長，我柳擎宇脾氣不好，但是一直以來，我做事都是很講究規矩的，即便我在鄒文超的訂婚儀式上帶走了蘇洛雪，那也是蘇洛雪請求我出手幫助她擺脫困境，我所做的事無愧於心，而他們鄒家的做法不僅僅超出了道德、法律底限，更超出了官場遊戲規則的底限。

「而且事情發生後，我並沒有擅自出手，而是先給唐市長打了電話，一切都是按照官場規則來做事。既然省裡有人想要插手此事，那麼就別怪我出手了。

「我最後聲明一點，我接下來的所有行動絕不是針對王書記或者您，而是針對在這次事件中對我柳擎宇，對我的兄弟們出手之人！

「我柳擎宇接下來的行動目的只有一個，**我要一個公平、公正的結果！**」

說完，柳擎宇自行掛斷了電話。

柳擎宇剛掛斷電話，夏正德的電話打了進來。

柳擎宇接通電話，劈頭說道：「夏書記，您是不是也要勸我對這次的事忍氣吞聲，不要把事情鬧大？」

夏正德苦笑道：「擎宇啊，你的心情我理解，不過我認為你最好還是不要把事情鬧大，畢竟這次市委常委都已經有了最終的決議了，如果你非得把事情鬧大的話，恐怕對你今後的仕途十分不利。擎宇，我和你一樣，聽完了你的遭遇後非常憤怒，但是你聽我說一句，君子報仇，十年不晚，你忍了這一次，以後還有很多機會可以把這次事情給找回來的。」

聽到夏正德如此推心置腹地勸說自己，柳擎宇輕輕地點點頭說道：

「夏書記，我明白您是為了我好，但是對不起，我無法聽從您的建議。我並不是官場的老油條，我以前是一名軍人，性子很直，我認為對的就是對的，錯的就是錯的，犯了錯就必須受到懲罰，哪怕對方是市委常委也不能例外。

「我的兄弟為了救我差點死掉，我必須為他討還一個公道，不過有一點請您放心，我所做的一切都會在法律的框架內進行，絕對不會為所欲為，請恕我無法按照市委的要求去做！我做不到！」

說完，柳擎宇直接關掉手機，切斷了和外界的聯繫。然後對身旁的黃德廣說道：「德廣，手機借我用一下。」

黃德廣把手機遞給柳擎宇。

柳擎宇撥通了新源大酒店總裁嚴琳的電話：

「嚴琳，你現在立刻把酒店內外，和程一奇、丁禿子相關的視頻發到我的郵箱裡，郵箱地址是……」

打完這個電話，又對旁邊的林雲說道：

「林雲，等一會你登錄我的郵箱，把所有的視頻都發佈到網上，然後把事件所有的過程都詳細地講述一遍，從我在鄒文超的訂婚儀式上把蘇洛雪帶走講起。實事求是，不需要進行任何加工和修飾，具體的細節你可以和蘇洛雪溝通。」

說著，柳擎宇又看向旁邊的沈影和黃德廣幾個兄弟，說道：

「你們幾個配合林雲把這件事情辦好！哼，有些人想要殺人滅口，毀滅證據，還想要把這件事情壓下來，我看他怎麼壓！」

黃德廣幾個兄弟早已怒火沖天了，陸釗在手術室生死未卜，蒼山市竟然做出這樣一個大事化小的決定！這是他們任何人都無法容忍的！

這時，黃德廣說道：「老大，陸釗受傷，陸叔叔那邊要不要通知一聲？」

柳擎宇點點頭：「陸叔叔那邊我親自通知，這件事必須讓他知道。不過現在還不是時機，我們得等陸釗醒過來後再告訴陸叔叔，要不陸叔叔會擔心的。而且，我們也必須在通知陸叔叔前，先把我們能夠做的事情做了，我們要讓所有人都知道，法律面前，人人平等！任何觸犯法律之人必須受到應有的懲罰！任何人，膽敢欺負我們兄弟，我絕不會善罷甘休的！我絕對不會忍氣吞聲！誰打我一拳，我至少踢他一腳！**在我的字典裡，沒有妥協二字！**」

聽到柳擎宇這番話，幾個兄弟眼中冒出瑩瑩綠光。他們知道，他們那個霸氣、強勢的柳老大回來了。

柳老大自從進入官場後，身上的霸氣已經收斂了很多，但是真正到了關鍵時刻，柳老大是絕對不會軟下去的，柳老大就是柳老大，任何時候，都是一如既往地霸氣和強勢。

有了柳擎宇的指示，眾位兄弟們立刻離開現場，到附近找了一家高檔酒店忙碌起來。

在醫院守護陸釗的任務則交給了柳擎宇、蘇洛雪以及醉醺醺躺在椅子上的唐智勇。他們相信，有柳老大在這裡，一切都不需要他們擔心，把柳老大交代的任務辦好，就是對柳老大最大的支持。

柳擎宇望著走廊一側的窗外，咬著牙暗暗說道：「鄒家父子，不要以為你們殺人滅口了我就拿你們沒有辦法了，你們等著瞧吧，這一次我絕對不會放過你們的。」

柳擎宇怒了。

柳擎宇真的怒了。

不過，現在對他而言，確保陸釗的生命安全是第一位。讓柳擎宇稍微安心的是，這次唐建國辦事十分給力，派出的醫療團隊都是蒼山市外科手術最頂尖的醫生，所以對手術的結果，讓柳擎宇多了幾分放心。

又是兩個多小時過去了。柳擎宇還在默默地等待著。

就在這時候，手術室的指示燈突然變了。

柳擎宇焦慮的心境此刻更是緊張到了極點，雙眼緊緊地注視著手術室的門口。

手術室的門打開，醫生和護士紛紛走了出來，柳擎宇連忙迎了上去，看向其中一名主治醫師，問道：「醫生，我兄弟的傷勢如何了？」

那名醫生展顏一笑，說道：「嗯，這小夥子的命很大，那顆子彈幾乎是擦著他的腎穿過去的，如果再稍微偏那麼一點點，恐怕他就廢了。那顆子彈造成了一些其他傷勢，但是在我們幾個醫生的協力下，傷勢已經得到控制，子彈也已經取出來了，他只要休息幾個月，等傷口全都癒合，就又可以生龍活虎了。你就放心吧。」

聽到醫生這樣說，柳擎宇的總算放了下來，緊緊地握住醫生的手，說道：「醫生，謝謝你們，謝謝你們。」

醫生一笑：「沒事，這都是我們應該做的。」

這時，陸釗躺在病床上被推了出來，柳擎宇看到戴著氧氣罩的陸釗已經醒了過來，正衝著自己微笑，他輕輕握住陸釗的手說道：

「兄弟，你沒事就好，放心吧，我不會讓真正的幕後凶手跑掉的。我一定會為你報今日一槍之仇！」

說話間，柳擎宇身上殺氣洶湧，整個人在那一刻似乎變成了一把殺氣騰騰的砍刀。

陸釗捏了捏柳擎宇的手，微微一笑，雖然沒有任何的言語，但是柳擎宇知道，陸釗對自己充滿了信任。

絕不能讓信任自己的兄弟失望！柳擎宇的手緊緊握成拳頭，眼中殺氣凜然。

很快，陸釗被送進了高級病房，並且配備了專業的護理人員看護著。

柳擎宇的手機響了起來。

電話是黃德廣打來的：「老大，陸釗怎麼樣了？」

「陸釗手術完了，還好沒有什麼後遺症，休息幾個月就沒事了，你那邊情況如何？」

聽到陸釗沒事，黃德廣的心情也好了起來，連忙說道：

「老大，我這邊全都搞定了。現在網上輿論一片譁然，而且我們也把這份視頻發給了一些省級和北京的電視臺，估計會出現在明天的早間新聞中。」

柳擎宇點點頭：「好，你們幾個繼續盯著，我就不信了，我倒要看看鄒家父子有多麼大的能力，竟然能夠左右蒼山市整個市委常委的決策，這回我看他怎麼左右全國的媒體。」

掛斷電話，柳擎宇接著打給陸釗的老爸：

「陸叔叔，我是擎宇，先向您道個歉，陸釗遭遇到意外，為了救我被人打了一槍，現在手術剛剛結束，手術很成功，您不要擔心，這件事我會追查到底的，一定會把幕後兇手給揪出來。」

電話那頭，陸釗的老爸一張充滿威嚴的國字臉上怒氣豁然浮現，不過他涵養非常高，聽完並沒有立刻發飆，而是沉聲問道：「到底是誰幹的？」

柳擎宇把事情經過講述了一遍，然後說道：

「陸叔叔，現在我手中已經掌握了部分證據，可以肯定的是，丁禿子是受到程一奇的指使才這樣做的，而他這樣做的目的，是保住他公安局副局長的位置，不知道到底是誰動用了很大的能力，想要把這件事大事化小，小事化了，還要求我要保持沉默，被我給拒絕了。現在，這件事情的始末已經在網上公佈出來。您可以看一看網上的相關資訊。陸釗您就放心吧，有我和黃德廣幾個兄弟們一起照顧著，不會有事的。」

聽到兒子沒事，陸釗的老爸陸定康臉色稍微緩和了些。對這個兒子，陸定康相當看重，陸釗更是他的驕傲。

掛斷電話後，陸定康立即上網查看了一下事情的經過，看完相關視頻之後，他徹底震怒了。

陸定康狠狠地拍了一下子桌子，怒聲道：

「過分！這些人實在是太過分了。堂堂的公安局副局長居然指使黑道去幹這種事，實在太荒唐！太荒唐了！」

隨後，陸定康略一猶豫，撥通了白雲省省委書記曾鴻濤的電話。

此刻，已經辛苦一天，晚上又加班批閱檔案直到十一點的曾鴻濤早已進入夢鄉了。

他被電話鈴聲給吵醒後，非常不愉快，因為他工作太忙，睡覺時間有限，所以對睡眠品質要求非常高。他最討厭別人半夜給他打電話。

但是看到來電顯示，他的睡意一下子全都消了，雖然號碼主人級別不如自己高，但是對方的位置實在是太特殊了，所以，他飛快地穿上睡衣，坐起身來，這才接通了電話：

「陸同志，這麼晚了來電話，是不是我們白雲省又有重大違紀事件了？」

陸定康聲音低沉地說道：「曾書記，這麼晚了打擾你，真是不好意思，也不完全是因為公事，有件私事想向你反映一下。」

聽到不是公事，曾鴻濤的心情一下子輕鬆了許多，他最擔心的就是陸定康有公事，那樣的話，對他，對白雲省來說都不是什麼好事。

曾鴻濤笑著說道：「老陸啊，你可是嚇了我一跳，有什麼事你儘管說，咱們是老同學了，我的脾氣你也清楚，範圍內的事情我一定幫忙。」

陸釗聽曾鴻濤用這種語氣說話，便知道他還不清楚新源大酒店發生的事，便忿忿說道：「老曾，我兒子陸釗在你們蒼山市新源大酒店內差點被警匪勾結一槍打死，現在他還躺在醫院裡呢。」

「什麼？陸釗差點被人一槍打死？」

曾鴻濤聽了大驚。

他見過陸釗，知道陸釗的身手相當厲害。要說被人用槍打死，他實在不敢相信。

陸定康接著說道：

「我知道這件事你難以置信，我要告訴你的是，陸釗是為了救柳擎宇才被槍給打中的。而讓我沒有想到的是，你們省裡竟然有人想要把這件事情給壓下來！老曾啊，這件事的幕後到底隱藏著什麼，我不清楚，你看著辦吧。麻煩你了。

「哦，對了，最憤怒的是柳擎宇，現在他把這件事放上了網路，你可以打開電腦上網看一下，裡面有詳細的視頻。」說完，便掛斷了電話。

曾鴻濤眉頭立刻緊皺起來，同時，他的心頭也熊熊地燒起了滔天的怒火。這白雲省怎麼就不能消停一點呢，這才多長時間啊，竟然又出大事了。

雖然陸定康沒有把話說完，但是做到省委書記這個位置，曾鴻濤的思維是相當縝密的。他從陸定康的話中敏感地把握了幾個關鍵訊息：

第一，白雲省想要把這件事情壓下來。

第二，這件事，柳擎宇似乎比陸定康更加憤怒。而以陸定康的身分，特別提到了柳擎宇，就更不簡單了。這個柳擎宇到底是何人？

第三，這件事好像白雲省有人想壓卻沒有壓住。

第四，這件事有著很深的內幕。

第五，那可是陸定康的兒子啊，他卻為了救柳擎宇而受傷，為什麼？

他把這一連串的訊息串聯起來發現，這絕不是一起普通的槍擊事件，而是有著深層次內幕的刑事案件。

最關鍵的是，這起案件中所涉及的人可不是一般人，能夠讓白雲省方面有人出面彈壓這件事，那麼出面彈壓之人會是一般人嗎？一般人彈壓得了嗎？到底是誰要彈壓？為什麼要彈壓？

一個個疑問浮現在曾鴻濤的腦海中，他再也坐不住，也睡不著了。

他來到書房，打開電腦，上網查看起來。看完所有視頻之後，臉色刷的暗沉了下來。

以曾鴻濤的智慧怎麼會看不出來，雖然發帖人是以一個旁觀者的身分來闡述事件，但是明眼人一眼就看得出來，能夠清楚地說出這麼多事情的人只有一個，那就是柳擎宇。

看完視頻，曾鴻濤再次產生了幾個疑問，通過現場的視頻錄影可以確定，程一奇絕對和丁禿子有著密切的關係，然而，**這後面的水究竟有多深？**

就在曾鴻濤思考的時候，在蒼山市，鄒海鵬、董浩兩人也沒有任何睡意，正在不停地撥打著電話。

尤其是鄒海鵬，更是一個電話打到了市委宣傳部部長王碩那裡，聲音中帶著幾分憤怒說道：

「王部長，你們市委宣傳部的動作太慢了吧，現在那些帖子和視頻已經在網上掛了幾個小時了，怎麼還沒有被刪除？」

王碩此刻滿臉憔悴，前幾個小時，他為了想辦法平息帖子所帶來的輿論壓力，忙得焦頭爛額，聽到鄒海鵬如此質問，他不禁心中也來了火，語氣生硬地回道：

「鄒書記，你說這話就太讓我們宣傳部門寒心了吧，我們已經多方聯繫，幾乎出動了所有的工作人員，連夜加班來進行協調，你應該看到，人家發的帖子裡出現的是視頻錄影，是實實在在的證據，那可不是虛構的。我們就算是要求有關網站刪除這些帖子，總得給出理由，給出原因吧！

「這時候很多網站的工作人員早已經下班了，我們要刪除這些帖子需要走其他途徑，尤其是有些帖子的刪除還需要花錢。現在我們已經花去將近六十萬了，這已經到達我們應急預算的極限了。」

感受到王碩滿腔的怒氣，鄒海鵬也知道自己有些太急了，沒有注意到王碩的感受，現在他還必須借助王碩宣傳部的力量，連忙道歉道：

「王部長，真是不好意思啊，我剛才說的話有些過分了，不過我也是為了我們蒼山市著想啊，這件事情的影響實在是太惡劣了。你那邊還是想辦法盡量刪帖，我這邊立刻給李市長打電話，讓市財政給你們先批去兩百萬經費，你們先花，不夠我再幫你們協調，你看怎麼樣？」

聽鄒海鵬這樣說，王碩氣才消了些，但是話語間依然顯得有些凝重：

「鄒書記，剛才我接到最新消息，新源大酒店的視頻有不少省級電視臺都接到了，而且很可能明天的晨間新聞就會報導此事，只憑我們市委宣傳部的力量想讓這些省級電視臺撤銷這個新聞，恐怕很難辦到，我建議請求省委宣傳部出面協調此事。」

鄒海鵬聽到這個消息，一下子坐到了沙發上，臉色顯得異常難看。

他之所以想盡辦法要把這次事件按下去，是因為他已經知道事件是自己的兒子與董天霸、馬小剛三人合謀幹的。

他和董浩、馬宏偉三人聯手向省裡各自的靠山們求助，耗費了很大的心血，才得以在市委常委會上力壓市委書記王中山，以一票的優勢通過了大事化小的決議。他怎麼也沒有想到，柳擎宇竟然沒有善罷甘休的意思，還把這件事捅到了網上。

鄒海鵬知道，要想化解眼前的危局，只有先從源頭做起了。

他立刻拿出手機，撥通了市委書記王中山的電話，怒聲說道：

「王書記，柳擎宇這次做得太過分了，我們明明已經通過決議，他竟然還導演了這次網路輿論，把我們蒼山市再次推到了風口浪尖，他這是居心叵測啊。您說，他這樣的城管局局長稱職嗎？他連最起碼的大局觀都沒有！我建議市委立刻讓景林縣縣委作出決定，立刻開除柳擎宇的公職，依法嚴肅處理。」

王中山也怒了，他也判斷出來，柳擎宇被砍的背後絕對和鄒家父子脫不了關係，現在鄒海鵬竟然還敢到自己這邊來說想要開除柳擎宇！

是可忍，孰不可忍，一向求穩的王中山也爆發了：「鄒海鵬，你要弄清楚一件事情，做任何事都要講究證據！你有證據證明這次事情是柳擎宇幹的嗎？據我所知，柳擎宇一直在醫院裡守候著他的兄弟，他如何做得了這件事？」

鄒海鵬立刻說道：「王書記，柳擎宇他們可不止一個人啊，他幹不了，可以讓別人幹啊，這種事只有他才幹得出來。」

王中山怒道：「鄒同志，我再強調一遍，做任何事都要講究證據，就像網上那個帖子，一直在暗示一件事，柳擎宇被砍和你們鄒家父子脫不了干係，但是我們市委並沒有對你們採取任何措施？為什麼？因為帖子裡沒有提供任何證據！

「我們這是什麼地方？是蒼山市市委！我們做事情必須實事求是，不能你手中掌握權力就可以為所欲為，就可以亂用！如果你掌握了確實是柳擎宇幹的證據，我第一個出面提議開除柳擎宇，如果沒有證據，以後不要再提這麼荒謬之事。

「還有，這次事情鬧得太大了，恐怕不好收場，你做好心理準備，我現在立刻聯繫省委宣傳部，讓他們出面協調這次輿論危機，否則，一旦明天各個省級電視臺播出這個新聞，我們蒼山市的形象就徹底毀了。」

說完，王中山直接掛斷了電話。

鄒海鵬這些人動用自己的關係對蒼山市市委常委施壓，導致自己要查處此事的提議無法在市委常委會上通過。現在，整個事件的走勢，蒼山市市委已經失去了主導權，只能向省委宣傳部求助，而自己則有可能再次在省委領導眼中失分，這一切的根源就在於鄒家父子。

王中山怒了！

曾鴻濤也怒了，因為他發現網上又出現了新的資訊。新的資訊是一個音效檔，是程一奇和丁禿子之間的一段對話，從對話中可以清楚地知道，丁禿子和程一奇之間存在著嚴重的錢權交易，而且可以確定，丁禿子在蒼山市的保護傘就是程一奇。

這次丁禿子砍殺柳擎宇的行為完全是受到程一奇的指使才行動的，程一奇是為了保住副局長的位置，並且想要透過此事向某人示好，從而獲得常務副局長的位置。

聽完這段對話，曾鴻濤狠狠一拍桌子，怒聲道：

「混蛋！無恥！這還是我們的幹部嗎！這還有一點點的廉恥之心和為國為民之心嗎？有這樣濫用權力的嗎？這根本就是權錢交易啊！身為公安局副局長，竟然和惡勢力勾結，為了晉升和保住官位做出如此不堪之事，太過分了，真是太過分了。」

就在這時候，曾鴻濤的手機再次響了起來。

電話是省委宣傳部部長李雲打來的，他是接到蒼山市市委宣傳部方面的求援電話後，思考再三，最終決定給曾鴻濤打這個電話的。

李雲向曾鴻濤報告了這次事件的嚴重性，尤其是好幾個省級電視臺在明天的晨間新聞很可能就會播放出來。建議宣傳部和省委方面同時出面協調各個電視臺，希望他們不要播報。

雖然李雲屬於曾鴻濤派系的人，但是他對李雲的提議並不認同：

「在這件事情上，我不同意你的意見，雖然按你說的，或許能夠暫時把這件事壓下去，但是從長遠來看，對我們白雲省並沒有太大的好處，我認為如果電視臺打算報導，就讓他們報吧，我們絕不能藏著掖著，相反，我們應該高度重視此事。

「同時，我認為要成立一個調查小組，由你親自牽頭，從省紀委、省公安廳、省委組織部、省政府辦公廳各抽調一個人，前往蒼山市進行調查，必須儘快把此事的前因後果調查清楚，並且及時把處理結果向大眾公佈。

「我們白雲省省委絕對不能有任何掩飾，很多時候，堵不如疏，趁此機會，大力整頓幹部作風，殺一儆百，絕不能不當包庇，更不能出現官官相護的事情，一會兒我會再給蒼山市打個電話，讓他們查清真相，凡是和丁禿子這種黑道分子有牽連的人員，都清除出幹部隊伍，一個不留。立刻採取行動，儘快交代下去吧。」

從曾鴻濤嚴肅的語氣中，李雲感受到了這位省委大老心底的那股憤怒，連忙表示自己會立刻行動。

曾鴻濤在行動！

鄒海鵬也在行動。

尤其是當他接到市委宣傳部方面打來的電話，告訴他協調失敗，省委宣傳部部長李雲將會帶著調查小組下來進行調查的時候，他急得有如熱鍋上的螞蟻一般。

這件事情必須儘快阻止，否則的話，一旦調查小組下來，自己就真的麻煩了。

所以，他一個電話打到自己的老領導那邊：

「老領導，我聽說曾書記下令要成立聯合調查小組，您看曾書記這樣做是不是不太妥當啊……」

鄒海鵬話還沒說完，對方便沉聲道：

「小鄒啊，實話跟你說吧，你們蒼山市這次做得實在是太超過了，據我所知，曾書記對此事非常憤怒，如果是平時，我或許還可以和曾書記掰掰手腕，但是這件事上，我絕不能這樣幹，否則，那可就是蓄意製造班子間的矛盾了。這件事我不會過問，我能夠幫你的只有這麼多，你好自為之吧。」說完，對方直接掛掉了電話。

這一下，鄒海鵬徹底傻了。

他是在事後才知道此事，狠狠地扇了鄒文超幾個大嘴巴，狠狠地教訓了他一頓，痛罵他沒有頭腦，實在是太蠢了，這簡直是作繭自縛啊。

柳擎宇好歹也是城管局局長，正科級的國家幹部，是說幹掉就幹掉的嗎？就算想要報復，也得從官場方面入手，而不是用打打殺殺這樣沒有水準的方式。這麼做是最容忍被人抓住把柄的。

然而，事情已經發生了，無法挽回。現在只能想辦法進行補救。

但是現在連老領導都不幫他了，他徹底頭疼了。

在鄒海鵬焦頭爛額的時候，柳擎宇也沒有閒著。

柳擎宇查看了一下網上的評論，意識到了一個十分嚴重的問題，現在的物證只能確定丁禿子是受到程一奇指使才去砍人的，程一奇和鄒文超或者鄒海鵬的關係則僅僅是合理的推測而已，並沒有實質證據可以證明這一點，想要動鄒海鵬不太容易。

柳擎宇眉頭緊緊皺了起來。

站在陸釗病房外面，柳擎宇來回地踱著步。

怎麼辦？我到底該怎麼辦呢？

就在這時候，一個陌生的號碼打了進來。知道自己這個電話號碼的人並不多，會是誰呢？

他還是接通了，是新源大酒店總裁嚴琳打來的。

「柳先生，我和羅興旺在對查看錄影重播的時候，發現程一奇被帶走時，悄悄地把他的手機丟進了一個垃圾桶。我們已經找到了這支手機，裡面有程一奇和鄒文超之間的對話錄音。從談話內容，可以確定程一奇的確是受了鄒文超的威脅和指使，才對你們出手的。」

柳擎宇聽了大為興奮：「好，你立刻親自把手機給我送到醫院來。」

隨後，柳擎宇撥通黃德廣的電話：「德廣，你們幾個過來一趟，帶著筆電，還有，丁禿子的手機也給我帶過來。」

黃德廣立刻表示馬上過來。

當時柳擎宇擒下丁禿子後，曾把他交給黃德廣看守，黃德廣有很敏銳的頭腦，心知要想扳倒這個丁禿子，證據十分重要，所以，他運用了以前從一個神偷那兒學到的絕技，將丁禿子衣服口袋中的手機和錢包悄悄的偷了出來，藏在身上。

丁禿子萬萬沒有想到，他本來想要用來自保，對付程一奇的錄音內容，竟成了用來證明他們之間關係的一個重要的證據。

黃德廣、林雲以及嚴琳幾乎是同時趕到的。

柳擎宇眼中射出寒光：「鄒文超，你的末日馬上就要到了。」

嚴琳把手機遞給柳擎宇，柳擎宇聽了程一奇和鄒文超的對話內容後，在眾人不解的目光下，用傳輸線把程一奇的智慧手機和林雲帶來的電腦連在一起，隨後快速編寫了一個程式，程一奇的移動軌跡立即清楚地顯示出來。

柳擎宇給大家解釋道：

「現在的智慧手機上都帶有衛星定位系統，通過衛星定位，就可以知道手機的主人什麼時候在什麼地方。」

柳擎宇發現程一奇在「鴻運茶館」內待的時間挺長的，從這裡出來之後，他就趕往新源大酒店了。便交代黃德廣說道：

「德廣，你和林雲，再加上嚴琳、羅興旺，你們四個立刻趕到這家鴻運茶館，想辦法調到這家茶館以及附近的監控錄影，看看鄒文超和程一奇兩人是不是在這間茶館內見面的，以及這段談話錄音是不是在這家茶館內錄下的。」

幾人立刻出發。

他們辦事的效率非常高，不到半個小時，黃德廣就有了回覆：

「老大，錄影找到了。從茶館的監控錄影可以看出，事發前，程一奇的確和鄒文超、董天霸、馬小剛在這個茶館內見面，據老闆說，他們在裡面待了有半個多小時。」

「很好，你們立刻把錄影複製下來帶回來。」柳擎宇吩咐道。

當黃德廣他們趕回來後，柳擎宇給市公安局局長鍾海濤打了一個電話：

「鍾局長，我已經掌握確鑿的證據，可以證明整個新源大酒店事件是鄒文超一手策劃的，我現在馬上透過網路傳給你，你看一下。」

鍾海濤此刻的壓力非常大，調查小組正在往蒼山市方向趕，要是他不盡快拿出調查結果，等調查小組來才查出結果的話，他這個局長恐怕也幹到頭了。所以聽到柳擎宇的話，他立刻說道：「好，你直接發到我的郵箱裡吧，我馬上看。」

當鍾海濤看完柳擎宇發來的檔案後，他的臉色立刻變得嚴峻起來，這些證據，絕對可以定鄒文超的罪了，現在的問題在於，鄒文超是鄒海鵬的兒子啊，而鄒海鵬可是蒼山市的市委副書記，如果自己出面把鄒文超給辦了的話，就算是徹底得罪鄒海鵬了，我該怎麼辦呢？

他在辦公室裡來來回回地走著。一時間，鍾海濤有些猶豫了。

第十章

鐵腕局長

想要捍衛權力可不是想一想就能辦到的，而柳擎宇在最恰當的時間、最恰當的地點、最恰當的人群面前，在自己佔據絕對優勢的局勢之下，直接將他這個鐵腕局長最強勢、最犀利的一面展現在所有城管局人員面前。

柳擎宇把資料發給鍾海濤後，對林雲說道：「林雲，你帶著兄弟們先找個地方休息一下，如果兩小時內鍾海濤那邊沒有結果，你把這些資料也都發到網上，我還就不信了，這白雲省就沒有一個敢做主的。」

對他來說，任何膽敢傷害自己兄弟、朋友和女人的人，他絕不會放過，因為這是他的逆鱗！

龍有逆鱗，觸之必怒！狂龍之怒，焰火滔天！

事情都發展到這種程度了，如果蒼山市再不給自己一個交代的話，他也豁出去了，哪怕是這個官不當了，也要把整個蒼山市攪他個天翻地覆！

因為**他要的是公平正義！他要的是法律面前人人平等！**

他不能容忍有錢有勢之人憑藉權勢就可以逍遙法外！絕對不能容忍！

此刻，鍾海濤思考了足足有十多分鐘的時間，菸都抽了兩根。

最後，他猛的把桌上的杯子狠狠地往地上一摔，咬著牙怒道：

「老子瞻前顧後怕個鳥啊！難道市委副書記的兒子就不是人了嗎？難道市委副書記的兒子犯法就可以逍遙法外了嗎？大不了老子這個公安局局長不當了，我也必須主持這個公道！這才對得起這身警服！」

想通這點，鍾海濤放下了所有的包袱，拿起桌上的電話撥通了市委書記王中山的電話：「王書記，我剛剛從柳擎宇那邊拿到鄒文超夥同董天霸、馬小剛謀刺柳擎宇的有力罪證，我將對三人進行逮捕行動。」

王中山眉頭一皺，沒想到事情竟嚴重到這種地步，涉案的不僅有鄒海鵬之子，還有董浩及馬宏偉之子，這可就有些棘手了。

不過，王中山也是一個頗有決斷之人，他晃了晃腦袋，眼中現出果決堅毅之色，對鍾海濤說道：

「好，鍾同志，你放心大膽去做吧，有什麼需要我協調的，儘管打電話給我，我會替你頂住一切壓力。這件事不管涉及誰，必須一查到底，絕不寬容！身為國家幹部，我們必須維護法律的尊嚴，確保法律之前人人平等，如果連這一點都做不到，我們和那些貪官污吏有什麼分別！還有，丁禿子和程一奇的自殺也很蹊蹺，這也必須查清楚，不管涉及誰，絕不能姑息。」

聽王中山這字字鏗鏘的話，鍾海濤心中亢奮不已，拳頭在空中使勁地揮舞了一下，他知道，一向求穩的王書記能夠做出如此果斷的決定真的非常不容易，在關鍵時刻，勇於承擔，頂住一切壓力，王書記不愧是蒼山市的一把手！

鍾海濤立刻大聲說道：「王書記，請您放心，我們市公安局一定會把這件事情查個水落石出的。」

掛斷電話，鍾海濤立刻走出辦公室，叫上依然堅守工作崗位的幾位同事，分成三個小組，帶著他們分別趕往鄒家、董家和馬家抓人。

然而，董浩不愧是政法委書記，老奸巨猾，早在鍾海濤親信的這些人中埋下了自己的人，平時此人從來沒有露出過任何破綻，在前去抓人的路上，那個人第一時間把這個消息發給了董浩。

董浩得到消息後簡直驚呆了，急得在房內不知如何是好，在他身邊，則是垂頭喪氣、臉上巴掌印依然腫脹明顯的董天霸。

「爸，要不我連夜潛逃吧？」董天霸焦急地說道。

「逃？你能逃到哪裡去？你真要是逃跑了，你老爸我這個政法委書記也就別幹了。你老實給我待著！這件事我來處理。」

說完，董浩先給馬宏偉打了個電話，溝通了一下，再撥通了鄒海鵬的電話。

「鄒書記，我是董浩。」

此刻鄒海鵬也還沒有睡，因為他不知道今晚的局勢將會發展到何種地步。接到董浩的電話，他立即問道：「老董，有事嗎？」

董浩開門見山地說道：「老鄒，文超保不住了，鍾海濤已經帶人前往你家抓人了。」

聽到這個惡耗，鄒海鵬的臉色變得慘白，拿著電話的手也顫抖起來。

他儘量讓自己的情緒鎮定下來：「老董，難道這事一點挽回的餘地都沒有了嗎？你可是政法委書記啊，難道你不能打電話讓鍾海濤停止抓人嗎？」

董浩聲音苦澀地說道：

「老鄒，實話跟你說吧，鍾海濤已經掌握了確鑿的證據，所以才採取行動的，而且，不僅是文超涉案，天霸和馬小剛也涉入其中，我問過天霸了，他說，主謀者是文超，我給你打電話，是希望你跟文超好好溝通一下，讓他把所有的事情都承擔下來，我向你保證，只要文超一人獨攬，哪怕是被判刑入獄，我可以讓他在兩個月之內就從監獄裡出來。我也和馬宏偉同志溝通過了，他完全支持我的這個提議。你考慮一下。」

聽了董浩這番話，鄒海鵬差點氣得罵娘，但是想來想去，似乎也只有這樣做才能將傷害減到最低，也只有如此，董浩才會傾全力把文超弄出來。要想保住兒子，也只有這招破釜沉舟之計了。

雖然鄒海鵬很快就想明白了其中的關鍵，老奸巨猾的他依然假裝沉默了足足有三分鐘，這才沉聲問道：「老董，你確定文超入獄後你可以把他給弄出來？」

董浩沒有絲毫猶豫地說：「老鄒，我老董的為人你還不清楚嗎？我說過的話絕對算數，而且，我保證他入獄兩個月內就能以保外就醫或其他的理由把他給弄出來。」

鄒海鵬點點頭：「好，成交，我會讓文超把所有事情全都承擔下來的。」

鄒海鵬立刻讓兒子給鍾海濤打電話，說他要自首。

鍾海濤接到這個電話，心中一驚，看來抓人的行動被鄒海鵬給知道了，顯然鄒文超是想要用自首來減輕自己的罪行啊。

不過對他而言，只要鄒文超被捕，過程就不太重要了，所以他毫不猶豫地答應了，告訴對方，在家裡等著。

鄒文超最終被蒼山市公安局帶走了，同時，董天霸和馬小剛也認罪了，不過兩人自首的罪名是知情不報，卻不承認與鄒文超一起策劃了這件事情。

在公安局內，鄒文超很乾脆地把所有責任都給扛了下來，加上三人口供一致，雖然有視頻錄影證明他們三人一起和程一奇見了面，甚至還有他們的談話錄音，但是並不足以判定其他兩人有罪。

最終，鄒文超被捕，進入司法程序，董天霸和馬小剛則在做完筆錄後放了出來。

省委督察組在凌晨六點左右趕到了蒼山市。

蒼山市市委書記王中山、公安局局長鍾海濤第一時間向省委督察組報告了此案的最新進展，李雲對兩人辦事的效率給予了高度肯定，並指示省電視臺的隨行記者立刻把最新調查結果在早晨七點的新聞中播出。

與此同時，李雲也代表省委班子宣布給予鄒海鵬嚴重警告處分。這個結果，是李雲跟省委書記曾鴻濤進行溝通的結果。

隨著事件處理結果的公布，民眾對政府如此迅速地做出反應以及快速破案紛紛給予肯定支持，原本一場輿論危機卻為白雲省的省委班子贏得了諸多好評。

柳擎宇在得知處理結果後，這口怒氣才算是消減下來，他相信事情的始作俑者絕對是鄒文超，至於董天霸和馬小剛，頂多算是幫凶而已。對這兩個人，柳擎宇倒是沒有太大的恨意，他知道以這兩個傢伙的智商，絕對策劃不出這麼陰險、這麼狠辣的計畫。

不過柳擎宇也對鄒海鵬、董浩等人提高了警惕，他知道這些人肯定會對自己進行報復的。現在自己不過是個小小的城管局局長而已，想和鄒海鵬這種級別的大老進行較量還差很多。

為了照顧陸釗，柳擎宇特意向縣委書記夏正德請了三天假，等確認陸釗徹底脫離危險期，只需要靜養後，這才和眾位兄弟告別，返回縣裡。

陸釗在傷勢平穩後，也轉入北京的頂級醫院，由父母和龍組接手照顧。

經過此事，柳擎宇在蒼山市市委常委的眼中，在白雲省省委領導的眼中，全都掛上號了，**這傢伙就是顆地雷啊，扔到哪裡都有可能引爆。**

尤其是省委書記曾鴻濤，更是對柳擎宇重點關注，吩咐秘書，凡是涉及柳擎宇的任何事情都要在第一時間通知自己。

經過對柳擎宇的一番調查，曾鴻濤瞭解柳擎宇雖然脾氣火爆，卻是一個真心為民做事的好官。對這樣一個敢於做事、不怕得罪人的年輕官員，他十分欣賞。

不過，他還要繼續觀察一下柳擎宇的政治智慧到底如何，畢竟，官場是一個利益彙聚之地，要想在官場上生存下去，僅僅是有一顆為民辦事之心還是不夠的，他不介意對柳擎宇好好培養一番。

至於柳擎宇的身分，從柳擎宇的簡歷來看，柳擎宇的身分絕對不簡單，他看得出來，柳擎宇背後的人並不想讓別人知道他的身分，所以他也不打算深查下去，純粹是把柳擎宇看成是一位官場新秀。

景林縣局勢看似平靜，實則危機四伏，柳擎宇如果能夠生存下來，那證明這小子絕對有潛力，可以栽培；如果無法生存下來，曾鴻濤相信自然也會有人站出來為柳擎宇收拾殘局的。

而柳擎宇的老爸劉飛對兒子在蒼山市的遭遇早就看在眼中，卻連句話都沒有說，一直保持沉默。諸葛豐等人都很明白劉飛的意圖，那就是要讓柳擎宇在這種危機四伏的環境中多多磨礪。

柳擎宇回到景林縣城管局，卻沒想到常務副局長韓明強已經給他準備好了一個個陷阱，就等著他往裡面跳了。

柳擎宇剛在辦公室坐下，辦公室主任龍翔便趕了過來。

龍翔臉色有些不太好看，訴苦道：「局長，韓明強他們幾個實在是太不像話了。您不在的這幾天，他們在第一批協管隊員的考核問題上上下其手，十分囂張。」

「哦？怎麼囂張？他們都做了什麼事情？說來聽聽。」柳擎宇淡淡說道。

「局長，您一走，韓明強他們便放出消息，說是在考核的規則以外，凡是做事努力，服從領導意見的協管人員，在考核中都會獲得額外的加分。他們雖然並沒有否定您制定的那個考核標準，卻來了一個額外加分選項，這豈不是變相增加他的發言權，減少考核標準的作用嗎？最讓人氣憤的是，他所說的那個額外加分的規則根本就不能稱之為標準，也沒有規則和標準可循，好與壞完全是韓明強一句話決定。」

說到這裡，龍翔更是氣憤了，說道：

「自從韓明強放出額外加分的那番話之後，去韓明強家以及辦公室彙報的協管人員，甚至各個直屬單位的各級領導幹部越來越多，據我所知，韓明強他們也利用這個機會大肆收受賄賂。雖然我沒有證據，但是聽到下面人說要想在第一批名單中保住名額，最少要一萬塊，這還得是有關係的，如果沒有關係的，至少三萬塊才能保住位置。

「很多規規矩矩做事，但是沒有向他們靠攏或者送禮的那些協管人員，考核分數明顯偏低，反而是走後門進來的那些人評分比較高；最讓人氣結的是，協管隊伍中，真正認真做事的協管人員最多也就三分之一，至少有三分之二的人是人浮於事的。所以，雖然韓明強他們的做法不公平，那些考核分數偏低的人即使有怨氣也不敢吵，不敢鬧，只是這些人最近的工作狀態不是很好。也開始有些草率行事了。」

「龍翔，你認為韓明強這樣做，對我來說是好事還是壞事？」柳擎宇問。

龍翔曉得柳擎宇這是在考驗他。見柳擎宇詢問自己意見，也就不再藏拙，侃侃而談：「局長，我認為他們這樣做，雖然會獲得三分之二的人的支持，但是這樣做，也恰恰得罪了剩下的那三分之一無權無勢的人，那些人受到了不公正的待遇，肯定會在心裡對韓明強等人心生不滿。以前您沒來的時候，這些人對韓明強沒有感覺，您來了之後，只這麼輕輕鬆鬆的一個考核提議，便立刻讓三分之一的人對韓明強他們產生了不滿，這種分化手段可謂高明無比，從這個角度上說，不管韓明強他們通過這次考核獲得了什麼，在大局上，他們都輸了一籌。」

聽到龍翔的這番分析，柳擎宇點點頭，道：「嗯，還有嗎？就這些嗎？」

龍翔笑著說道：「當然不止這些，局長，我不得不說，您這一招棋走得真是太高明了，我認為，您提議第一次削減三分之一協管人員應該只是第一步棋，而您讓韓明強負責第一批協管人員的考核，肯定也有您的考慮；我相信，韓明強等人的表現肯定在您的預料之中，否則，您也不可能剛剛把執法大隊的掌控權從韓明強的手中拿過來，又把主導權交給他。我猜這應該是您的欲擒故縱之計，甚至其中還夾雜著其他計謀。」

柳擎宇笑了。他知道自己沒有看錯人，這個龍翔對自己的佈局洞若觀火，幸好他早就被拉到自己陣營中，不然他站到韓明強陣營的話，自己的佈局就會困難多了。

柳擎宇又問：「龍翔，你認為韓明強他們就看不穿我的這些手法嗎？他們可都是老狐狸啊。」

「我相信他們一定看得出來，尤其是您把這考核主導權交給韓明強，這麼明顯的事他怎麼可能看不出來呢？但是問題在於，就算他看出來了，也未必就不會落入您的佈局中。因為人在很多時候，總是存著一絲僥倖心理，這是人性的弱點，韓明強也不例外，就算他看出您埋有伏筆，以他的自負和自傲，他肯定認為他只要能夠掌控三分之二人的支持，您就翻不出他的手掌心，而且執法大隊的幹部層大部分都是他和劉天華、張新生三人的嫡系人馬，他堅信整個執法大隊依然在他的掌控之中，根本就不擔心您拿出什麼手段來對付他。」

聽到龍翔竟然能夠分析到這個層次，柳擎宇對龍翔更加滿意了，「嗯，不錯，龍翔啊，讓你當這個辦公室主任真的有些屈才了，這次，無論如何我都得把你推上副局長的位置。」

開了句玩笑後，柳擎宇繼續說道：

「你分析的都差不多，不過還是忽略了一點，那就是韓明強他們三人在這次舞弊事件中也是包藏禍心的，他們是想要通過作弊手段，讓越來越多的人對我在城管局大力整頓心生不滿，不管是他故意收取協管人員的好處費也好，故意在考核標準上實施雙重標準也好，他的目的都是想要敗壞我的名聲，破壞我對整個城管局實施大力整頓的大局，這一點才是他所有行動的目標，這也是他為什麼明知不可為而為之。這個韓明強雖然在我到城管局之後接連被我落了面子，但的確是一個十分有城府之人，要想把他擺平還真不是一件容易之事。」

龍翔的眼中閃出兩道欽佩的目光，他發現，柳擎宇思維縝密異常，不僅布下了如此連綿的局，還能夠一眼就看穿韓明強所有的行動，這種能力絕不比那些在官場上縱橫多年的官場老油條差啊。

「局長，既然您知道韓明強的目的是要破壞您對城管局進行大規模的整頓，那麼接下來我們該怎麼辦呢？要不要想辦法阻止他的這種行為？」龍翔忍不住問道。

柳擎宇嘿嘿笑道：「阻止？為什麼要阻止？不是有那句話嗎，福兮，禍所伏；禍兮，福所倚，韓明強認為他可以破壞我的大局，但是只要我們能夠巧妙借助局勢的發展，在關鍵點上打亂他的節奏，就可以輕鬆扭轉局勢，讓他功虧一簣，那個時候，才是我真正該出手的時機。」

隨著柳擎宇的回歸，景林縣城管局內部的局勢再次緊張起來。

與柳擎宇這邊冷冷清清，門可羅雀的情況相比，韓明強辦公室內人氣越來越高，就連劉天華和張新生兩個人辦公室內的人氣都比柳擎宇的辦公室要高出很多，至於他們三個家裡的人氣就更足了，拎著各種禮物前去送禮的人更是一波接著一波。

柳擎宇對這種情形卻仍是視若無睹，依然忙碌著自己的工作。

韓明強辦公室內。

劉天華、張新生坐在沙發上，一邊喝茶抽菸，一邊討論著這件事。

張新生說：「老韓啊，柳擎宇那邊到底是怎麼回事？按理說他剛在蒼山市搞出那麼大的動靜，連鄒文超那樣強勢的傢伙都給弄進去了，他這次回來之後應該異常高調才是，為什麼偏偏他仍是如此低調呢？而且我們採取了不少手段對柳擎宇進行試探，包括我們做出不少收禮的假象去迷惑柳擎宇，想讓他出手，為什麼他一直按兵不動？難道他看出了我們收禮那些假象是陷阱不成？難道他真的可以容忍我們在考核過程中為所欲為不成？這不像柳擎宇的性格啊？」

劉天華接著說道：「老張說得很有道理，老韓，這小子該不會是又憋著什麼別的壞水吧？我看我們得好好防備一下了。」

韓明強老神在在地說：

「不管柳擎宇這傢伙到底憋著什麼鬼主意，我們都可以直接無視，因為什麼陰謀詭計都只有在使出來後才能達到效果，對於目前城管局內的局勢而言，我們牢牢掌控著七成以上的核心部門，幾乎過半的中層領導都是我們提拔起來的，柳擎宇就算想要實施什麼大整頓計畫，也只能是乾打雷不下雨，所以，我們盡可以淡然處之。

「而且，我們已經給柳擎宇下了天大的一個絆子，這次的考核完成後，當那些被淘汰的協管人員的怒氣達到一定的程度，我們再好好引導一番，讓他們再加上那些沒有被淘汰的人一起去縣委縣政府告柳擎宇的狀，到時候，柳擎宇必定會吃不了兜著走，等到縣委縣政府的領導們意識到柳擎宇的整頓是越整越亂，縣委和縣政府的領導一起下令，柳擎宇想要再對城管局進行整頓就沒有可能了。」

韓明強冷哼一聲，說道：「哼，柳擎宇以為他讓我來負責第一批的考核，我就會對他感恩戴德嗎？他也太小看我韓明強了，難道我不知道這是他的一個陷阱？不過呢，目前我們也不能輕敵。在考核上，我們繼續做手腳，想辦法先把柳擎宇想要進行大整頓的念頭給他滅掉。到那個時候，他只能老老實實地做他的光桿司令！除了辦公室以外，他控制不了城管局的任何部門！」

時間一天天地過去。眼看著再有半個月的時間就到春節了，而景林縣城管局協管隊伍第一次考核結果明天就要揭曉了。

在考核過程中，柳擎宇自始至終都沒有插手此事，放手讓韓明強去做。而韓明強、劉天華、張新生幾個則勾結在一起，明天的考核結果公佈，就是韓明強等人對柳擎宇發動反攻的時候。

此刻，柳擎宇依然不慌不忙地處理著各種瑣碎事務，通過這段時間的摸底，柳擎宇已經對城管局內部所有部門各個層級的領導有了一個全面的認識，包括每個領導隸屬於誰都摸得一清二楚。

柳擎宇辦公室內。

龍翔和柳擎宇面對面坐在沙發上。

「龍翔啊，這些日子真是辛苦你了，搜集整理這麼多的資料的確很不容易。」

龍翔靦腆地道：「局長，您太客氣了，這都是我這個辦公室主任應該做的。局長啊，我很納悶，您到底有什麼底牌呢？難道您就不擔心明天上午的全體會議上，韓明強他們宣布完考核結果後，會趁機做出很多對您不利的事嗎？」

柳擎宇哈哈大笑道：「這有什麼好擔心的？我正等著他們這樣做呢！我上次不是說了嗎？很多時候，逆轉局勢往往只是那麼一瞬間的事，關鍵就是要有所準備。你看著吧，明天的全體大會上，我會給韓明強一個天大的驚喜的，想要破壞我大力整頓城管局的提議，他還不夠資格！」

聽到柳擎宇這樣說，龍翔的心中充滿了期待。

城管局全體大會的前一晚。

韓明強、劉天華、張新生三人再次坐在一起。

韓明強看向兩人說道：「明天的大會準備情況如何了？該佈置的都佈置好了嗎？」

劉天華點點頭，說道：「老韓，我這邊你就放心吧，全都佈置好了。只要等明天的全體大會召開完畢，柳擎宇在局裡的威信就算徹底完蛋了。而且只要會議結果一宣布，那些被淘汰的協管家屬們將會第一時間得到消息，同時，沒有被淘汰的家屬們將會在接到簡訊後，全部到縣政府門前集合，要求取消這種不公正的考核方式。到那個時候，柳擎宇連一點反擊的機會都沒有了……」

說著，劉天華又把其他的部署也彙報了一遍。韓明強聽完看向張新生：「老張，你那邊呢？」

張新生一陣陰笑，說道：

「老韓啊，我這邊你儘管放心，在會場上鬧事的人我都已經物色好了，也跟他們談好了，雖然鬧事會把他們開除，但是下家單位我都幫助他們協調好了，保證沒有後顧之憂！這一次，我們一定要通過這次全體會議，狠狠地打一打柳擎宇的臉，哼，這小子想要利用考核陰我們，我們要讓他偷雞不成蝕把米！」

韓明強聽了滿意地說：「好，這一次，我們一定要讓明天的全體會議成為柳擎宇的滑鐵盧！要將他徹底擊敗！」

此刻，雙方全都厲兵秣馬，殺氣騰騰。

第二天是週六，平時週末幾乎連個人影都看不到的城管局大院內人流湧動，從八點半開始，便陸陸續續有工作人員走進大院，直奔大會議室，按照部門、級別找到自己的座位坐下，等待第一次局全體會議正式開始。

雖然這次會議，局裡並沒有要求必須出席，但是幾乎沒有人不來參加這次會議，因為大家都知道，這次會議的結果將會直接決定今後縣城管局的走勢。

大家都清楚，今天的會議將會是新上任的局長和以常務副局長韓明強為首的舊勢力之間的第一次公開的激烈碰撞，到底誰勝誰負，也將會影響到很多人的命運。

已經是八點五十八分了，劉天華、張新生、林小邪等人全部已經到場。

劉天華看著台下黑壓壓的人群，臉上充滿了得意。韓明強今天絕對不會比柳擎宇更早到。這就是氣勢。

八點五十九分，柳擎宇出現在會議室門口，四平八穩地走上主席臺自己的位置。

他看到旁邊的位置，韓明強還沒有出現的時候，淡淡一笑。對這種小伎倆他根本沒看在眼中，到底誰才是真正的局長，將會在會議上決出結果。

柳擎宇剛剛坐下，在八點五十九分五十秒的時候，韓明強趕在最後十秒前邁入會場，邊走邊向在場的眾人揮手致意。下面張新生事先安排的托兒們紛紛鼓起掌來，在他們的帶動下，頓時掌聲如雷，氣勢驚人。

韓明強走到自己的座位上坐下，看向柳擎宇，充滿挑釁地說道：「柳局長，我今天沒有遲到吧？」

柳擎宇無視韓明強的挑釁，看向會議主持人張新生，說道：「好了，會議可以開始了。」

張新生拉過眼前的麥克風，心中寫滿了得意，因為這一次的會議安排是兩年前他剛剛被提拔到副局長位置上之後，和韓明強一起商量著確定的，後來便逐漸形成了這個模式，為的就是讓後面所有城管局的會議按照他們所制定的套路來開，也就是說，會議由他這個副局長來負責主持。

一般而言，新任局長上任之後都會蕭規曹隨一段時間，正是這段時間，在他的主持下，逐漸剝奪新任局長的威信，讓韓明強建立了自己的威信。

這一次，柳擎宇上任後的第一次全體大會，柳擎宇也跟前面幾任局長一樣，選擇了依舊讓他來負責主持會議，而這恰恰是他所期待的。

張新生手持麥克風朗聲說道：

「全體同事們，現在我們正式開會，今天會議的主題只有一個，那就是宣布第一批執法大隊協管人員裁減名單，等一會兒聽到自己名字的人，請自動到局人事科辦理相關離職手續。好了，其他的廢話我就不多說了，為了節省時間，咱們就直奔主題，下面，有請韓局長為我們宣讀裁減人員名單。」

韓明強接過話筒，目光犀利地掃視了一下眾人，隨後臉色陰沉地道：

「下面，我宣布裁減人員名單，在宣布前，我要先講一下會議的紀律，在我宣布完名單之前，請大家不要隨意大聲喧嘩，如果有不同意見，可以等我宣布完之後再發言，誰違反紀律，相關的工資和獎金就別想拿了，可別怪我沒有提前打招呼。」

韓明強這番聲色俱厲的話講完之後，現場的秩序一下子就好了起來，全場鴉雀無聲，所有人都注視著韓明強。

從會議開始到現在韓明強準備宣讀名單，柳擎宇一直保持沉默，只是坐在那裡拿著水杯喝茶，顯得十分無聊。

柳擎宇的這種姿態很快引起了很多人的猜疑。有人湊在一起小聲交談起來。

「我說這個新來的局長看來又幹不久了，第一次大會，竟然不是由局長來負責，而是由常務副局長來進行，看來韓局長才是咱們城管局名副其實的老大啊。」

「你說得沒錯，如果我是韓局長的話，我未必會讓柳擎宇滾蛋，畢竟有這麼一個年輕沒有經驗的局長在上面，韓明強在私底下做些什麼小動作也很方便啊，到時候，出了什麼差錯，柳擎宇就是替罪羊啊！」

在張新生、韓明強兩人的默契配合下，在韓明強的精心設計下，韓明強的威望在這一刻達到了頂點，而柳擎宇的威望則是一落千丈，雖然眾人都知道裁減人員的提議是柳擎宇提出來的，但是，宣讀名單的人是韓明強，而韓明強剛才聲色俱厲，帶有威脅的話語，充分證明了韓明強的強勢。

很多人都用憐憫、甚至鄙視的目光看著坐在主席臺正中央位置的柳擎宇，都認為柳擎宇又將是一個新的傀儡局長。

韓明強看到下面眾人的反應後，心中暗喜不已，自己故意比柳擎宇晚到那麼幾秒鐘的舉動，再加上張新生的配合，以及自己宣讀名單之舉，徹底將柳擎宇的威望打到了谷底。

韓明強在宣讀名單的時候，刻意掌控整個會議的節奏，他並不是一口氣就把名單上面的名字念完，而是念一個名字便頓一下，向下面看一眼，似乎是想要確認一下，到底誰是那個倒楣的被裁減人員，再配合韓明強陰沉似水的臉色，韓明強的威嚴在這一刻顯得異常強大。

很多人在看向韓明強的時候，都帶著一絲畏懼之色，生怕韓明強的眼神看向自己。

一份本來可以一分多鐘就念完的名單，韓明強整整念了有五分鐘，這五分多鐘，韓明強不時地用不屑的眼神掃上柳擎宇一眼，發現柳擎宇的注意力幾乎全都在他的茶杯上，似乎根本就沒有正眼看過自己，韓明強的嘴角更加充滿了得意。

柳擎宇啊柳擎宇，你連老子玩的這種小把戲都看不穿，還想跟老子爭權勢，你還是回你娘的肚子裡吧。

韓明強終於把名單念完了。

「大家還有什麼意見嗎？有意見可以提出來，我負責為大家解答。」

話語中，絲毫沒有提及柳擎宇的意思，張新生更是不會把話題引向柳擎宇。

這時，柳擎宇伸手把身前的話筒拿了過來，風輕雲淡，不帶一絲煙火地說道：

「張新生和韓明強同志都沒有讓我發言的意思，不過我好歹也是咱城管局的局長是吧，我就毛遂自薦，主動發言吧。大家就把我當成一個喜歡搶著發言，不懂規矩，喜歡鳩占鵲巢的菜鳥好了。」

柳擎宇說完，現場立刻響起了一片哄笑之聲。

在場的人自然聽得出來，柳擎宇這番看似自貶的話，其實充滿了嘲諷之語，是在暗示韓明強鳩占鵲巢，搶了他的主權。

柳擎宇這番玩笑之語，在眾人的哄笑間，無形減弱了不少韓明強的強勢之姿，大家都很好奇這位新局長要**如何化解眼前的局勢，如何收復失地？**

玩笑過後，柳擎宇依舊臉色平淡地說道：

「身為景林縣城管局的局長，下面我宣布三件事情，這三件事和我們在座的每一個人都息息相關，我希望大家都認真聽。當然了，如果你們覺得我說得不好，可以現場對我的意見提出質疑。大家可以放心，身為局長，我掌控整個城管局的財政大權和人事大權，但是我絕對不會胡亂動用的，更不會剋扣大家的工資和獎金。」

這番話讓現場再次爆出一陣哄笑之聲。

因為所有人都看出來了，柳擎宇這番話又是針對韓明強的，這番話中暗藏的玄機實在是太多了，先是指出整個城管局的財政大權和人事大權都掌握在自己手中，如此一來，直接將韓明強剛才所說的不聽話、胡亂發言就剋扣獎金的話給直接否決了。更是將韓明強直接推到了所有人的對立面。

一直採中立態度的林小邪看向柳擎宇的時候，目光中也多了幾分凝重和思考。

林小邪從柳擎宇這簡簡單單的幾句話中，充分感受到了柳擎宇心胸的開闊、格局的宏大，以及說話做事間表現出來的那種淡然自若、舉重若輕的瀟灑。

沒錯，就是瀟灑！

柳擎宇在幾句話之間，一下子扭轉了整個會議室的氣氛和走勢。

韓明強的眉頭皺了起來。柳擎宇言辭竟如此犀利，對他所要宣布的三件事，他也開始關注起來，甚至還有一點點緊張。

眾人哄笑過後，將注意力再次集中到柳擎宇剛才所要宣布的三件事情上。大家都很納悶，這個時候，柳擎宇會宣布什麼事，而且還是三件。

柳擎宇的目光在眾人臉上掃過，最後落在韓明強的臉上，用一種十分宏亮、強硬、沒有任何商量餘地的語氣大聲道：

「我要宣布的第一件事，就是剛才韓明強同志所宣布的名單無效！」

全場譁然！現場氣氛一下子被引爆了。所有人的目光中都充滿了震驚、不解，立時交頭接耳，議論紛紛起來。而那些原本以為被裁撤的人，目光中則充滿了驚喜、感激之情。

此時此刻，最震撼的要屬韓明強、劉天華和張新生這三個人了，他們誰也沒有料到，柳擎宇竟然會宣布這樣一件事情。

尤其是韓明強，臉上更是充滿了震怒之色，不滿地盯著柳擎宇，大聲道：「柳局長，我需要一個合理的解釋。」

韓明強這句話說出來，原本譁然的現場安靜了下來，如果柳擎宇不能給出一個合理的解釋，很有可能無功而返。尤其是那些被韓明強念到名字的人都焦慮的看著柳擎宇，唯恐事再生變。

柳擎宇冷冷地說道：「韓同志，我想問你一句，你身為城管局常務副局長，對於城管局的工作流程，到底是瞭解還是不瞭解？」

「我當然瞭解。」韓明強理所當然地道。這時候絕對不能露怯！

「好，既然你對工作流程瞭解，那麼我想請問，按照流程，協管人員的考核過程和考核結果需要不需要向我這個城管局的一把手彙報？裁減人員名單需不需要我這個一把手簽字確認？如果不需要我簽字確認，不需要我這個一把手進行最後的把關，那麼一旦這個名單引出了別的事情，是由我柳擎宇負責，還是由你這個始作俑者來負責？如果不需要我這個一把手來簽字，那麼還要我這個局長有什麼用？是擺設還是傀儡？」

柳擎宇說完，目光犀利，直視韓明強。

這一下，韓明強原本凶惡的眼神一下子就弱了下去，他不得不承認，柳擎宇的接連反問全都問到重點上了。他的目的就是自己做壞事，讓柳擎宇去承擔責任。

現在，柳擎宇當著所有人的面把問題擺在檯面上，就讓他有些下不來台了。

這個柳擎宇果真不是一個按常理出牌的主啊，要是前幾任局長，吃虧了只能隱忍，而柳擎宇不僅沒有隱忍，反而拿到了大家面前來說，這根本就是無視官場潛規則啊！

這時，柳擎宇的語氣再次咄咄逼人起來：

「怎麼？韓局長，你能夠給我一個合理的解釋嗎？」

頃刻間，柳擎宇便把剛才韓明強的那句話還了回去。

韓明強臉色一下子暗沉下來，略微沉吟了一下，這才說道：

「不好意思，沒找你簽字的確是我疏忽了，但是，這個結果是我和劉局長、張局長幾個人一起討論通過的，你不應該否決他們的有效性。」

「韓同志，我不管你和誰商量過、討論過這份名單，我想你大概忘記了最重要的一點，當初是誰把第一批裁減協管人員考核任務交給你的？不是別人，正是我這個城管局的一把手！

「我為什麼沒有把這個任務交給別人，因為這個關係到我們協管人員的最終去留問題，這是十分重要的事，也關係到第二批裁減人員的考核問題！我相信你這個常務副局長肯定能夠把這件事做好，我相信你一定會按章辦事。如果連你這個常務副局長都不按章辦事，那其他人誰還會遵守各項規章制度，我們制定這些制度還有什麼用？

「現在國家三令五申，必須文明執法，要按章辦事，你身為常務副局長，怎麼能帶頭做起負面示範呢？」

柳擎宇頓了一下，繼續侃侃而談道：

「明強同志啊，你身為常務副局長，不應該這樣啊，你這樣做，不僅會擾亂我們城管局的正常工作流程，還會讓別人以為我這個局長是個假人呢，這對我的個人形象也是一個極大的打擊啊，我相信你身為常務副局長，肯定不會產生這種想法。身為一把手和二把手，我們應該共同努力，維護好彼此的形象，維持好正常的工作流程，難道不是嗎？」

柳擎宇這番話說完，讓韓明強氣得快要吐血，柳擎宇實在是太陰險了，表面上看是和顏悅色的，實際上，他話裡話外的意思像刀子一樣砍在他的身上！

這是直接將他塑造成一個想要謀權篡位之人啊。偏偏柳擎宇的話他無法反駁，這讓他感到十分憋屈。

在場的人對柳擎宇不得不刮目相看，這位年輕的局長竟然有辦法讓韓明強這個土皇帝說不出話來。

緊接著，柳擎宇發動了又一波進攻：

「韓明強同志，在座的各位同志們，你們說說，韓同志這次沒有按照流程去做，他宣布的裁減名單我能夠承認它有效嗎？」

「不能！」「不能！」

被韓明強宣讀到的人都大聲地應和起來，給予柳擎宇強力的支持。這是他們力爭的最後機會了。

就因為他們無權，無勢，無錢，只能任人宰割。整個城管局，除了柳擎宇，沒有人會為他們出面，沒有人會為他們做主！

至於其他成員們，此刻也全都蔫了，這時候誰敢出面反對啊，到時候柳擎宇一個不按章辦事的大帽子扣下來，誰也承受不了。

聽到眾人的應和之聲，柳擎宇輕輕點點頭，隨即看向韓明強：

「韓明強同志，我相信你也聽到在場眾人的心聲了，身為城管局的高層幹部，我們必須按章辦事，必須遵守規定的流程啊，我聽不少人舉報，說你和劉天華、張新生等人在考核的過程中，吃拿卡要，徇私舞弊，對給你們送禮或者向你們靠攏的人高抬貴手，評分的時候多所關照，對那些不給你們送禮，不向你們靠攏的人就肆意拉低評分，這可不是該有的行為啊！」

韓明強突然雙眼一亮，這個地方恰恰是他給柳擎宇設的一個陷阱，他就等著柳擎宇往裡跳呢！

他立刻反擊道：「柳局長，這些到底是誰跟你舉報的？讓他給我站出來，我韓明強行得正，坐得端，不怕任何人指責，但是，如果我們沒有那樣的行為，我想柳局長必須給我們一個交代。」

柳擎宇卻是不慌不忙地說道：

「韓同志，你不要著急嘛，等我講完之後再發表你的意見好嗎。韓同志，這時候我不得不再批評你兩句，我好歹也是局長，也算是你的頂頭上司是吧？我講話的時候，你能不能尊重我一下，等我把話講完之後再發言啊，要不，你來當這個局長？」

韓明強再次被柳擎宇氣得差點吐血，只能怒道：「那柳局長你剛才那番話是什麼意思？」

韓明強這次略過柳擎宇的批評，直接指向柳擎宇剛才那番話的核心，他要想方設法把柳擎宇引入自己設好的陷阱中。

柳擎宇並沒有中計，淡淡一笑，說道：

「韓同志啊，你岔開話題，避重就輕的習慣可不好啊，我不得不再次提醒你一下，以後領導講話的時候，千萬不要隨意打斷，否則，以後你講話的時候，下面的那些同事們也會跟你學，打斷你的講話。身為領導，我們要處處給同事們起到表率嘛。

「好了，這個問題我就點你一下，不再和你計較了。我回覆一下你剛才的質疑。我剛才說過了，徇私舞弊的行為不是一個好現象；也提到有人舉報，說你和劉天華、張新生幾個徇私舞弊，但是我並沒有直接說你們存在這種問題吧？因為我也沒有證據啊！

「但是，考慮到在這批協管人員的考核過程中你沒有按章辦事，而且引起很多人的不滿和非議，所以我的第一個決定，就是取消韓明強同志考核負責人的職務，重新啟動這次的考核，由副局長陳天林同志負責，辦公室主任龍翔同志擔任副手。第二批的考核，則由林小邪同志來負責，工會主席吳宇豪同志和龍翔同志擔任副手。」

柳擎宇這番話說完，韓明強的臉氣得都有些發紫了。柳擎宇竟然使出這一招。這招實在是太狠毒了。柳擎宇取消自己的資格，卻把林小邪這幾個提拔起來，這簡直是直接打他的臉嘛！

直到這時候，韓明強才弄明白柳擎宇的真實意圖，看來，柳擎宇當初把考核任務交給自己的時候，就準備做今天的舉動！

這根本是柳擎宇早就策劃好的！在權力一放一收的過程中，充分將他一把手的威信淋漓盡致地展現出來。讓所有人意識到，柳擎宇才是城管局的一把手！

最讓韓明強感到憤怒的是，柳擎宇把兩次考核的權力分別交給林小邪、陳天林和吳宇豪、龍翔，不僅把自己的嫡系人馬摒除在權力體系之外，還把那些人往他的陣營裡面拉了一把，讓這些逐漸邊緣化的人物再次進入權力核心。

身在官場，誰不喜歡掌權呢，那種揮灑自如，**一句話就可以決定別人命運的快感**，就像毒品一般，讓很多人終其一生無法自拔。

這就是**權力的魅力**。一旦林小邪、陳天林、吳宇豪、龍翔等人享受到了權力的快感，以後，他們一定會倒向柳擎宇的。

柳擎宇啊柳擎宇，你這個小子怎麼這麼多鬼心眼呢！此時此刻，韓明強心中對柳擎宇不禁多了幾分忌憚之意。

而在場的黨組成員，尤其是林小邪、陳天林和吳宇豪的臉上都寫滿了震驚之色。不敢相信天大的餡餅會這樣落在自己的頭上。

韓明強掌握考核大權時，辦公室和家裡那種門庭若市的樣子，他們怎麼會看不到呢？怎麼會不羨慕呢？誰也不願意做冷板凳啊。如今，自己馬上就要掌握考核大權了，那種對於掌權快感的期待，讓他們有些興奮。

如果沒有柳擎宇，他們根本不可能有這種機會。雖然知道柳擎宇把這種權力交給他們的目的是拉攏他們，但還是在心中對柳擎宇多了幾分感激和好感。

這就是人，這就是現實。

龍翔則對柳擎宇更是充滿了欽佩與崇拜，直到此刻，他才將柳擎宇的整個佈局看明白，原來這位年輕的局長佈局如此之深遠，圈套設置得如此巧妙。

最讓他佩服的則是柳擎宇今天在會場上，輕描淡寫地化解了張新生和韓明強接二連三的心理攻勢，甚至用幽默的言語狠狠地打了韓明強的臉！這種靈活的應變，這種強大的政治智慧，可不是一般人能具有的。

再談到柳擎宇把自己列為考核團隊的副手，很明顯，自己存在的監督意義大於主導意義，自己就是柳擎宇的眼線，可以隨時把握兩個考核小組的動態，及時向柳擎宇回報，這樣一來，儘管柳擎宇沒有親自負責考核，卻能夠輕鬆掌控整個大局。

最重要的是，有了韓明強的前車之鑑，新的考核小組主導者，誰還敢不按照流程操作呢？因而柳擎宇仍然擁有最後的決定權，對考核結果有極大的影響力。

這個安排更是天衣無縫。既可以得到林小邪、陳天林和吳宇豪這三位中立成員的好感，又可以掌控整個大局，這種手段，這種心思，當真令人嘆為觀止啊！

就在眾人各自思考著自己利益得失的時候，柳擎宇再次重拳出擊。

「各位黨組成員，全體同事們，下面我宣布第二個決定！

「鑒於韓明強同志等人不按流程的做法所帶來的警示，我在這裡再次鄭重地提醒各位，在景林縣城管局，我，柳擎宇，才是真正的局長，實實在在的一把手，以後，凡是局裡有關人事、財政方面的重要事情，沒有我的簽字，都是無效的！在沒有我簽字的情況下，任何單方面執行的財政、人事以及其他所有事情，和我沒有任何關係，由執行者承擔全部責任。」

柳擎宇這番話，令全場再次譁然。

誰也沒有想到，柳擎宇竟然如此強勢，如此霸氣！

柳擎宇的這種作風和前幾任局長比起來簡直是天差地別，**同樣的權力，在不同人身上就衍生出不同的味道，不同的結局**。

誰都想強勢，誰都希望能夠捍衛住屬於自己的權勢，甚至對於不屬於自己的權勢也充滿了覬覦，但是，想要捍衛權力可不是想一想就能辦到的，這不僅需要熟練地運用權勢，更需要相當靈活的頭腦和過硬、靈活的手段。

而柳擎宇**在最恰當的時間、最恰當的地點、最恰當的人群面前，在自己佔據絕對優勢的局勢之下，宣布了最強勢的話語**，直接將他這個鐵腕局長最強勢、最犀利的一面展現在所有城管局人員面前。

經此一役，即便是屬於韓明強那方陣營的人，以後想要做點什麼事情，也得好好掂量一下，他們想要做的事情在柳擎宇那邊能不能通過簽字審批，如果通不過的話，所有責任可就都是他們自己的了。

此刻，所有人看向柳擎宇的目光中全都多了幾分忌憚，也有幾分期待。

這些年來，城管局這潭死水實在是太難以攪動了。以至於城管局成了很多幹部的滑鐵盧，相比其他局裡總是走出去高升的領導，城管局幾乎成了所有景林縣官場中人最不願意待的地方。

凡是有些背景的人，莫不是想盡辦法把自己調離城管局這個單位。因為這裡已經快要成了韓明強家的自留地了，一般人很難插手。

身在官場，誰不希望自己多幾分晉升的機會呢？柳擎宇的強勢手段和姿態，讓很多城管局內的幹部們看到了一絲希望。

不過，所有人仍在觀望著，畢竟韓明強在城管局積威甚久，大家早已形成韓明強是不可撼動的固定思維。所以，柳擎宇要想真正在城管局樹立起屬於自己的威信，依然任重道遠。

韓明強臉色更難看了。柳擎宇明目張膽當著所有人的面說出這番話來，這是擺明要強行收權了。之前，財政審批大權一直握在他的手中，柳擎宇頂多有人事權而已，這個人事權又因為局裡很少有人事調整而顯得可有可無。

現在柳擎宇這一招對他的打擊是實實在在的，也是他絕不能容忍的。

所以，韓明強沉默了一會兒，便反嗆道：

「柳局長，我不認同你的觀點，雖然在原則上說，財政和人事的最高許可權的確在你這個一把手的手中，但是，作為常務副局長，我也有相當的權力，而且這幾年來，財務工作都是由我來分管的，從來沒有出現過任何問題，所以，我認為，為了減輕柳局長的工作量，為了保持我們局裡財務工作的穩定性，繼續由我來負責這項工作。」

要權！赤裸裸的要權！韓明強還拿出局裡財務工作的穩定性來威脅柳擎宇！

所有人的目光都看向了柳擎宇。

柳擎宇淡淡一笑，道：

「韓同志，之前城管局是什麼樣子我並不瞭解，也不想瞭解，我要強調的是，現在我是局長，工作該怎麼做，我有自己的安排和打算！我知道官場上有一個潛規則叫蕭規曹隨，但是對我來說，這個潛規則無效，我認為，任何官員，只要切實按照部門的法規辦事，就不會出現錯誤。

「前段時間我也提過，目前我們城管局副局長之間的分工非常不均，而且副局長的人數明顯比常規多一個，所以，裁減一個副局長的名額是勢在必行。同時，調整副局長們的分工也是一定要進行的。至於你之前分管財務，現在我可以明確地告訴你，按照局裡的制度，財政和人事是局長和黨組書記的權力，而且我還年輕，精力非常充沛，暫時還不需要由你來幫我分擔。」

韓明強氣得鼻子都快要歪了，柳擎宇竟然如此強勢，如此不給面子，如此不按常理出牌，這完全是不遵照官場潛規則做事啊，這完全是不把自己這個堂堂的副市長的弟弟放在眼裡啊。

臺下的幹部職工們全都瞪大了眼睛，再次被震撼到，這個年輕的局長根本就是一點面子都不給韓明強留啊，難道他不知道韓明強是副市長韓明輝的親弟弟嗎？前幾任局長哪個不忌憚韓明輝這個據說很有可能會成為蒼山市市委常委的哥哥啊。

此刻，眾人看向柳擎宇的目光中多了些曖昧不明的意味。

這邊韓明強越想越氣，狠狠地一拍桌子，瞥了眼柳擎宇，轉身就向外走去。

劉天華和張新生見狀，也站起身來，馬上就要跟著韓明強一起退席。

柳擎宇依然不緊不慢地說道：

「下面我再宣布第三件事，由於今天主持會議的張新生同志在主持會議的流程上出現了諸多紕漏，連最基本的發言順序都搞不清楚，所以，以後局裡的大小會議，取消由張新生同志主持的慣例，凡是黨組會議，都由我親自主持；黨組擴大會議以及全體會議，或者多部門聯席會議，由辦公室主任龍翔同志來主持。好了，散會。大家可以走了。」

接著，柳擎宇揮手把龍翔給叫了過來，對他低聲吩咐著什麼，就好像根本沒有看到韓明強等人離開一樣。

柳擎宇宣布散會，靠門比較近的人呼啦啦地向外擠了出去。走到半路上的韓明強三人被這些普通幹部職工們給夾在當中，進退不能，只能隨著大隊人馬慢慢地往外走。

其他沒有走的黨組成員們看著正和龍翔在那裡竊竊私語的柳擎宇，心裡多了幾分忌憚。他們今天算是開了眼，這個新局長的手腕十分強硬啊！他今天所宣布的三件事，幾乎件件都直接打在韓明強的七寸上，對韓明強形成了很大的牽制。

尤其是裁減一名副局長以及調整副局長們的分工，雖然在很多人眼中是一把雙刃劍，但是如果用得好，對柳擎宇掌控整個城管局絕對能起到決定性作用。

對柳擎宇今天把閒置多年的副局長陳天林重新啟用，並且賦予重要權力，眾人都相信這是一個訊號，一是柳擎宇通過這個決定暗示他想要拉攏陳天林，二則暗示，如果陳天林向他靠攏的話，那麼在減副名單中，陳天林將不會成為被裁減的對象。

如果陳天林不懂進退，不投向柳擎宇，那麼他被裁減的可能性將會增大，在這種情況下，陳天林能夠不向柳擎宇靠攏嗎？

韓明強三人都走了，在座的黨組成員卻沒有立刻起身，一是大家不想混在人群中被擠出去，二是要等柳擎宇先走，畢竟這是官場上的禮數，領導都還沒走呢，你就走了，這也太不像話了。

細節決定成敗，這句話在官場上尤其重要。也許你不經意地搶了領導一步路，被小心眼的領導記在心上的話，那以後可就麻煩了，也許怎麼死的都不知道。

好比男同志和領導一起上廁所時，就有許多小細節得注意：

第一，不要站在領導前頭；第二，掏出來的不能太多，不要讓領導覺得你的比他的大；第三，不能尿得太快太遠太高太猛，以免領導覺得他不如你威風強壯；第四，領導尿完了你也得停，即使沒上完也得憋著，別讓領導覺得他不如你持久；第五，尿的方向要跟領導一致，以顯示你的忠誠度；第六，領導抖三下，你就抖七八下，讓領導覺得他的工作效率比你高得多；第七，領導掖起來了，你也得趕緊收起，馬上給領導讓路，使領導覺得他何時何地都有權威；第八，領導用一隻手尿，你必須用兩隻手，以此證明領導才是真正的一把手。

這時，柳擎宇和龍翔說完話，拿起茶杯準備離席。

起身的時候，柳擎宇向在場的人不經意地掃了一眼。

在座的黨組成員們心頭都是一顫，心想自己賭對了。柳擎宇臨走這一瞥，很明顯是在看到底有誰沒有離開。

其實，這些人都誤解柳擎宇的意思了。

柳擎宇對這種細節其實並不是很在意，他之所以看眾人一眼，是覺得納悶，這些人怎麼還沒走啊！

等柳擎宇走後，才突然想明白是怎麼回事，也只能苦笑一下。

這就是官場。

請續看《權力巔峰》4鬥爭策略

權力巔峰 卷3 反將一局

作者：夢入洪荒
發行人：陳曉林
出版所：風雲時代出版股份有限公司
地址：10576台北市民生東路五段178號7樓之3
電話：(02) 2756-0949
傳真：(02) 2765-3799
執行主編：朱墨菲
美術設計：吳宗潔
行銷企劃：林安莉
業務總監：張瑋鳳

初版日期：2019年12月
版權授權：蔡雷平
ISBN：978-986-352-771-8
風雲書網：http://www.eastbooks.com.tw
官方部落格：http://eastbooks.pixnet.net/blog
Facebook：http://www.facebook.com/h7560949
E-mail：h7560949@ms15.hinet.net
劃撥帳號：12043291
戶名：風雲時代出版股份有限公司

風雲發行所：33373桃園市龜山區公西村2鄰復興街304巷96號
電話：(03) 318-1378
傳真：(03) 318-1378
法律顧問：永然法律事務所 李永然律師
　　　　　北辰著作權事務所 蕭雄淋律師

行政院新聞局局版台業字第3595號 營利事業統一編號22759935

定價：270元

國家圖書館出版品預行編目資料

權力巔峰 / 夢入洪荒著. -- 初版. -- 臺北市：風雲時代, 2019.10-　冊；　公分

ISBN 978-986-352-771-8（第3冊：平裝）--

857.7　　108013698